LEAK　猟奇犯罪捜査班・藤堂比奈子

内藤　了

角川ホラー文庫
19575

目次

プロローグ　六
第一章　裕福な死体　一四
第二章　リッチマン連続殺人事件　六七
第三章　警視庁特別合同捜査本部　一一〇
第四章　リーク　一五八
第五章　殺人予告　二三九
エピローグ　三九八

【主な登場人物】

藤堂比奈子《とうどうひなこ》　八王子西署刑事組織犯罪対策課の新人刑事。長野出身。
厚田巌夫《あつたいわお》　比奈子の上司の警部補。通称〝ガンさん〟。
東海林恭久《しょうじやすひさ》　比奈子の先輩の体育会系刑事。
倉島圭一郎《くらしまけいいちろう》　比奈子の先輩のイケメン刑事。恋人の名は忍《しのぶ》。
片岡啓造《かたおかけいぞう》　比奈子の先輩のベテラン強面《こわもて》刑事。
清水良信《しみずりようしん》　比奈子の先輩の超地味刑事。
三木　健《みきつよし》　八王子西署のオタク鑑識官。
月岡真紀《つきおかまき》　八王子西署の新人鑑識官。

石上妙子《いしがみたえこ》　東大法医学部教授。検死官。通称〝死神女史〟。
中島《なかじま》　保《たもつ》　天才的なプロファイラー。通称〝野比《のび》先生〟。ある事件で囚《とら》われの身となる。
深町《ふかまち》　絹《きぬ》　八王子西で太鼓《たいこ》屋を営むお婆ちゃん。
吉田《よしだ》佐和《さわ》　太鼓屋のお手伝いさん。美形のシングルマザー。

プロローグ

元旦《がんたん》。

都内の空は鈍色《にびいろ》に曇って、スカイツリーごしの朝日は拝めそうになかったが、初日の出を拝みたい気持ちなど、疾《と》うの昔にどこかへ消えてしまっていた。昨日と同じ朝がまた明けるだけのこと。生活が変わるわけでも、新しい何かが始まるわけでもない。

「いっそ、コロッと逝ければなあ……」

飢えと寒さに身を震わせて、明け初めの空に呟《つぶや》いてみる。正直なところ、それが彼の望みだった。この寒さでは惰眠を貪《むさぼ》りながら時間をやり過ごすのも難しい。じっとしていても凍えるばかりで、彼は、またトボトボと歩きはじめた。

隅田川《すみだがわ》の炊き出しまでには時間がある。今日のメニューはなんだろう。想像するだけで腹が鳴った自分を、意地汚いと彼は蔑《さげす》む。ボランティアが振る舞ってくれる食べ物は、温かいというだけでご馳走《ちそう》なのだ。なのに、正月気分の押しつけで雑煮なんかを出されたら、いっそたまらんだろうと考える。餅《もち》は好きだが、吹きっさらしの屋外で貪る新年の雑煮に、現実を突きつけられるのが怖い。それをありがたいと思えるほどに達観できたら楽だろう。けれどもそうなったらおしまいだという気持ちもあった。年越しの花火や、日が昇れば初詣《はつもうで》に繰り出してくる人々は、かつて自分が属しており、今は閉め出されてしまった世界を突きつけてくる。

大手商社にいた頃は、百万円を超える月収が誇りで、昼夜を分かたず働いた。それが正しいと信じていたし、自分を勝ち組だと思ってもいた。結婚なんか眼中になかった。ましてや、自分の行く末に不安を感じたことなど一度もない。ところが、転落は顧みる暇もないほどあっという間の出来事だった。ある日突然、降って湧いたように両親の介護がのしかかってきたのだ。有給休暇を使い果たし、会社に居場所が無くなって気が付いたのは、有用されていたのは能力や人格のせいではなく、個人の都合をすべて殺して働く者という、その一点だったということだ。貯金を使い果たし、家を売った金で親たちを看取《みと》り、アパートの家賃も払えずに師走《しわす》の路上に飛び出して、繁華街を彷徨《さまよ》いながら、彼は終日自分を嗤《わら》った。

朝まだきの都会は灰色に霞《かす》んで、通り沿いの植え込みに、白く霜が滲《にじ》んでいる。二枚重ねのダウンコートで上半身はそれなりに温かいものの、尻《しり》から下は冷え切って、霜焼けになった足先がちくちくと痛んでしかたがない。なんでもいい。たとえば毛布が、どこかに落ちていないだろうか。それがあったら人目も憚《はばか》らず体に巻いて道ばたに座り、腫《は》れた足先をマッサージしたい。そうして自分は、ますます世間からはみ出していくのだ。

一切合切をリュックに入れて背負ったまま、孤独に歩き続ける彼の頭上を、山手線《やまのて》が併走している。元旦のオフィス街は閑散として、時折、車が脇を行き過ぎるだけだ。俯《うつむ》いた目の先で高級な革靴が交互に雪を踏みつけていくのを眺めながら、彼は惨めな思いに浸っていた。

夜逃げするとき、咄嗟《とっさ》に一番高い靴を履いて出た。けれども革靴は足が冷たく、歩きにくい上に滑りやすかった。そんなことすら想像できないほど、自分は狭い世界に暮らしていたのだ。思い切って顔を上げれば、吐く息が白く煙って、冷たい鼻水が唇に落ちる。ダウンの袖《そで》で洟《はな》を拭《ぬぐ》ってふと足を止め、彼は、おもむろに地面に屈《かが》み込んだ。

歩道に寄せられて半分凍った雪の隙間に、一万円札と思《おぼ》しきものが引っかかっていたからだった。

凍える指でつまみ上げ、どうせ偽札だろうと透かしを覗《のぞ》き、彼は、思わずあたりを見回した。

ホログラムが光った。これは本物の一万円札だ。

静かな正月のオフィス街には、彼の幸運を見咎《とが》める者など一人もいない。熱々のラーメンを、つい、思い浮かべて、それをポケットに押し込んでから、後ろめたさに振り向いた先に、もう一枚。

（おいおい）と、心に呟きながら、霜焼けの痛みも忘れて拾いに走ると、どうやらそれも本物らしい。彼は神様からお年玉をもらったような気分になった。ほくそ笑んで尻ポケットにねじ込むと、また。今度は植え込みの隙間に千円札が三枚ほど引っかかっているのが見えた。

浅ましくそれらを拾い集めつつ、その場にしゃがむ。

どこかに札入れが落ちていて、中身が風で舞い出したのに違いない。

植栽の下を探していると、案の定、数メートル奥にも紙幣が見えた。さらに千円を拾い上げると、彼は次第に狐につままれたような気になってきた。その先に、今度は五千円札と、重なった一万円札が落ちていたからだ。こんなふうにおびき寄せられて、罠《わな》にかかるハトの映像を見たことがある。その行く末は丸焼きだった。

懸命に働いていた当時、金は定期的に口座に振り込まれる数字でしかなかった。支払いはほとんどカードだったから、明細や残高を確認して悦に入るだけで事足りた。あの頃は、今拾った金の何千倍も稼いでいたのに、手にした紙幣の生々しさといったらどうだろう。風に飛ばされそうな五千円札。数枚重ねの一万円札を続けて拾い上げることが、これほどに後ろめたいとは。

拾っていいのか。いいのか、いいのか……？　千円だったら悩まない。二万円だったら、後ろめたくとも猫ばばできる。最初は幸運と思ったはずが、点々と続く紙幣を拾っているうちに、わけがわからなくなってきた。

鈍色の空から、薄い雪片が落ちてくる。時折強く吹く風が、明るくなってきた道に、またしても札を舞い上げていく。

落とし主を特定できない金ならば、届け出る義務はないはずだ。たしかどこかでそう聞いた。だからこれは犯罪じゃない。いいさ。どうせ自分は堕《お》ちた身だ。彼は紙幣を追いかけて、今度は尻ポケットではなく、ダウンの首元に押し込んだ。浅ましく。意地汚く。千円。その向こうに二千円。また千円、一万円……。

札の舞う先は高架下に整備された公園だった。暮れに降った雪が随所に寄せられ、積まれた奥に死角がある。名前も知らない常緑樹がフェンスの前に並んで茂り、朽ち葉の混じった汚らしい雪に、ゆっくりと、降りたての雪が積もりはじめる。彼はフェンスを乗り越えて、死角の奥まで入り込んだ。そこで一万円札を一枚拾うと、無人の公園に紙幣らしきものはなくなった。やれやれと背筋を伸ばし、両手で思いきり顔面をこする。ひと仕事終えた気分だった。

結局幾らになったのだろう。

植え込みの隙間にしゃがみ込み、懐に押し込んだ札を引き出して、膝《ひざ》の上で皺《しわ》を伸ばして重ねている時、どこかでまた紙の音がした。彼は慌てて振り返り、再びあたりを探し始めた。公園は狭く、細長く、一目で見渡せる程度の広さしかない。防災用にか、片隅にアルミ製の大型収納庫が設置されており、音はそちらでするようだ。歩き始めて彼は振り向いた。誰もいないはずなのに、誰かに見られる気配がするのだ。顔を上げると、フェンスの奥に監視カメラが設置されているのがわかった。彼は一瞬身を固くしたが、すぐさま白く息を吐いた。

カメラのコードが切られている。コードは中途半端な位置で風に揺れ、他にはやはり人影もない。収納庫の脇には雪山があり、青いポンプが埋《うず》もれていたが、その裏側、公園を囲むように植えられたモミが、無残に折れて項垂《うなだ》れている。モミの奥はフェンスで仕切られ、公園は終わりだ。

違和感があった。

雪山と収納庫のわずかな隙間に、枝葉と小銭が散らばっているのだ。整然と設《しつら》えられた公園の一角が、そこだけ酷《ひど》く踏み荒らされている。首を伸ばして覗いてみると、散らかった枝葉の真ん中に、何か黒いものが捨てられていた。

「は……うっ……」

彼は自分の口を札束で覆った。

霜で凍った塊を、はじめは公園のオブジェかと思った。けれどもそれが人間らしいと気がついた時、聞いたこともない奇妙な声が、どこかわからないところから湧き出して、止まらなくなった。悲鳴は低く、ケダモノじみて、嗚咽《おえつ》のように空気を震わす。どん！　と衝撃を感じたのは、尻餅《しりもち》をついてしまったからだ。そのために、正面切ってそれと向き合う羽目になった。白濁した眼がカッと天を睨《にら》みつけている。相手は異常に背が低く、腰から下がすっぱり無かった。いや違う。人が地面に突き刺さっている。地面から、コートの男が生えているのだ。直立不動の上半身だけが雪の隙間に屹立《きつりつ》し、腰から下がまったく見えない。

彼は尻餅をついたまま後ずさったが、異様な男から視線を離すことができなかった。男は鼻と耳からおびただしく出血しており、乾いてどす黒くなった血がワイシャツの襟に滲《し》みていた。そして何より驚いたのは、叫ぶかのように開いた口に、丸めた紙幣を咥《くわ》えていることだった。

寒風がぺらぺらと長閑《のどか》に紙幣をほぐし、斜めに飛び出た筒の中から千円札が浮き出して、彼の鼻先をかすめて飛んだ。死んだ男はそれを追わない。ただ地面に凍り付き、濁った両目で睨むばかりだ。

拾った金がどこから来たか知ったとき、彼は初めて、つんざくような悲鳴を上げた。

第一章　裕福な死体

家族と過ごすお正月は慌ただしくも楽しいものだが、母が死んでからというもの、比奈子《ひなこ》は帰省したことがない。何が気に入らないというわけでもないが、かつては母のいた場所に、母ではなく父の奥さんがいることになじめないのだ。母の友人でもあり、その最期を看取《みと》ってくれた彼女を嫌いじゃなかった。けれど父と彼女が時折見せる睦《むつ》まじさは、比奈子が大切にしている家族の記憶を塗り替えてしまう気がして怖くなる。互いに再婚なので、盆や正月には成人した彼女の子供らが泊まりに来るのも気兼ねだった。父には会いたいけれども、よその家族と一緒の父を見るのは複雑なのだ。

八王子《はちおうじ》西《にし》署刑事組織犯罪対策課の新米刑事であることは、彼らの気持ちを傷つけずに帰省しないことの重宝な言い訳になった。そんなわけで、交代制の正月休みを八王子のアパートで過ごすと決めて、比奈子は元旦《がんたん》から勤務についた。

新年の八王子西署は入口に門松が飾られて、立番《りつばん》の警察官の挨拶《あいさつ》も、「おはようございます」ではなく「おめでとうございます」だ。年末年始は強盗や、酔っぱらいの暴行事件や、スリや窃盗が頻発して、署の内外は慌ただしい。一般的な行政事務は休みになっても、警察官には実質的な盆や正月休みはない。今日は家族のいる清水《しみず》刑事と、片岡《かたおか》刑事が休みを取って、比奈子と同じ独り身の上司、ガンさんが出勤予定になっている。

当番明けで仮眠中の倉島《くらしま》と東海林《しょうじ》を起こさないように給湯室へ向かうと、比奈子は、せめて正月気分を味わってもらおうと持参した甘酒を温めた。善光寺《ぜんこうじ》門前に店を構える老舗《しにせ》の味噌《みそ》屋『すや亀《かめ》』の甘酒は、糀《こうじ》の甘さに品がある。比奈子は長野《ながの》市の出身で、故郷にいた頃の正月は、いつも二年参りで始まった。善光寺参道にはものすごい行列ができるから、本堂にお参りする前に、たいてい新年が明けてしまう。それでも身を切るような寒さの中で聞く除夜の鐘は、魂を洗う気持ちになって好きだった。楽しみはお参りの前に食べる年越しそばで、八幡屋《やわたや》礒五郎《いそごろう》の七味唐辛子と相性が抜群だ。

ぷつぷつと鍋《なべ》の中で湧く糀の花をかき混ぜながら、比奈子は故郷の正月を想う。

「おっ。いい匂いがすると思ったら、なにやってんだ。甘酒か？」

唐突に声がして振り向くと、東海林が目をこすりながら立っていた。

「いいねえ甘酒。それ、アルコール入ってんの？」

「まさか」

と、比奈子は甘酒のペットボトルを裏返し、成分表を確かめた。

「糀だけで、アルコールは入っていません。でも、ここのは絶品なんですよ。門前甘酒っていって、善光寺さんの周りには甘酒屋が何軒もあるんですけれど、これはすや亀の甘酒で……」

「あ？　わざわざ長野から取り寄せたってか。どんだけ善光寺さんが好きなんだよ」

東海林は『さん』の部分を強調しながら、ぼさぼさの髪をガリガリ掻《か》いた。

「ふあ～ぁ。大晦日《おおみそか》に当番なんかするもんじゃねえな。駅で喧嘩《けんか》があったとか、二年参りの酔客が階段から落ちたとか、そんなこんなで大忙しで、倉島さんなんか三度も現場へ呼び出されて、まだ死んだように眠ってる」

「そうでした。そういえば」

比奈子はガスを止めて、真っ直ぐ東海林に向き直った。

「新年、明けましておめでとうございます」

寝ぼけ眼に涙をにじませ、「ふぁあ」とまた欠伸《あくび》してから、

「そうだったな。いつの間にか年が明けてやんの。おめっとさん」

東海林はまた、目をこすった。

「つきましては先輩。去年から洗ってない顔を洗ってきた方がいいですよ。じきにガンさんも出勤してくるはずですから」

「へえへえ。って、去年からとか言うなよな。ずっと顔洗ってないみたいじゃんか」

東海林は比奈子の横に割り込むと、いきなり、シンクの中で顔を洗った。

「ちょっと。お茶碗《ちゃわん》洗うところで洗顔しないでくださいよ。シャワー室があるでしょう」

比奈子が止めるより早く、東海林は干してあったフキンで顔を拭《ふ》く。

「何するんですか。食器用のフキンで顔を拭くなんて」

「別にいいじゃん、また洗えば」

「そういう問題じゃないんですっ」

「キイキイ騒ぐなよ、あれの日か？」

「は、何ですかそれ。サイテーですね！」

「なんだ。新年早々何を騒いでいる」

給湯室の向こうでガンさんの声がすると、東海林はフキンをしれっとシンクに落とし、

「ガンさん、明けましておめでとうございますっ」

と、元気に言いながら給湯室を出て行った。

東海林が汚したフキンを睨《にら》み、比奈子は、(ああ、また一年が始まるんだ)と、しみじみ思った。

お盆に並べたそれぞれのカップに甘酒を注いで刑事課へ運んでいくと、長椅子で眠っていた倉島が体を起こしたところだった。長い前髪を掻き上げながら、テーブルに置いたメガネを取る。端整な顔つきの倉島は寝乱れた髪も色っぽく、広げた手でメガネを直す仕草も様になる。

同じ男なのに、どうしてこうも違うのかしら。

比奈子は意地悪な気持ちで東海林と倉島を見比べた。クールなイケメンの倉島には浮いた噂のひとつもなくて、未《いま》だに独身を通しているのは、忍《しのぶ》という恋人のせいだ。忍は別名をカワサキ・ニンジャZX9Rといい、持てる時間と金のすべてを、倉島から搾取しているらしい。倉島は立ち上がると、掛け布団代わりにしていたブレザーを羽織って頭を下げた。

「ガンさん。おはようございます」

「おう、おめでとう。今年もよろしく」

「そう、新年でしたね、本年もよろしくお願いします」

「私もよろしくお願いします。倉島先輩」

比奈子は倉島の前に甘酒を置いた。スタイリッシュな倉島のカップに注がれた甘酒は、なんだか別の飲み物に見える。それでもガンさんの渋い湯飲みに入れた甘酒のほうが、数倍おいしそうと比奈子は思った。

「やあ、甘酒とは気が利いていますね」

倉島は長い指で器用にカップの上部をつまみ、香りを味わってから口に含んだ。

「正月だって気になりますね」

「うむ。藤堂《とうどう》の甘い物好きも、たまには役に立つもんだ」

湯飲み茶碗の甘酒をすすりながらガンさんは、

「一息ついたら朝礼するぞ」

と、御用納め後わずか半日で散らかり放題になった東海林のデスクを一瞥《いちべつ》した。

こんなふうに始まった二〇一六年だったが、それ以外、八王子西署の新年に元旦気分はまったくなかった。東海林と倉島が非番で帰宅した後も、スリ、窃盗、正月休みを狙った事務所荒らしに車上狙い、落とし物に迷子、酔っぱらいの喧嘩等々、小さな事件が次々に舞い込んで、比奈子たちを疲弊させた。ガンさんによると、正月はお屠《と》蘇《そ》気分が募るから、通常なら起きないような事件が増えるのだそうだ。

いつも出前を頼む食堂も三箇日は店を閉めているため、ようやくコンビニ弁当で遅い昼食にありついているとき、比奈子のスマホが着信を告げた。信州《しんしゅう》ポークの着うたではなく、味も素っ気もない電子音だ。

「お？　携帯の着信音を替えたのか。『トンでもねぇうまさだぜ』は、どうしたんだ」

すた丼を食べながらガンさんが笑う。

「現場にそぐわない気がしていたので、新年を機に替えたんです。色々と探してみてはいるんですけど、気に入ったものがまだなくて」

スマホに浮かんだプロフィール画面は、鑑識の三木《みき》のものだった。

「はい。藤堂です」

往信すると、獅子《しし》舞《まい》の音が聞こえてきた。どうやら三木は非番のようだ。

「明けましておめでとうございます。藤堂刑事」

「おめでとうございます三木捜査官。本年もよろしくお願いします」

「今、どこですかな？」

相変わらず無愛想な声に、いつもの仏頂面が思い浮かぶ。この男が笑うのは、歯列矯正した歯を見せびらかしたいときと、恋人の麗華《れいか》さんに微笑むときだけなのだ。

「当直勤務で署にいますけど、なにか」

三木は電話の向こうで鼻を鳴らした。

「もしかしてもしかすると、死神女史からチーム要請の連絡がいくのじゃないかと思いまして、電話をしたわけなんですが」

三木が言うチームとは、非公式な猟奇犯罪捜査班のことで、死神女史は東大法医学部に籍を置く検死官だ。猟奇遺体に目がない変人として警視庁では名を知られ、本名の石上《いしがみ》をモジってついたあだ名が死神女史。何を隠そうガンさんの別れた奥さんでもある。正月早々三木からその名を聞かされたことで、比奈子の心臓は縮み上がった。

「どういうことですか？　まさか、何か事件があったとか」

応接セットで食事中のガンさんは、食べるのをやめて顔を上げ、弁当を置いてお茶を飲んだ。

比奈子はスマホを耳から離して、

「三木捜査官からです」

と、ガンさんに告げた。

「事件といっても所轄は上野《うえの》警察署のようですが。実はですな。新年早々、変死体の出た現場に遭遇したわけでして」

比奈子はガンさんの前に移動すると、スピーカーフォンのスイッチをONにした。

「ふんっ」と三木の鼻息が耳を打つ。

「現場は秋葉原《あきはばら》のオフィス街にある小さな公園でして、正月休みで人通りがなかったために発見が遅れたものと思われます。時節柄、凍結硬直もありますのであれなんですが、角膜の混濁から推察しますに死後三日前後ではないかと思われます」

「え、三木捜査官。上野署の鑑識捜査に呼ばれたってことですか？」

「ちがいますな」

と、三木はまた鼻を鳴らした。

「本日私は非番でして、和服姿の麗華さんと、アキバデートを楽しんでおったところです」

「ああそうですか」

麗華さんの話になると無駄に長くしつこくなるので、比奈子は冷たく返事をした。

「最近は元旦《がんたん》から営業する店が増えましてですな、正月限定バージョンのイベントで、超レアなグッズが手に入……」

「そっちは興味ナシなので」

「残念ですな、では」

コホンと咳払《せきばら》いしてから、三木は言う。

「なんといっても、元日のアキバにパトカーが集合するなんざ、一大事ですからな。興味を惹《ひ》かれて見に来たところ、知り合いの鑑識官がおりましたので、ちょっと覗《のぞ》かせてもらったんですが、これが……」

三木の話によると、変死体の発見は通報がきっかけだったそうだ。今どき珍しい公衆電話から、公園に遺体があると知らせてきた者があるという。通報者は名乗らずに電話を切ったのだが、念のため現場確認に出向いた交番の警察官が、札束を咥《くわ》えた上半身だけの遺体を発見したのだという。

「上半身だけって、まさか」

輪切りにされた遺体のビジョンが思い浮かんだ。損壊された遺体からは、内臓がこぼれ出ると言ったのは誰だったろう。今までに遭遇した変死体を思い出し、比奈子の喉《のど》はカラカラになった。ガンさんは会話にじっと耳を傾け、眉間《みけん》に縦皺《たてじわ》を刻んでいる。

食べかけのコンビニ弁当は冷めてしまったが、比奈子の食欲は消え失《う》せた。

「いや。下半身が切断されていたというわけではないのです。一見すると上半身だけが地面に置かれたように見えたのですが、その実、下半身はきちんとあって、災害時用のマンホールトイレにはまった状態でありました」

「それって殺人なんですか？　たまたまマンホールに落ちて凍死したとかじゃなく」

「マンホールではなくマンホールトイレです。せいぜい三十数センチ四方の穴というところでしょうか」

「ずいぶん狭いんですね」

比奈子はそう言ってから、

「え、でも。口にお札を咥えていたっていうのは、どういうことなんでしょう」

と、首を傾げた。狭い穴に落ちたというだけで、札束を咥えて凍死することがあるだろうか。

「左様。状況から察するに殺人事件と思われますな。と、いいますのも、検視作業が終わって遺体を抜こうとしたところ、どうにも重くて持ち上がらないのですよ」

死んでからの時間にもよるが、死後放散によって遺体に生前よりも若干程度軽くなる。下半身が挟まっていたとはいえ、鑑識官が数人がかりで持ち上げれば動かせないことはないはずだ。

「ものすごい巨体だったとか？」

だが、それだと狭い穴には挟まれない。

「いや。どちらかといえば痩《や》せ形の、三十前後の男性でした」

謎かけをされているようで、比奈子は次第にイライラしてきた。

「わかった。じゃ、下半身がマンホールの中で凍りついていたんですね。当たりですか？」

「外れですな」

と、三木はくそ真面目に答えた。

「それこそが、猟奇犯罪捜査を得意とする藤堂刑事に電話している理由なのです。件《くだん》の遺体はどうにもこうにも持ち上げることができず、上体を倒すことにも難儀したのですが、ようやく穴から引き抜いてブルーシートに運ぼうとしたとき、異常な重さに取り落としてしまったのです」

別に猟奇犯罪捜査が得意なわけじゃない。比奈子は心で反論した。初めて現場に出させてもらったら、たまたま異常犯罪に遭遇したというだけのことだ。

会話の背後で聞こえるお囃子《はやし》の音に、比奈子はなんだか苛《いら》ついた。正月の公園で、凍った地面に突き刺さっていた男性の遺体。口に札束を咥えており、体は異常な重さだという。鑑識官らが力を合わせ、遺体を穴から引き抜いて、運ぼうとして、取り落とす。

「私も長くこの仕事をやっていますが、あんな光景は初めて見ました。遺体の上半身が傾いたとたん、札束の栓がすぽんと抜けて、後から後からおびただしいコインが、ジャラジャラと音を立てて吐き出されて来たのですよ。おそらく遺体の喉には相当数の小銭が入っていたと思われます。これは間違いなく我々猟奇犯罪捜査班の、仕事始めになる事件かもしれません」

比奈子とガンさんは思わず顔を見合わせた。

それはいったいどういうことか。上野署が死神女史を要請するかは不明だが、女史の食指が動く案件なのは間違いない。上野署が受けた衝撃と混乱を慮《おもんぱか》って、比奈子は無意識にポケットの七味缶を握りしめていた。

「ふうん。そりゃまた酔狂な事件だねえ。スロットマシーンじゃあるまいし、遺体がコインを吐き出すなんてさ」

翌日、初売り客で賑《にぎ》わう丸《まる》の内《うち》のカフェで、死神女史はそう言った。

「開けたいなあ……でも、残念ながら上野署から司法解剖の依頼はないよ。なんだって死体に現金なんか持たせたんだろうねえ」

非番の比奈子は死神女史をランチに呼び出し、昨日三木から聞かされた遺体の話をしたのだった。

「持たせるというか、現金はぞんざいに口へ押し込まれていたわけですから」

「死因はなんだろう。眼球に溢血点《いっけつ》があるなら窒息か……で、口にはお金が押し込んである。ふむ、面白い」

「もしかして、お金で殺したってことはないですか。体内に入ると消化の過程で毒性物質が発生するとか」

「それはない」

チョコレートのデザートをつつきながら、死神女史は断言した。

「万一小銭を飲み込んだとしても有害物質が溶け出すことはないし、たいていはウンチと一緒に排出されるものだからね」

女史のデザート皿の上では、オシャレに盛り合わされたサブレやフルーツが、フォークで無残に分けられていく。

「先生、アイスが溶け始めていますけど。あと、お洒落《しゃれ》なカフェで遺体とかウ○チとか、小さな声でお願いします」

比奈子は声を潜めて忠告した。

女史の脳内ではイチゴが頭部に、サブレが皮膚に変換されているのに違いない。

「おお、そうだった。なんかデザートを解剖している気分になってた」

女史は笑って、分解したイチゴとサブレとクリームとチョコレートを、一緒くたにフォークですくって口に運んだ。

「こういうオサレなデザートってさ、味がごちゃごちゃしてパンチがないよね。板チョコをかじるみたいにはさ」

女史は『オサレ』を嫌みなくらい強調した。

昨年の夏、彼女は癌で十二指腸を手術している。そのせいで、食べ物を上手に消化できないダンピング障害に苦しむようになってしまった。はずなのに、今以《もっ》て食欲を放棄する気配がまったくない。好きなものを好きなだけ食べてから、突然トイレに駆け込むことがあって、比奈子はいつもハラハラしている。

「先生。もっとゆっくり食べないと、ここのおトイレは狭いんですよ。緊急時に先客がいたらどうするんです？」

「ああうるさい。あんた最近、厚田《あつた》警部補に似てきたんじゃないのかい」

女史がフォークを置いて珈琲《コーヒー》を飲んだとき、比奈子のスマホが着信を告げた。

「おや。『トンでもねえうまさだぜ』じゃ、ないんだね」

「新年だから替えたんです。はい、もしもし？　藤堂ですが」

「ふーん……けっこうツボだったんだけどねえ。トンでもねえうまさっての」

比奈子はスマホを手で押さえ、女史に向かって頭を下げた。

「すみません。『小宮《こみや》公園近隣廃屋における女性五人猟奇的殺人事件』で捜査協力してくれた方からなんです」

「面倒くさい物言いをして。探偵坊主のママのことだろ」

死神女史は片手をヒラヒラさせながら、追加注文するためにメニューを開いた。

電話の相手は吉田佐和《よしださわ》といい、当該事件の解決後は八王子西署の自立支援プログラムを受けながら、小さな今川焼き店を手伝っている。シングルマザーの彼女には小学二年生の男の子がいて、その子が自称少年探偵団なのだった。

「比奈子さん、今ちょっと話せる？　聞いて欲しいことがあるんだけど」

いつになく深刻そうな佐和の様子に、比奈子は、

「いいけど、何かあったんですか？」

と、席を立った。

女史は比奈子のことなど意に介さずに、ホットチョコレートと焼き菓子のセットを追加注文している。電話の向こうで、佐和は小さなため息をついた。

「実は、さっきお婆ちゃんとこへ新年の挨拶《あいさつ》に行ったんだけど、なんか様子がおかし

い気がして……」

佐和が働く太鼓屋は、絹《きぬ》さんというお婆ちゃんが独りで切り盛りしてきた店だった。メニューは一個八十円の太鼓焼きと、夏場のかき氷だけなのに、近隣住民に愛され続けている繁盛店だ。

話が長くなりそうだと思った比奈子は、太鼓屋の近くにある佐和のアパートを訪ねる約束をして電話を切った。

「また事件かい」

席に戻ると、女史が訊《き》く。比奈子は皿に残っていたケーキを、冷めかけた紅茶で流し込んだ。

女史の許《もと》には店員が生クリームたっぷりのホットチョコレートを運んできたところだった。

「じきに焼き菓子も来るけれど、どうやら忙しくなったみたいだね。帰るかい？」

比奈子は「すみません」と、頭を下げた。

「絹さん。つまり太鼓屋のお婆ちゃんの様子が変だっていうんです」

「ああ、野菜入りがおいしい今川焼きの……病気かい？」

「いえ。そうじゃないんです。新年の挨拶に行ったとき、様子が気になったそうで」

「お年玉をせがまれそうで慌てたとかじゃないのかい」

「絹さんはそんな人じゃありませんよ」

「ま、そりゃ冗談だけどさ。何が気になったって？」

「佐和さんの相談って、いつも曖昧《あいまい》なことが多いんですけど。絹さん、その時、預金通帳を見ていたっていうんですよね」

「預金通帳？」

「はい」

と、比奈子は頷《うなず》いた。これで帰ろうと思っていたのに、思いがけず死神女史が真摯《しんし》に耳を傾けてくれたので、相談してみることにして、座り直す。

「ちゃぶ台に通帳が載っていて、佐和さんを見て慌てて仕舞ったと。で、その時の様子が変だったって。佐和さんは、絹さんから太鼓屋を継いで欲しいといわれているくらいだから」

「もともと、そのつもりでお手伝いを頼まれていたんだろう？」

「ええ、そうなんです。正式な話はまだですけれど、絹さんはいずれ、あのお家《うち》を建物ごとそっくり佐和さんに譲りたいと思っているみたいです。絹さんにはご家族がないし、佐和さんも身寄りがありませんから」

「彼女に居抜きで売ろうと思って、お金の算段でもしていたんじゃないのかい？　そのお金で老人ホームに入るとかさ」

「佐和さんにまとまったお金なんかありませんよ。ただでさえ遥人《はると》君を養っているんだし、それは絹さんもよく知っていることです。だから、太鼓屋を佐和さんに譲ることについては、絹さん、佐和さんと養子縁組してお店を残すようにしたいって。生活安全課のほうで絹さんから相談を受けて、弁護士を紹介したと聞いています」

「ふむ」

追加の焼き菓子セットをテーブルに置くよう店員に指示して、死神女史はホットチョコレートを半分くらい飲み干した。

「おいしい。さすがはチョコレートメーカーのカフェだよね。で、あたしには妙な話とも思えないんだけど、こういうのはどうだろう」

死神女史は銀縁メガネの奥で目を細め、焼き菓子セットの上で、どれにしようかと人差し指を動かした。小さなフィナンシェに狙いを定め、ポイと口に放り込む。

「その佐和って子は、あんたと同い年だったよね。子連れとはいえまだ若いんだから、新しい恋人ができる可能性は高いだろ？　最初は家ごと店を継いで欲しいと思ったけどさ、改めて彼女のことを考えてみたら、縛ってしまうのも忍びなくって、老人ホームへ入ることにしたとかさ」

「佐和さんの重荷にならないように、気を遣ったってことですか？　なるほど……」

比奈子は膝《ひざ》に抱き寄せていたバッグを椅子に戻して座り直した。

「あの。クッキーひとつ、いただいても？」

「いいよ。できればアーモンドのを食べとくれ。腸を切ったばっかりで、ナッツが消化できないから」

「いただきます。でも先生の言うとおりなら、絹さんの様子が変だったのも納得できますね。預金通帳を確認していた理由も通るし」

「やっぱり不安になるものかねえ、ある程度の年齢が行くと」

「原島《はらしま》巡査部長から」

と言いかけて、比奈子はツキンと心臓が痛んだ。

原島は比奈子が敬愛するお巡りさんだったのに、昨年の夏、定年を迎えることなく駐在所を去ってしまった。人の表と、裏側と、その両方を比奈子に教えて。

警察官の制服を自ら脱ぎ捨てた原島を、巡査部長と呼ぶことはできない。

「原島さんから聞いた話では、太鼓屋《たいこ》のお婆ちゃんは若い頃、芸者さんだったそうなんです」

「へーえ……女の人生にドラマありか。あの器量だから、好いた男の一人や二人はいたんだろうに、結婚ってのはまた別だもんね。淋《さび》しいことだ」

死神女史は胸ポケットのタバコに手をやって、カフェの外に目を向けた。そろそろニコチンが恋しいのか。それとも、好いた男のことを思い遣《や》っているのだろうか。

「先生にはガンさんがいるじゃないですか」

比奈子が言うと、「はっ」と、女史は鼻で嗤《わら》った。

「言ったろ? 男なんてめんどくさいし、亭主となったらなおさらだよ。それにね、悪いけどあたしは、まだまだ余生を儚《はかな》む歳じゃないよ」

「はい。そうでした」

苦笑しながら「出ますか?」と訊いて、比奈子はいつも通りにワリカンの食事代をきっちり数えて伝票に載せた。死神女史は大学へ戻って、年末年始で遅れた死体検案書と、司法解剖に関する請求書類をまとめるという。病み上がりとは思えないバイタリティに舌を巻きながら、比奈子もまた吉田佐和のアパートへ急いだ。


八王子の駅ビルで、遥人のためにケーキを買った。手土産を下げて安土《やすど》駐在所の前を通ったら、扉はきっちりと閉められていて、中に原島ではない警察官の姿が見えた。原島がこの駐在所にいた頃は、真夏でも真冬でも、たいてい扉が開かれていた。それは、誰でも気軽に訪ねてこられるようにという原島ならではのこだわりだった。定年間際だった原島と違い、新任の駐在員はまだ若い。必ず寄り道していた安土駐在所をスルーして、比奈子は住宅街へ入っていく。

お婆ちゃんの営む太鼓屋は住宅街の路地にあり、佐和のアパートがどん詰まりに建っている。車通りもほとんどないので、太鼓屋が開いている間は道ばたが子供らの遊び場になり、店の三和土《たたき》がたまり場になる。暮れの二十八日から新年の四日まで太鼓屋は正月休みを取るそうで、たまり場をなくした子供らの姿は路地にない。

佐和母子《おやこ》が住むアパートを訪ねると、ドアを開けてくれたのは遥人だった。

「やった、お姉ちゃんキター！」

出会った頃はやせっぽちで陰気な印象だった遥人は、身長も伸びて肉もつき、明るい眼差《まなざ》しでしっかりと相手の顔を見るようになった。玄関にはブーツやスニーカーが脱ぎ散らかされて、奥からぞろぞろと子供たちが顔を出す。太鼓屋が休みの間は、ここがたまり場になっていたのだ。

「うわぉ、刑事のお姉ちゃんじゃんか！　お年玉持ってきてくれたんか」

太ったケイタがトランプを握ったままでそう言った。子供の数は全部で六人。遥人率いる少年探偵団が勢揃いだ。狭い廊下を子供たちに占領されて、佐和は奥のキッチンから、比奈子に向かって手を振った。

「ケイタ君、みんな、明けましておめでとう」

お土産をロールケーキにして正解だったと、比奈子は密《ひそ》かに安堵《あんど》した。最初はショートケーキを三つだけ買うつもりだったのに、目移りして決めることができなかったのだ。

「バカだなケイタ。お姉ちゃんは警察官だからお年玉メンジョ。コウジョリョウゾクにイハンするから、国家公務員に金銭の要求はしちゃいけないんだ」

鼻の穴を得意げにひくつかせながら遥人が言うと、

「うげ、そうなのかよ。ずるっこちぃ！」

と、ケイタはほっぺたを膨らませた。

「公序良俗なんて言葉、よく知ってたね、遥人君」

「ミッキーおじちゃんに聞いたんだ」

「三木捜査官と会ってるの？」

「会ってないけど、幽霊屋敷の時に友だちになって、たまにラインで話すんだ」

「へえ、そうなんだ」

子供らが玄関を塞《ふさ》いだままだったので、比奈子は彼らにケーキを渡して追い払い、ようやく佐和のいるキッチンへ入った。

「ケンカしないで分けるのよ」

お土産を開ける許可を佐和から得ると、子供たちはスケールを持ち出して、ロールケーキの公平な分け方を模索しはじめた。比奈子と佐和はキッチンに立ったまま、話の本題にとりかかった。死神女史の見解を告げた比奈子に頭《かぶり》を振って、佐和は、

「それとはちょっと違《ちが》くてさ」

と、不満げな顔をして見せた。

「お店のことはどうでもいいの。どうでもいいっていうか、太鼓屋はずっと続けて欲しいんだけど、お婆ちゃんがお店を閉めて老人ホームへ行くって決めたなら、あたしはそれでいいと思う。だって、あそこは元々お婆ちゃんの店なんだし、一番大事なのはお婆ちゃんの幸せだから。でも、そういうことじゃないんだよね。あたしさ、なんか不安になっちゃって」

「不安？」

佐和はコクリと頷《うなず》いた。

昨年の暮れのこと。太鼓屋に一本の電話があったと佐和は言う。

「その時あたし、あんこの仕上げをしてたのね。だから鍋《なべ》のそばを離れられなくて、内容は聞こえなかったんだけど、お婆ちゃんには珍しく、ずいぶん長話だったのよ。お婆ちゃん、電話を切っても全然厨房《ちゅうぼう》へ戻って来なくてさ」

まさか急に具合が悪くなったのではと、心配になって覗《のぞ》きに行くと、

「お婆ちゃん、電話の前に座って泣いてたんだよね」

「泣いていた？　どうして……何があったんですか」

「うん。お婆ちゃんが泣くなんて初めてで、あたしホントにビックリしちゃった。でね」

佐和は子供たちに背を向けて、シンクの上で比奈子に頭を寄せてきた。

「電話。孫かもって、そう言うの」

「えっ。だって絹さん、独身だったんじゃ」

「しーっ」

佐和の脇から手を伸ばして水を汲《く》み、遥人は委細を了解したように、電気ケトルでお湯を沸かし始めた。キッチン隣のリビングで、子供たちは大騒ぎしながらケーキを切り分けている。

「お茶はぼくが淹《い》れるから、ママたちはお話していていいよ。お姉ちゃんのお土産は人数に対して少なすぎだったから、ポテチも出して、食べていい？」

「いいよ。でも、袋はちゃんとハサミで切ってよね、破いて中身を散らかすんだから」

「わかった。どっち食べていい？」

「うす塩はママ用だからコンソメのほう」

「そう言うと思った。じゃ、コンソメもらうね」

「遥人君。ケーキだけど、私の分はいらないわ。ついさっき、お昼を食べたばかりだから」

「いや。今さらそれは困るんだよね。ひとり二センチ八ミリずつって、やっと決まったとこだもん」

「ああーっ」

リビングで、悲鳴に近い声が上がった。

「ダメじゃんケイタ！　クリームがはみ出しちゃってる」

「ケイタ、舐《な》めるのズルだよ、戻してよ」

「えー、指についてんだからいいじゃんか」

「ダメ、もどしてっ」

遥人は比奈子と佐和に肩をすくめて、

「待った待った。ぼくが切る」と、仲間のもとへ戻って行った。

「賑《にぎ》やかですね」

そう言って比奈子が微笑むと、

「ありがたいことにね」

と、佐和も笑った。

比奈子はちょっぴり羨《うらや》ましかった。子育ては大変そうだけど、遥人君みたいな子なら、いてもいい。

「遥人、すっごく明るくなったでしょ？」

「本当に」

「いろんな事があったけど、ここに越してきたのは正解だったな。あの子、太鼓屋のお婆ちゃんのことをホントのお婆ちゃんみたいに思っていてね。ていうか、私にとってお婆ちゃんだから、遥人にはひいお婆ちゃんになるのか」

佐和によると、お婆ちゃんが孫からの電話だと言ったのは、言葉通りの意味だったそうだ。

「つまり、どういうことですか。実は絹さん、結婚してた？」

「ううん」と佐和は頭を振った。

「浅草《あさくさ》で芸者をしていた頃に、一人だけ、赤ちゃんを産んでいるんだって」

「赤ちゃんを……そうだったんですか」

だからだったのね。と、比奈子は思った。児童擁護施設で育ち、若くして遥人を産んで、DV夫から懸命に逃れ、たった独りで頑張ってきた佐和のことが、絹さんは他《ひ》人事《とごと》と思えなかったのだ。

「父親は贔屓《ひいき》のお客さんで、その人には家庭があったし、芸は売っても体は売らないというのが江戸《えど》の芸者の建前だから、子供はこっそり養子に出されて、その後のことはまったくわからなかったんだって。それが……」

電話の相手は、父に頼まれてその母親を捜していると語ったそうだ。

「なんで捜しているかというと、その人、つまりお婆ちゃんの息子さんが、癌で長くないからだって。生んでくれたお母さんに一目会わせてあげたくて、捜しているんだと言ったんだって」

「それって、本当の話なんですか」

「んー」

佐和は視線を伏せて、首を傾げた。

絹さんの息子って、何歳ぐらいになるのだろう。自分を生んでくれた女性のことを、人は、生涯慕い続けるものなのだろうか。老いていく者の気持ちは若い比奈子には想像もつかないが、遥人と佐和を見ていると、母子の絆《きずな》はわかる気がした。

「比奈子さん、どう思う？　お婆ちゃんに子供がいたって話は、置屋さんと、赤ちゃんを取り上げたお産婆さんと、養子縁組を仲介した人しか知らないことだっていうのよね」

「その人が絹さんの息子さんかどうかは、どうやったらわかるんですか？　お守りがあったとか、産着に名前が書いてあったとか？」

比奈子が言うと、佐和は笑った。

「あたしも同じこと言ってお婆ちゃんに笑われたんだけど。そんなのはドラマか小説の中の話だわって。実際にはね、赤ちゃんは然《しか》るべき場所でこっそり産んで、抱かせてもらえないうちに連れて行かれてしまうんだって。顔を見たら絶対手元に置きたくなるし、かわいいと思うとお乳が張って戻りにくくなってしまうから。だからお婆ちゃんが覚えているのは、赤ちゃんの泣き声だけなんだって」

「じゃあ、それじゃ……産まれたのが男か女かすら、絹さんは知らされなかったってことですか？」

比奈子と佐和は、どちらからともなく子供たちに目をやった。

「うん。でも、お婆ちゃんはお腹にいたのが男の子だとわかったって。それはそうだと思うのね。あたしも遥人が男の子だって、超音波で見る前にわかっていた気がするもん。母親ってそういう不思議なところがあるのよね。母乳が出る間はお座敷に上がれないから、霜焼けになるほど氷で冷やしてお乳を止めたって聞いて、あたし、遥人のこととかぶってさ。なんか、泣きそうになっちゃったよ」

太鼓屋のお婆ちゃんは色白で、割烹着《かっぽうぎ》姿にも品があり、比奈子はいつも、若い頃はどれほどの美人だったろうと思っていた。抱くことも許されず、お乳をあげることもできなかったとしても、母親は、子供のことを忘れないものなのだろうか。

「絹さんは、その電話になんて答えたんです？」

「何も言えなかったって言ってた。動揺しちゃって、どういう話もできなかったって」

「でもその人は、絹さんを見つけたからこそ、電話してきたんですよね」

「というか、まだ捜している最中だったみたいなの。小松姐《こまつねえ》さんって、お婆ちゃんの源氏名を言って、もしや男の子を産んでいませんかって訊《き》いたって。もしくは、十七、八で子供を産んで養子に出した、そういう芸者を知らないか。知っていたら教えて欲しいって」

「十七、八……」

比奈子はそこに驚いた。

「じゃ、絹さんを限定して電話してきたわけでもないんですね」

「そうみたい。でもお婆ちゃん、私のことよって言っていたから」

女一人で生き抜いてきた人だから、絹さんはたぶん用心深いのだ。

「その後も連絡が来てるんですか？」

「わかんない。お正月休みになっちゃったから。でね、大晦日《おおみそか》と元旦《がんたん》は一緒にごはんを食べましょうってことになっていて、昨日、遥人と太鼓屋へ行ったのね、そしたらお婆ちゃん、こたつで預金通帳を眺めていて一」

「だから預金通帳のことが気になったんですね」

「あたしたちを見たら、慌ててそれを隠したの」

比奈子は佐和の不安の原因が、漠然とではあるが理解できた。預金通帳はプライベートな物だから、隠したからといって怪しいことは何もない。けれど客商売に慣れた絹さんならば、佐和を不審に思わせることなく通帳を仕舞うことだってできたはず。

おそらく、絹さんは心ここにあらずだったのだ。

「別に、お婆ちゃんに通帳を隠されてショックを受けているんでもないの。あたしが気になったのは……んー」

佐和は視線を宙に泳がせた。

わかります。と、比奈子は口に出しそうになって、ぐっと堪《こら》えた。早すぎる相づちは相手の真意を聞きそびれると、ガンさんに学んでいたからだった。

「どう言えばいいのかなあ……苦手なんだよね、こういうの、説明するの」

「ママはお婆ちゃんが銀行からお金を下ろして、誰かにあげようとしてたんじゃないかって心配なんだよ。お婆ちゃんが騙《だま》されていたら悲しいなって」

後ろで遥人の声がした。

「準備できたけど、食べていい？　ケーキ」

六畳のリビングでは、子供たちがキラキラした目でテーブルについて、いただきますを待っている。比奈子と佐和はとりあえず、自分たち用に並べられたお皿の前へ移動した。せっかく定規で測ったのに、ロールケーキは切り分けるときに無残につぶれて、切れ端や、はみ出たクリームがそれぞれのお皿になすりつけてある。子供って、すごい生き物だなと比奈子は思った。

「私も絹さんが心配になってきたから、帰りに寄ってみようかしら」

子供たちが淹《い》れた出がらし紅茶を飲みながら、比奈子が言うと、

「そうしてもらえる？」と、佐和は答えた。

「なんかさ。しつこく訊くのもどうかと思うし、でも、心配だし……比奈子さんには迷惑かもと思ったんだけど」

「ちっとも迷惑じゃないですよ。私だって、絹さんにはずっとお店をやって欲しいし」

「お婆ちゃんのこと、なんでこんなに心配なのかって、自分でも不思議なんだけど」

佐和はフォークについた生クリームを舐《な》めながら、

「これってさ。やきもちかなあ……」と、呟《つぶや》いた。

ああそうか。比奈子は、かたくなに実家へ帰らない自分の気持ちも、やきもちなのかもしれないと感じた。比奈子が両親と自分、三人だけの家庭が好きだったように、佐和もお婆ちゃんが大好きなのだ。自分と同じ天涯孤独と思っていたお婆ちゃんに血のつながった家族がいたことが、佐和を複雑な想いにさせるのだろう。

おやつのあとはトランプにカルタに福笑いまでやるという子供たちを、もう暗いからと佐和は追い立て、比奈子も一緒にアパートを出た。

太鼓屋へ寄ってみるつもりだった。

何か手土産があればよかったなと考えながら歩いていると、思いがけず太鼓屋の玄関引き戸がガラガラ開いて、和服姿にショールを羽織ったお婆ちゃんが出てくるのが見えた。

「絹さーん」

比奈子は小走りに駆け寄った。

「明けましておめでとうございます」

佐和さんのところへ行った帰りなんですと告げて、頭を下げる。佐和が心配していたとおり、お婆ちゃんはどこかが微妙によそよそしかった。

「お出かけですか？」

「ええ、まあ」

お婆ちゃんは曖昧《あいまい》に返事をしながら、帯地のバッグを抱き寄せた。中に入っているものを守ろうとして、無意識に行うポーズだった。

「ちょっとね、人と会うことになったものだから」

踵《きびす》を返して歩き出すお婆ちゃんに、比奈子は自然なかたちでついていく。時刻は間もなく五時になろうというところだった。

「おめかししてデートですか？　私も今日は非番だったから、東京へランチに行ったんですよ」

「ほほ……そうなら素敵ですけどね、でも、ちがうのよ」

お婆ちゃんは愛想笑いで足を速めた。

「絹さん、大丈夫ですか？　いつもより元気がないみたいだけど」

日が落ちて風は冷たく、あたりは暗い。点《とも》り始めた外灯の明かりが、お婆ちゃんの顔にくっきりと皺《しわ》を刻んでいる。お婆ちゃんは逡巡《しゅんじゅん》した後、

「私は元気よ。歳とっただけのことですよ」

と、ため息を漏らした。

「そんな悲しいことを言わないで下さい」

比奈子は本心からそう告げた。太鼓屋の焼き台は小路《こうじ》より一段高くなっているから、太鼓焼きを買うときは、いつもお婆ちゃんを見上げていた。けれど同じ地面に立ったお婆ちゃんは、背の低い比奈子よりも小さくて、白髪に地肌が透けている。丸くなった背中を眺めていると、割烹着《かっぽうぎ》の下にはこんなにも華奢《きゃしゃ》な体が隠れていたのかと、心《こころ》許《もと》ない気持ちがした。

「今年八十五ですからね、もう十分にお婆ちゃんよ。若い頃は、年寄りが体のことを愚痴るのを情けないと見下したものだけど、自分がこの歳になってみたらねぇ、若い人こそ、何もわかっていないと思うようになったわ。人間って本当に身勝手ね」

ふーっと吐いたため息が、夕まぐれの闇にくっきり白い。ショールの襟をかき合わせ、お婆ちゃんはその下に帯地のバッグをすっぽり抱いた。比奈子はお婆ちゃんを守ってあげたいと、突然、感じた。そのために頭を巡らせてみたが、都合のいい嘘が見あたらない。どうしよう、どう言おう。

「絹さん。そこまで一緒に行きません？」

考えがまとまらないままに、比奈子は訊《き》いた。

「そこまでって……どこまで？」

「えと、絹さんが行くあたりまで」

前を歩いていたお婆ちゃんはつと足を止め、肩にあごを擦り付けるようにして振り向いた。

「刑事さん。私になにかご用があって、いらしたの？」

薄青く濁りはじめたお婆ちゃんの瞳《ひとみ》に、強い光が宿るのを比奈子は見た。焼き台で太鼓焼きを焼いている時とはまったく違う、自分の人生を一身に背負って逞《たくま》しく生きてきた女の目だった。こうした目を持つ者に、嘘やはったりは通用しない。比奈子はコートの下に手を入れて、形見の七味缶をぎゅっと握った。

「はい。実はそうなんです。佐和さんが絹さんのことを心配して、電話をくれたものですから」

「心配って？　私の何が心配なんです？」

ごめん佐和さん。口止めされているわけではなかったが、比奈子は心で佐和に謝った。

「暮れから絹さんの様子が変だって。心ここにあらずというか、とにかく心配なんだって。そう聞いたら私も心配になっちゃって、慌てて様子を見に来たんです」

「まあ……」


そのまま比奈子はお婆ちゃんと一緒に中央線《ちゅうおう》に揺られて東京駅を目指すことにした。すっかり日暮れた車窓には、姿勢良く座ったお婆ちゃんと、孫のような比奈子が映っている。比奈子の母方の祖母は子供の頃に死んでしまったが、父方の祖母は健在で、お正月に帰省できない比奈子のために、門前甘酒やリンゴや餅《もち》を送ってくれた。佐和が言うように、父やその再婚相手に対する感情が比奈子のやきもちだとするならば、帰りを待ちわびる祖母や父を無礙《むげ》にするのは、あまりにも子供っぽい我が儘《まま》だ。車窓に映るお婆ちゃんの小さな体をぼんやり眺めて、比奈子は、老いていく祖母や大好きな父を想っていた。

「罪滅ぼしにね、行くようなものです」

俯《うつむ》いていたお婆ちゃんが、顔を上げて比奈子に言った。

「え」

「佐和ちゃんから聞いたか知れないけれど、暮れにね、孫から電話があったのよ」

お婆ちゃんは帯地のバッグを膝《ひざ》に置き、両手で優しく握りなおした。品のいいウールの手袋は、佐和と遥人がクリスマスに贈った物だという。

「私はね、若い頃、浅草で芸者をしていたの。道ならぬ恋もたくさんしたけど、一度だけ、子供を宿したことがあるんです」

比奈子は黙って聞いていた。

「相手はさる企業の重役さんでね、スマートで優しい人でした。所詮《しょせん》お座敷の恋と割り切っていたつもりが、柄《がら》にもなく本気になって……男の子をね、産んだんですよ。産んで養子に出したんです。それきり一度も会っていないの」

「お孫さんというのはその赤ちゃんの？　本当にお孫さんなんですか」

お婆ちゃんは比奈子のほうを見もせずに、両手を見つめて頷《うなず》いた。

「たぶんそうです。電話の声がね、若い頃のあの人と、そっくり同じだったから」

お婆ちゃんは顔を上げ、車窓の比奈子と視線を交わした。

「いえね。正直に言うと、そんなふうに思うだけで、本当のところはわからないんですけどね」

「お子さんの養子縁組先を調べてみたらわかるんじゃ？　そうか。ご存じないんですね」

列車が都内に近づくにつれ、車内は次第に混み合って、比奈子は声を低くした。お婆ちゃんは前を向き、遠くを見るような目をしている。

「縁組先はわかっています。彼は坂田《さかた》と名乗ったわ。父親の名字です」

「え？」

お婆ちゃんはチラリと比奈子を振り向いた。

「その人と奥様の間には子供がなくて。ですから私が産んだ子を、奥様に内緒で養子に迎えていったんですよ。赤の他人という建前だけど、本当の父親の許へいったんです」

「そんな……」

絹さんはそれでよかったんですか？

比奈子はそう訊きたかったが、口にすることはできなかった。自分の産んだ赤ちゃんが、本妻の子として引き取られていたなんて。凍るほどに胸を冷やして母乳を止めたとき、産んだばかりの赤ちゃんの泣き声を見送ったとき、絹さんは、どんな思いがしたのだろう。

――女の人生にドラマありか――

頭で女史の声がした。隣に座る小さい人は、たしかに太鼓屋のお婆ちゃんだけど、浅草の売れっ子芸者小松姐《ねえ》さんでもあったのだ。

「薄情で莫迦《ばか》な女とお思いでしょう？　遠い昔のことですからね。あの頃は、珍しい話じゃなかったわ。子供を産んだのも、恋に堕《お》ちたのも、全部夢だと思って来たのに、まさかまさか……あの子が、こんな母親を、ずっと捜し続けていたなんて……そう思ったらね。なんだか胸の奥がぐるぐると熱くなってしまって。せっかく夢だと思ってきたのが、急に本当だった気がしてきてね、いてもたってもいられなくなってしまったんですよ。孫の話では、あの子は癌で、もう、いつ死んでしまうかわからない状態だっていうんです。あの子は私に捨てられたから、私を捨てて、先にあの世へ逝っちまうんだ。身勝手に生きてきた罰が当たったんだ。そんなふうに思えてね」

抑揚を殺したお婆ちゃんの声が、比奈子の胸に滲《し》みてきた。比奈子は苦しくて、バッグに掛けたお婆ちゃんの手に、思わず自分の手を置いた。

「……」

なにか上手《うま》いことを言ってあげなきゃと思うのに、こちらを見上げたお婆ちゃんと目が合ってすら、慰めひとつ出てこない。

罰が当たったなんて、そんなことはありません。

言葉にするのは容易《たやす》いけれど、それはやっぱり違う気がした。うわべだけの言葉に思えるし、上手に何かを言えるほど、お婆ちゃんの人生を理解しているわけでもない。お婆ちゃんはもう片方の手を、優しく比奈子の手に載せた。ウールの手袋でサンドされ、冷え切った比奈子の右手は温《ぬく》もりを感じた。百の言葉に勝るなにかを、人の温もりは伝えてくる。

「佐和ちゃんはたぶん、私が思い悩んでいたのがわかったのね。藤堂さんにもご心配をかけてしまったけれど、つまりはそんな事情だったんですよ」

ポンポンとなだめるように叩《たた》かれて、比奈子は右手を引っ込めた。

「じゃ、今から行くのは息子さんのところなんですね」

「息子じゃなくって孫と会うのよ。私ね、電話では、自分がそうだと言えなかったの。

ただ産んだだけなのに、母親を名乗る資格なんかないわと思ったり、一丁前の母親面してあの子を育てた女がいるのだから、自分の出る幕じゃないわと僻《ひが》んだり……いえね、産む前は納得していたことなんですよ。自分はそういう世界の女なのだから、へっちゃらだわと強がって。なのに産声を聞いたとたん、産の床を蹴《け》散《ち》らして、あの子を抱いて逃げたいと思ったの。薄情な女がなにを言っても嗤《わら》われるだけなのだけど、あの子の匂いや温もりや、元気のいい泣き声が、たった今のことみたいに思い出せるの。そんなこんなが胸に迫って、何も言えずに電話を切って、そしたら昨日の朝また電話をもらって、その後なにかわかりましたかと訊《き》かれてね、それでとうとう、お会いしたいと言ったんですよ」

比奈子は深く静かに呼吸した。

「そうだったんですね。それなのに私たち、オレオレ詐欺を疑って……事情も知らずに、ごめんなさい」

頭を下げると、お婆ちゃんは、「ほほ」と静かに微笑んだ。

「後期高齢者の、その上をいく年寄りですからねえ。そんなことじゃないかと思いはしたけど、嬉《うれ》しかったですよ。自分のことを年寄りだと謙遜《けんそん》したりもするけれど、でもね、まだまだ心のどこかでは、若い気でいたりするんです。でも、体はいうことをきかなくなってるし、目だって見えなくなってきているし、他人様《ひとさま》から心配されるのは仕方がないわ」

「いえ。絹さんはお若いです」

比奈子が本心からそういうと、

「うれしいわ」と、お婆ちゃんは笑った。


正月の東京駅は、いつもよりも人が少なかった。地下中央口までお婆ちゃんを送って、比奈子は八王子へ引き返すことにしたが、せっかくここまで来たのだから、お弁当でも買って帰ろうと思い直した。

お婆ちゃんは背筋をしゃんと伸ばしきり、さりさりと小粋《こいき》に草履を鳴らして行く。待ち合わせ場所として有名な『銀《ぎん》の鈴《すず》』近くにスーツ姿の青年がおり、彼がお婆ちゃんに会釈するのを見届けてから、比奈子は駅ナカのショップへ足を向けた。

前方から、品のいい老紳士がやってくる。シンプルだがいかにも高級そうなカシミアのコートに見とれていると、彼は比奈子の脇で立ち止まり、足を速めた。

「やあ、老楽《ローラ》コーポレーションの橋詰《はしづめ》君じゃあないか」

彼の呼びかけに、スーツの青年と、帯地のバッグに手を入れていたお婆ちゃんが振り向いた。

「こんなところで会うとは奇遇だねえ。例の件はどうなった？　ほら、あの儲《もう》け話だよ」

とたんに、青年は顔色を変えて後ずさった。彼は周囲を見回して、何かお婆ちゃんに囁《ささや》くと、突然、踵《きびす》を返して駆け出した。

比奈子はその逃げ方に覚えがあった。容疑者がこちらを警察官と察した瞬間、もしくは捕獲されると感づいた時、豹変《ひょうへん》して脱兎《だっと》のごとくに走り出す、まさしくその逃げ方だ。

「おや、橋詰君？　橋詰君！」

比奈子は全力で床を蹴った。考えるより先に体が反応したのだ。が、しかし、彼を追って数メートル、八重洲《やえす》中央口の階段を駆け上ろうとしたとたん、ヒールがガクンと内側に折れて躓《つまず》いた。足首がねじれ、手のひらと膝《ひざ》をしたたかに打ち付け、それでも立ち上がろうと見上げた先で、青年の姿は階段の上の人垣に消えた。

「きみ、大丈夫かねっ」

駆け寄ってきた老紳士に、

「大丈夫です」

と、答えたものの、比奈子はタイツが無残に破れ、スカートのフックも千切れ飛んでしまっていた。

さりげなく腰に手をやってウエスト部分をセータで隠し、コートの前を合わせて立ち上がりながら、（死神女史とランチするために、お洒落《しゃれ》していたんだった）と、反省した。今日はパンツスーツではなくてスカートだったから、いつもの機能ブーツではなくハイヒールを履いていたのだ。

足を引きずりながら階段を下りると、紳士は脱げたヒールを拾って、比奈子の足下に置いてくれた。

いったい、今のは何だったんだろう。あの逃げ方は尋常じゃないわ。そう考えながら、とりあえず紳士に礼を言う。

比奈子がお婆ちゃんの許《もと》へ戻ろうとすると、紳士は自分の腕を差し出してくれた。思わず腕を取りそうになってしまうほど、あまりに自然な仕草だった。

「ありがとうございます。でも、大丈夫ですから」

お婆ちゃんは帯地のバッグを抱いたまま、青年が消えた階段を見上げている。

紳士は比奈子にこう呟《つぶや》いた。

「おかしいなあ、なんで逃げたりするんだろう。さては話が飛んだかな」

「え？」

「いえね。ぼくも仕事の話があったんだが」

彼は比奈子をお婆ちゃんのところまで連れて行き、

「お話の邪魔をしてしまったようで、失敬しました」と、謝った。

「あの。失礼ですが……今の人のことを橋詰君と呼んでいらっしゃいましたけど、彼の名前は坂田さんではないんですか？」

比奈子が訊くと、紳士は目を丸くして比奈子を見下ろした。

「あなた、こちらのご婦人のお連れさん？」

「ええそうです」

「いや……あれ？　ぼくの勘違いだったのかなあ。彼は橋詰君です。そう思いますよ。老楽コーポレーションという投資会社の営業マンです」

お婆ちゃんが抱えたバッグの口は開いたままで、銀行の封筒らしきものが覗《のぞ》いている。比奈子はお婆ちゃんの肩を抱き、バッグの口を閉じるようショールを引き寄せて促した。

「絹さん。大丈夫ですか？」

お婆ちゃんは答えない。

「あの人、絹さんに何か言ってたようだけど。なんて言ったんですか？」

お婆ちゃんはショールの下で封筒をバッグに押し込むと、口を閉じた。

「有価証券の購入を斡旋《あっせん》されたのではありませんかな。ぼくも立派なパンフレットをもらいましたよ」

「婆ちゃん、またなって」

お婆ちゃんは、消え入るような声で呟いた。

「……ごめん、婆ちゃんまたなって……言ったんですよ。そう……でも、橋詰さんというんですか。坂田ではなく……」

お婆ちゃんは唇を震わせて、ぽろり。と、一粒涙をこぼした。バッグが床にすとんと落ちて、腰からくずおれるように床に座った。比奈子も一緒に座り込み、お婆ちゃんの背中をさすった。

「あ、そうか。きっと、あの人はお婿さんにいって、名字が変わっていたのかも。坂田から橋詰に」

「いやいや。彼は独身のはずだがな……」

「あのう」

比奈子は紳士を見上げて訊いてみた。

「あの方のことをよくご存じなんですか？」

「会ったのはこれが三度目です」

紳士はきっぱり答えた。

「といっても取引はこれからで、連絡を待っているところだったんだ。なのに、なんで逃げたんだろう」

「立ち入ったことをお訊《き》きしますが、取引というのは」

「それよりご婦人は大丈夫ですか？　どこかで休んだほうがいいのじゃないかね」

前屈《かが》みになって、老紳士は比奈子に囁いた。キャメルのカシミアコートから、微《かす》かに品のいいコロンが香る。ダンヒルだ。と、比奈子は思った。ずいぶん前、母が父に贈り物をしたいと、一緒に買い物に出たことがある。照れ屋で木訥《ぼくとつ》な父のために、二人で選んだ香りがダンヒルだった。父がその香りをつけたかどうか、比奈子は知らない。あれからすぐに自分は郷里を離れてしまい、やがて母は亡くなって、父は他の女性の夫になった。

老紳士の銀髪は清潔になでつけてあり、眼鏡の奥の目が優しい。

父みたいな目だ。それとも野比《のび》先生みたいな。と、比奈子は思う。

よほどのショックを受けたのか、お婆ちゃんは立ち上がることもできないでいる。

比奈子がお婆ちゃんのバッグを拾うと、紳士が腕をとって立ち上がらせた。

「取引というか投資話でね。お見受けしたところ、あなたも彼の顧客に見えたので、ぼくも乗り遅れちゃならんと思いましてね。はしたなく呼び止めてしまったんだが」

「絹さん、あの人にお金を渡すつもりだったんですか？」

比奈子が訊くと、お婆ちゃんは頷《うなず》いた。

「ええ、ええ。そのつもりだったんですよ。せめて入院費の足しになればと……」

「入院費？　橋詰君はどこか悪いのかね」

比奈子と紳士は視線を合わせた。互いの話がまったくかみ合っていないことに気が付いたのだ。


三人はとりあえず近くのカフェに移動した。

紳士が言うには、橋詰と名乗った男は老楽《ローラ》コーポレーションという投資会社の営業マンで、未公開株の買い付けや斡旋をしているという。高齢者向けの事業を展開する企業が、顧客になりそうな相手を選んで株を紹介しているために、利回りのいい商品を代行で買い取り、売ってくれる相手を探していると言われたそうだ。紳士のもとには当該企業から事業紹介のパンフレットが来ていたため、代行するつもりでその後の連絡を待っているところだったというのだ。

「お金を渡してしまったのですか？」

「いやいや」

と、紳士は頭を掻《か》いた。

「いい話だったので、一緒に投資しないかと友人たちを誘ったんですよ。だから橋詰君には少し待ってくれないかと言ったんだ。でも、それきり連絡がこないものでね。友だちには話をしてしまったし、どうしたものかと思っていたら、偶然彼を見かけたもので」

「老楽コーポレーションですか」

比奈子はスマホを取り出して、老楽コーポレーションの社名を検索してみた。派手なホームページに誘導されたが、更新履歴を確認すると、サイトは立ち上げられたばかりのようだった。

「どうですか。なかなかにしっかりとした会社でしょう」

紳士は比奈子をチラ見して、満足げに珈琲《コーヒー》をすすった。

「でも、このサイトの仕様は、どこかで見たことがある気がします」

比奈子はテーブルの下にスマホを隠して暗証番号を打ち込むと、警視庁の捜査情報共有システムにアクセスした。特殊詐欺を扱うページには、仕様が同じで社名だけが違う投資会社のデータがある。

「あの……」

顔を上げた比奈子に、紳士はにっこり微笑んだ。希有《けう》な投資話をまったく疑っていない表情だ。

「お支払いにならなくてよかったと思いますよ。老楽コーポレーションのホームページは、社名だけを変えた偽物の可能性があります」

「えっ」

比奈子はバッグから名刺を出して紳士に渡した。彼は指先でつまんだ眼鏡の焦点を合わせるように、名刺を鼻先数センチまで近づけてから、姿勢を正して帽子を脱いだ。

「まさか。こんなかわいらしいお嬢さんが刑事さんだったとは。もしや、ぼくが投資しようとしていた話はデマだったということですか？」

「おそらく」

お婆ちゃんの気持ちを考えると、比奈子はとてもいたたまれなかった。

あの男がお婆ちゃんに電話してきたのも、詐欺行為を働くためだったのだ。古傷を抉《えぐ》って信用させて、投資話に結びつけていくつもりだったのだ。息子に会える喜びと、その息子をまた失う悲しみの狭間《はざま》で絹さんがようやく下した決断を、こんな形で弄《もてあそ》ぶなんて。この、すっとこどっこいのペテン師め！　比奈子は心で奴を呪ったが、目の前にいる紳士もまた、比奈子の言葉にショックを受けたようだった。

「なんてことだ……きちんとネットで調べて、安心して……」

「ネットって、正しい情報だけがアップされるわけではないんです」

「この歳になって、こんな話にひっかかるところだったなんて」

彼は心底落胆し、椅子に体を沈み込ませた。

「でも、私たちは助けていただきました。私たち、すっかりあの人のことを信用していたものですから」

「いやなに、礼には及びませんよ。ぼくだって株を買う気でいたんですから。しかも、友人にまで声をかけて。ぼくこそお礼を言いたいくらいだ」

「もしもまた何かありましたら、私に連絡してくださいね」

「なにかとは？」

「いえ。例えば、また連絡があったとか」

「連絡は、ありますまい。あの逃げ方を見たらわかります。いやいや、驚いたな」

紳士はカップに残った珈琲を飲み干すと、スマートに会計伝票を引き寄せた。

「あ。ここは私が」

「いいんですよ。なくすはずだった金額を考えたら、このくらいのことはさせてもらうよ」

彼は比奈子の名刺をポケットに収めると、悪戯《いたずら》っぽくそこを叩《たた》いて、出て行った。

立ち上がって頭を下げて、潮垂れたままのお婆ちゃんの隣にそっと座し、比奈子は何も語らずに、お婆ちゃんの動揺が収まる時を待つことにした。

第二章　リッチマン連続殺人事件

数日後。比奈子は勤務中に佐和から電話を受けた。

東京駅の一件以来、激しく落ち込んでいたお婆ちゃんが、入院したというのだった。食が細くなったことを心配した佐和と遥人がお婆ちゃんを無理矢理病院へ連れて行ったところ、検査入院を勧められたというのである。

「お店のほうは遥人が手伝ってくれるから大丈夫なんだけどね。歳が歳だから心配してるの。あまりにがっくりしちゃってね、全然元気がないんだなあ」

スマホの向こうで、佐和は深いため息をついた。

「だから、忙しいとは思うけど比奈子さん。お婆ちゃんが退院したら、また太鼓焼きを食べに来てくれない？　比奈子さんみたいにおいしそうに食べる人はいないでしょ。だからお婆ちゃん、比奈子さんに会ったら、ちょっとは元気、出るかもだし」

「もちろんです」

と、比奈子は答えた。

「太鼓焼きなら何個だっていけますから、任せて下さい。それで佐和さん。その後、怪しい電話はありませんか？」

「ないわ。今度電話してきたら、ただじゃおかないと思っているのに」

「そうですか」

やっぱりあれは詐欺の前振りだったのだ。そう思うと、比奈子はお婆ちゃんが可哀想で仕方がなかった。あの男はどこかでお婆ちゃんの過去を知り、金になると思って電話してきたのに違いない。そうした個人情報を得るには、どんな手段が考えられるだろうか。八王子西署では捜査第二課に特殊詐欺対策室が置かれているから、詳しい手口を尋ねてみるのはどうだろう。

「藤堂、ちょっと来い」

比奈子が考えを巡らせていると、廊下で東海林の呼ぶ声がした。

「それじゃ佐和さん。また連絡しますね」

通信を切って見回すと、いつの間にか室内が閑散としている。敷地面積の狭い八王子西署は、課と課が密接したフロアーなのだ。なのに室内には比奈子しかいない。

廊下に出ると、ロビーに置かれたテレビの前に署員らが集まっていた。

──こちら東京都練馬《ねりま》区の石神井《しゃくじい》公園です──

冬枯れた葦《あし》をバックにリポーターが喋《しゃべ》っている。画面上部のキャプションには、『連続殺人事件か　秋葉原に続いて石神井公園でも女性の遺体』と、禍々《まがまが》しい文字が躍っていた。

「何かあったんですか？」

比奈子が声を潜めると、東海林はテレビのほうへ顎《あご》をしゃくった。

「元旦《がんたん》に三木さんが遭遇したアキバの事件。今度は練馬の石神井公園で、池に沈んだ女の遺体がめっかったんだと」

「え？」

リポーターの指し示す方向へカメラがズームしていくと、バリケードテープの奥に設営されつつあるブルーシートにピントが合った。

「すでに捜査情報共有システムに？」

誰にともなく比奈子が訊《き》くと、

「そっちはまだだ。『ひるまえニュース』の特ダネだとよ」

唸《うな》るような声でガンさんが答えた。

──遺体が発見されたのが、ちょうど今ブルーシートで囲われているあたりのようです。石神井公園には、ボート遊びなどができる石神井池と、中島に厳島《いつくしま》神社がある三宝寺《さんぽうじ》池という二つの池がありまして、こちらは三宝寺池側になります――

――元旦に秋葉原であった殺人事件と同じように、そのご遺体も口にお金が詰め込まれていたという情報があるんですが、本当ですか？――

ＭＣがリポーターに確認すると、カメラは捜索中の警察官や鑑識官の姿を映し始めた。ブルーシートの奥に機材を運び込んだり、中から走り出して来る者もいる。

――はい。そういう話を聞いて駆けつけてきたのですが……ここからは現場の様子を見ることができません。ご遺体が重くて池から出せないというような声もありましてですね、現在、慌ただしくご遺体を回収する準備がされているようです――

――重すぎる？　重すぎるというのはどういう状況なんでしょうか？……――

ＭＣがリポーターに問いかけると、

「小銭が詰まってやがるんだ。ばかたれ」

と、片岡が吐き捨てた。

「管轄は石神井警察署っすかねえ」

東海林のつぶやきに返事をする者はない。テレビ画面の奥、ブルーシートの手前は葦の原だ。比奈子はそれがどのあたりなのか、わかる気がした。敷地面積が二二ヘクタールを超える石神井公園は、一部を風致地区として東京都が環境保全に力を入れている。三宝寺池の周辺には葦や水草など沼性の植物が繁茂していたはずだから、テレビに映っているのはそのあたりだと思われた。

「そのご遺体も、口に現金が詰め込まれていたんですか？」

比奈子が訊くと、

「確かなことはわからんが、遺体発見のきっかけは、池に万札が浮いていたからだそうだ」

と、ガンさんが答えた。

「元旦早々、アキバで現金を咥《くわ》えた男が見つかり、今度は石神井の池ん中で、万札付きの女が見つかったってか。ふざけやがって」

片岡は両手をポケットに突っ込んで、テレビに食って掛かりそうなほど背伸びした。

「いけすかねえ成金野郎にゃ反吐《へど》がでる」

「まあまあ」

と、倉島が片岡をなだめている。

「アキバのほうは若い男性ということでしたけど、その後、身元はわかったんでしょうか」

「まだだ」

「今度は女性で、また、お金が？」

「重いと言っていますから、その可能性はありますね」

テレビがコマーシャルに切り替わると、倉島は振り向いて、東海林を見た。

「殺した相手に現金を食べさせるなんて、どういう神経をしているの？」

「なんでそれを俺に訊くんっすか」

「いや。死体発見なんて、ただでさえゾッとするだろう？　でも、それが大金を咥えていたら、ゾッとするよりハッとするのかなあなんて思ったものだから」

「ま。たしかに。激しく懐の寒いときなんかは、心が動くかもしれねえっすよね。でも、死体が喰《く》ってた札束なんか、薄気味悪くて猫ばばできねえっすよ……いや。すぐ両替しちまえばいいのか。つか、今回は幾らくらい使われたんっすかね」

「仕事に戻るぞ」

ガンさんが声を上げ、それを機にロビーの人垣は崩れはじめた。壁際には鑑識の三木や真紀《まき》もいて、比奈子は彼らに歩み寄った。秋葉原の一件では、行政解剖された遺体についての情報は外部に流されていないのだが、口に押し込まれていた紙幣や小銭を含め、体内からは総額六十万円以上の硬貨が摘出されていたという。

「本庁からの連絡よりも、テレビのほうが早いなんて」

比奈子が二人に囁《ささや》くと、三木は鼻の穴を膨らませた。

「たまたま公園近くの寿司《すし》屋でマグロの解体ショーをリポートしていたテレビクルーが、サイレンの音に気が付いて、急遽《きゅうきょ》生放送に挟んだようです。厚田警部補がよく言いますが、視聴者は猟奇事件が好物ですからな。アキバの一件が騒ぎになっておるところへ二人目の遺体が出たとあっては、しばらくワイドショーはこの話題で持ちきりになることでしょうな。本庁のお偉方も目の色が変わると思われます。なんといっても、このところ血生臭い事件が続いておりますんで」

「本当に連続殺人なのかしら」

「わかりませんな」

「秋葉原の一件では鑑識も正月休み返上で指紋の採取をしているみたいですよ」

真紀が言うと、

「石神井の遺体も現金を飲んでいた場合、こちらへも若干の応援要請が来るかもしれません」

と、三木が唸った。

「小銭を一枚一枚スキャンして、指紋を採取してからデータにしていくんですって」

「うわぁ。でも、お金って不特定多数の人が触るでしょう？　そこから指紋を検出して、なにか意味があるんですか」

「鑑識の仕事とはそういうものです」

三木はふんっと鼻を鳴らすと、

「では、我々も仕掛かり事案を片付けておきますかな」

と、真紀を見た。

たしかに三木の言うとおり、鑑識には鑑識の、刑事には刑事の仕事がある。ひるまえニュースは情報番組に替わったが、秋葉原に続いて石神井公園でも変死体が見つかったために、この一件を特ダネ扱いでまだ伝えている。

「現金がらみで注目度も高いし、本庁に帳場が立つかもですねぇ」

刑事課に戻ってみると、ガンさんのデスク脇に片岡が立って、大きな体を揺らしていた。帳場というのは特別捜査本部のことだ。比奈子はとりあえず自分のテリトリーである給湯室に引っ込んで、お湯を沸かした。今までも帳場が立つのは見てきたが、それらは八王子西署の管内で起きた凶悪事件に対して、署内講堂に立ち上げられたものだった。所轄署に捜査本部が立つと、本庁から捜査一課長、理事官、管理官をはじめとする敏腕捜査員が派遣されてきて、所轄署の捜査員とペアで捜査にあたる。そのたびに比奈子は、夜食やお茶の手配に奔走した。

上野署にはすでに捜査本部が立っているはずだが、石神井署でも同様の事件が起きたとなると……。同じ警視庁で働きながらも、比奈子はまだ警視庁本部のことがよくわからない。都内は広く、管轄部署が複雑な上に、警察官や職員の数は膨大だ。こぢんまりとした八王子西署とはちがって、警視庁本部は地上一八階、地下四階。警察官、職員合わせて膨大な人々が働いている。そこに帳場が立つと考えただけで、比奈子は頭がクラクラした。石神井公園の池に沈んでいた女性の遺体。もしもその口にも札束が挿さり、喉《のど》に小銭が詰め込まれていたら、合同捜査本部が立つのは必至と片岡は言う。

凍った水の下で髪を揺らし、葦《あし》の根本に沈んだ女性を想像して、比奈子は思わず身震いした。


さらに数日後。八王子西署の刑事組織犯罪対策課は早朝に緊急召集を受けた。召集先の会議室で、厚田班の面々は横一列に並んでいたが、班長であるガンさんは部屋の正面、部長刑事の隣で苦虫を噛《か》み潰《つぶ》したような顔をしている。

「署長は電話で本庁と話し中なので、先に進めておけということだ。実はな。昨日未明、東京湾埠頭《ふとう》若洲《わかす》海浜公園のテトラポッドの隙間から、五十代から六十代と思《おぼ》しき男性の遺体が発見された」

部長刑事の言葉に、

「若洲海浜公園つーと所轄は……」と、東海林が呟《つぶや》き、

「あそこは城東《じょうとう》署だったかな」と、片岡が答えた。

東京都には百を超える警察署がある。それぞれがどこにあり、どこを管轄しているのか、比奈子の記憶はあやふやだ。苦手な漢字と同じで、形式や形態を覚えることが難しいのだった。

「つか、なんで俺たち、城東署の事件で召集されてんすかね」

東海林のぼやきにガンさんが咳払《せきばら》いをする。

「発見者は立ち入り禁止区域に入った釣り客だ。確かに管轄区外の事件だがな、この遺体の口には、小銭と、丸めた札束が押し込まれていたそうだ」

部屋が一瞬ざわめいた。比奈子も思わず息を呑《の》み、無意識にポケットをまさぐった。

「第三の事件というわけですか。アキバの一件からまだひと月も経っていないのに」

「何が起きてやがるってんだ」

「本日夕刻、警視庁本部がこの件について記者会見を予定している。都内各所における男女連続不審死事件の特別捜査本部は、本庁に置かれることになった」

部長の発表からやや遅れて、副署長ばかりか署長までもが顔を出し、所轄を含め警視庁全体が本件についての情報を共有するよう本庁からお達しがあったと告げた。

「秋葉原、石神井、若洲。三件の詳細については追って情報が送られてくる。全員が心にとめて、本庁からの緊急協力要請に備えておくように」

「はいっ！」と一斉に応じた声に、部屋が震える。

比奈子は警察学校時代のことを思い出した。一糸乱れぬ動作が建物すら震わせることを知ったのは、あの時が初めてだった。緊迫感を帯びた室内に、その時携帯電話の着信音が響き、ガンさんが頭を下げて席を離れた。部長が解散を告げたとき、ガンさんはスマホを耳に当てたまま、何か言いたげに比奈子ら厚田班の面々を睨《にら》んでいた。

署長の言葉通りに、それから間もなくして警視庁本部から概要情報がもたらされてきた。

二〇一六年一月一日。台東《たいとう》区秋葉原の防災公園にて、マンホールトイレに下半身が挟まった男性の遺体を発見。死因は喉に異物（硬貨）を詰め込まれたことによる窒息死。被害者は推定年齢二十代後半から三十代前半。男性。身長一七二センチ、痩《や》せ形。背広に黒いコートを着用。衣類に乱れなし。所持品なし。

遺体発見のきっかけは、同区ダイビル近くの公衆電話からの通報によるもの。通報者は不明。電話機から採取した指紋に前科者等の該当はなし。

立地条件及び緩解等に鑑《かんが》みて死亡推定日時は二〇一五年十二月三十日から三十一日。殺害現場は当地。現在のところ目撃情報はなし。身元捜索のため遺体の似顔絵を公開する準備中。


二〇一六年一月七日。練馬区石神井公園、三宝寺池の沼沢植物群落保存地区内にて、水中に沈んだ女性の遺体を発見。死因は秋葉原と同じく喉に異物（硬貨）を詰め込まれたことによる窒息死。被害者は推定年齢四十代から六十代。女性。身長一五七センチ、肥満型。上下ともに黒のビジネススーツを着用。衣類に乱れなし。イヤリング以外の所持品なし。

発見者は公園近くに住む男性。散歩中、池に一万円札数枚が浮かんでいるのを見つけて棒様の物を用いて拾おうとしていたところ、遺体を発見したもの。

死亡推定日時は二〇一五年十二月上旬から中旬。

殺害現場は不明ながら、遺体の重さ等を鑑みて当地と推測される。目撃情報なし。

身元捜索のため遺体の似顔絵を公開する準備中。


二〇一六年一月一七日。江東《こうとう》区若洲海浜公園にて、テトラポッドの隙間に挟まれた男性の遺体を発見。被害者の推定年齢は六十代から七十代前半。ダウンジャケット、ダウンパンツ、アウトドア用ブーツを着用。所持品不明。その他不明。


「この三人目が例のホトケさんっすね。今朝方若洲でめっかったっていう」

回し見用の書類を手にして東海林が言うと、

「そうだ」

と、ガンさんは咳払いをした。

「ところで、そのホトケさんだがな、東大法医学部に司法解剖の要請がいったと、さっき先生から電話があった」

ガンさんのまわりには、片岡、倉島、清水、東海林、そして比奈子という厚田班の面々が集合している。

「まじすか」

と、声を上げたのは東海林だった。

「やっぱ死神女史のお出ましか。あのオバサン、えぐい事件だとリキの入れ方が違うんっすよね」

「一緒に行くか？」

ガンさんは厚田班の面々を見るともなしに見やったが、東海林が即行でガンさんから視線を外し、清水もさっと俯《うつむ》くと、片岡と倉島は確信犯的に比奈子のほうを振り向いた。

「……私ですか？」

と、意味もわからず比奈子は訊《き》いた。

「藤堂刑事は、腑《ふ》分け現場は初めてでしょう。いい勉強になりますよ」

いつにもましてクールな声で倉島が言うと、

「朝飯喰《く》ってきちまったなら、吐いてから行けよ」

と、片岡が付け足した。

「腑分けって……えっ。司法解剖の現場に立ち会うってことですか？」

比奈子は助けを求めるように東海林を見たが、東海林は真っ青な顔で両手を振った。

「ダメダメ。俺は絶対ダメだから。現場の死体には慣れてっけど、あれはムリ」

「東海林は司法解剖に立ち会って、卒倒したことがあるからね」

清水が比奈子に説明した。

「でもまあ管轄区外の司法解剖に立ち会うなんて、特例中の特例だからね。藤堂にとっては、いい勉強になると思うよ」

小柄な清水はそう言うと、諭すように比奈子の背中をポンと叩《たた》いた。

「行ってらっしゃい」

「でも、私」

「行くぞ、藤堂」

ガンさんが椅子に掛けてあったコートを取ると、厚田班は全員が比奈子に道を空け、東海林は親切にも、上着とバッグを持たせてくれた。比奈子は泣きそうになりながら、ガンさんの背中を追いかけた。


初めて東大へ死神女史を訪ねたとき、比奈子はてっきり司法解剖を見せられるものだと覚悟していた。それでも、あの時通されたのは女史の研究室で、見せられたのはおびただしい数の遺体写真だけだった。警察官の修習中、たまたまスケジュールが合って司法解剖に立ち会えた者もいたけれど、幸か不幸か比奈子には機会がなかった。いや。それは明らかに幸運なことだったと思うけど。

保護着、ヘアキャップ、マスクと長靴を身につけて、ガンさんの後ろから解剖室へ入った比奈子の前には、いきなり全裸の遺体があった。解剖室は思ったより狭く、作業効率に配慮したコンパクトな設計で、解剖台の脇に備え付けられたシンクを見ると、マグロを捌《さば》くキッチンみたいだと比奈子は思った。

室内には死神女史とその助手の他に複数の人がおり、そのうちの少なくとも四名は警察官だった。検死中、遺体の位置替えや移動は警察官が行うことになっているのだ。

マスクで顔の見えない面々は、城東署、石神井署、上野署の捜査員らと思われた。彼らと面識があるらしいガンさんは、軽く会釈してから無言で比奈子の脇に立つ。プロテクターを装着した女史もまた、比奈子とガンさんを一瞥《いちべつ》しただけで、何の言葉も発しない。比奈子は臭いを吸い込まないよう注意して、仰向《あおむ》けで解剖台に置かれた男を見た。鼻の下に塗ってきたメンソールが、ビリビリするほど痛かった。

発見は昨日未明と聞かされていたが、遺体にはすでに腐敗網が現れていた。皮膚の剝落《はくらく》した箇所もあり、テトラポッドの隙間に体ががっちり食い込んでいたことが見て取れる。真冬に潮風に晒《さら》されていた場合、死体現象は若干緩慢になるとしても、死後一週間以上は経過していることだろう。そういう予測がつくようになってしまった自分のことが、知らない誰かのように感じられる。

青白い人工灯のせいで、ふくらみ始めた遺体の皮膚が白く照っている。比奈子の位置から表情までは見えないが、口に札束が挿さっているのはわかる。筒状に丸められた現金が、抜き出す途中のワインのコルクさながらに、人間の口腔《こうこう》というあり得ない場所から突き出しているのだ。

「じゃ、始めるよ」

死神女史は遺体の正面でそう言った。

その場の一同が両手を合わせて黙禱《もくとう》してから、検死が始まる。

遺体は細部にわたってメジャーで測られ、写真を撮られ、数字と記号に置き換えられて、データとしてストックされるのだ。まばらに禿《は》げた頭髪の隙間、白濁した眼球から臍《へそ》の穴まで、余すところなく観察したあと、女史は丁寧に札束を取り除き、トレーに載せた。

「太っ腹だねえ。十万円ぐらいありそうだよ」

ピンセットでほぐされた紙幣は、新札も旧札も札の種類も入り混じっている。

おそらく遺体は大量の血を吐いたのだろう。多くは血液に浸したように汚れていた。

「巻かれた順番を換えないように、広げて写真を撮っとくれ」

「はい」

トレーを手にした助手が別の場所へ移動していくと、死神女史は「背中」と、ひと言命令した。もちろん遺体は自力で動くことができない。解剖台の脇に控えていた警察官らが、歩み寄って、手を掛ける。

警察学校の修習で検死に立ち会った時は、警察官は二人で遺体を持ち上げて、ドクターが背中を観察できた。けれど今回の遺体を裏返すには、屈強な警察官が四人必要だった。彼らは遺体の肩と臀部《でんぶ》の下に手を差し込むと、「むっ」と小さく唸《うな》りを上げて、きわめて慎重に遺体を返す。

「そっと丁寧に！　皮膚が破れちまうだろう」

それでも女史は檄《げき》を飛ばした。

「このホトケさんの体格だと、推定体重は七五キロ前後というところ。でも、実際には百四十キロ以上の重さがあるんだよ。ごらん、腹部が変形してる」

その差がたぶん硬貨の重さだ。比奈子は想像を逞《たくま》しくした。

先の遺体は体内に六十万円以上の硬貨が入っていたと聞く。一円玉の重さが一グラム。五百円玉で七グラム。五円玉から百円玉は五グラム前後ということだから、六十万円を雑多な硬貨でそろえたとすると、銀行員が硬貨を入れて持ち歩く麻袋の、何袋分になるのだろう。室内温度は低いのに、比奈子は冷たい汗をかき始めていた。

「大丈夫か？」

顔を見もせずガンさんが訊き、

「大丈夫です」

と、比奈子は答えた。

再び仰向けにされた遺体を睨《にら》んで、死神女史はメスを握った。思わず比奈子は首をすくめたが、死んだ男は抗《あらが》いもせず、喉《のど》に刃《やいば》を受け入れる。

「む」

女史は奇妙な声を上げた。

「先生、どうしましたかい？」

ガンさんの問いかけを無視して、一気に下腹部までメスを引き、女史はチッと舌打ちをした。

「メス。新しいのに替えとくれ。刃先に何か抵抗があった」

助手にメスを預けると、女史はゴム手袋をした手を傷口に入れ、遺体の腹部を両側に広げた。チャリ、チャリ、チャリンと音を立てながら何かが落ちて、解剖室にいた者たちは、「うっ」と一様に目を逸《そ》らした。猛烈な腐敗臭が鼻を突く。横目で恐る恐る確認すると、緑色に溶解した腐敗汁に浸って、鈍く光る物がある。雑多な種類のおびただしい硬貨が内臓を突き破り、肋骨《ろっこつ》の隙間に食い込んでいるのだった。

（四袋以上）

比奈子は頭で呟《つぶや》いて、思わず吐きそうな気分になった。

「ああ、こりゃ……」

死神女史のプロテクターには、粘度の高い遺体の汁が飛び散っている。

「重いわけだ。まるで小銭の詰まったガマグチじゃないか」

無言で差し出された女史の手に、助手は医療用のペンチを載せた。それを用いて彼女は淡々と骨を切る。三本目の肋骨が外されたとき、刑事が一人、解剖室から逃げ出していった。

「吐きたい奴は出て行っとくれ。一人が吐くとみんな吐く。迷惑だからね」

すっぱり女史に恫喝《どうかつ》されて、比奈子はこみ上げてきたものを呑《の》み下した。ポケットの七味缶を握りしめ、（私は刑事よ……刑事よ、刑事よ……）と、心の中で唱え続ける。目の神経が壊れたみたいに、瞼《まぶた》が上手に下りてこない。比奈子の両目は見開かれたまま、遺体の患部に釘付《くぎづ》けになった。

肋骨を外してしまうと、女史は遺体の上に屈《かが》み込み、さらに内部を調べ始めた。何度も焚《た》かれるカメラのフラッシュ。内臓と腐敗汁が手袋とこすれる湿った音。体内から取り出された硬貨は粘液にまみれ、それなのに、一部は磨かれたように光っている。

女史は奇妙に変形した胃を外しながら、プロテクター越しに比奈子を見た。

「さて、困ったよ。胃が重くて持ち上がらない。緩解度合いも顕著だから、ムリに外せば胃壁が破れる。っていうか、あたしもこんなの初めて見たよ。小銭のせいで胃が膨らんで、心臓を圧迫しているし……」

言いながら患部を指さす女史の手が、比奈子の位置からよく見える。比奈子はさっきの一瞥の意味を理解した。解剖の一部始終を記憶して、日本精神・神経医療研究センターに囚《とら》われているプロファイラー中島保《なかじまたもつ》に伝えられるようにしておけと、女史は言っているのだった。

「中身を出してからでないと胃は外せない。仕方ないから、重さは別々に量って記録するようにしておくれ」

綿密に臓器を採寸しながら、女史は刑事らのほうへ顔を上げた。

「ごらん。胃が幽門部で裂けている。前の二人は窒息死って聞いたけど、どうも窒息どころのさわぎじゃなかったみたいだよ。このホトケさんは、口から小銭を流し込まれて殺されたんだ」

解剖室に踏みとどまった刑事らは、互いに顔を見合わせた。

「口から小銭をって……どうやったらそんな芸当ができるんですよ」

訊《き》いたのはガンさんだった。

女史は遺体の喉を開いた。そこからもおびただしいコインが溢《あふ》れてきたが、彼女はさらに遺体の口を大きく開けて、ライトで観察しはじめた。切り裂かれた喉から、女史のライトが透けている。

「方法はわからないけど、ここ。前歯が一本折れてるね」

ガンさんと比奈子は遺体の頭部へ移動して、大きく開けられた口を見た。差し歯らしき前歯が一本抜けて、下顎《かがく》の犬歯にも欠けがある。

「先生、ここ」

切開された胃袋から硬貨を拾い出していた助手が言う。

「幽門近くに歯があります」

再びフラッシュライトが焚かれ、助手らは手際よくそれを写真に撮った。

「こっちへ貸して」

死神女史が渡された歯をつまみ、遺体の口に挿してみると、

「その歯だな……」

どこかの刑事が呟いた。

「ふむ。小銭と一緒に呑んだんだろうね。あと、ここね。唇と上顎《じょうがく》、舌にも何か傷がある……喉にもだ」

女史が鉗子《かんし》で示した場所を二人の助手が写真に撮ると、女史は「うむぅ……」と首を傾げた。

「これってあれだよね。ほら、三大珍味の。肝硬変になりかけた鳥の臓物を、ありがたがって食べるやつ」

「フォアグラですか？」

と、比奈子は訊いた。

「そう。肝臓を肥大させるために無理矢理餌を突っ込むだろう？　そんな感じで、強制的に小銭を詰め込んだのかもしれないね。食道も胃も突き破って体内に溢れ出してしまうほど、力とスピードがあったんだと思う。たぶん窒息する暇はなかった。ホトケさんは、内臓破裂で死んだんだよ」

大きく裂かれた遺体の腹と、腐汁にまみれた硬貨が迫ってくるようで、比奈子は突

然ムカついた。司法解剖は死者の声を聞く作業だ。行為自体に嫌悪感はないものの、そこには行為の原因となった悪意がまざまざと浮かび上がっているわけで、それが比奈子を蝕《むしば》んで、酷《ひど》いダメージを与えてくるのだ。背中の冷や汗が骨の髄まで滲《し》みて来て、比奈子は自分の意識が体を抜け出し、解剖室の外へ飛んで行くような気持ちになった。

新鮮な空気を吸いたい。真っ青な空を見て、冬の匂いを今すぐ嗅《か》ぎたい。

「それじゃ、今度は脳を見ようか」

女史は慣れた手つきで遺体の両耳の後ろにメスを入れ、濡《ぬ》れた水着を脱がせるように、頭皮を剥《は》いで頭蓋骨《とうがいこつ》をむき出しにした。骨を割るカッターの音を聞いているとき、すうっと突然暗幕が下りて、比奈子の思考はぷつりと途切れ、一切何もわからなくなった。

誰が吐こうと倒れようと、司法解剖は続くらしい。

廊下に置かれた長椅子で比奈子が我に返ったとき、近くには最初に部屋を出た刑事がいて、何か語りかけようとしたとたん、またトイレへ走って行った。

解剖室から出てくる者はなく、彼が行ってしまうと、寒々しく暗い廊下に比奈子は独りで残された。

肋骨を外されて中身が剝《む》き出しになった遺体のビジョンと、べろりと皮を剝がされた頭蓋骨のビジョンが、比奈子の脳裏に焼き付いている。内臓と血の臭いがへばりついてくるようで、比奈子は気分が悪かった。自分はたぶん、吐き気をもよおす間もなく貧血を起こしてしまったのだ。

狭くて古い天井を見上げ、比奈子は両手で自分を抱いた。ふっくらとした二の腕の感触にほっとしながら、手の平で上腕骨を握りしめ、鎖骨を確かめ、首を摑《つか》み……あれ？　脈はどこだったかしらと不安になった。

自分の脈は打っているのか。焦って首筋をなで回しても、脈打つ場所が見つからない。比奈子は慌ててマスクを外し、手首の脈に指を置いて、ようやく自分の心臓が動いているのを確認した。髪に指を差し込んで、今度は頭皮を動かしてみた。頭の皮があんなにも容易《たやす》く剝けるなんて知らなかった。

人の体はロボットのようだ。

そう思って、怖くなる。

温かな皮膚の下に骨格があって、いろんな装置が詰まっている。内臓が機能し、命が通い、動いて、考えて、生きている。それなのに、あんなにも簡単に肋骨が外され、内臓が出され、頭蓋骨を剝き出しにすることができるなんて。

「……なんでだろう……」

薄暗い廊下の奥で、激しく水を流す音がした。あの刑事はまた、吐いたのだろうか。自分はどうして倒れたのだろうか。両腕に自分を抱きしめて、比奈子はそれが温かく、生きていることを確かめる。

この命が絶たれたら、自分もたった今見た遺体のように、空っぽの何かになるのだろうか。カバーと装置と骨格と……あれは、もう……、

「死体なんだ」

比奈子はうめいた。

そう、あれは死体だ。誰かが彼を死体にしたのだ。生々しい命を奪い取り、あんな部品の塊と、抜け殻だけにしてしまったのだ。この上なく恐ろしいやり方で、彼の人生を殺したのだ。

立ち上がって解剖室に戻ろうとして、比奈子はぐらりとよろめいた。殺された親友、仁美《ひとみ》のことが頭をよぎった。ぐしゃぐしゃの肉塊を見た時でさえ、仁美を死体とは思わなかった。それなのに、解剖室のあの人は死体だったと比奈子は思った。死体だった。抜け殻だった。顔に恐怖を貼り付けたまま、殺人者の悪意を澱《おり》のように染みつけ

たまま、あの男性は死体にされた。許せない。許してはならない。

ぐっと下腹に力をいれて、立ち上がったはずみに、胃から何かがせり上がってきた。比奈子は両手で口を押さえて、刑事と入れ違いにトイレへ走った。


その翌朝、八王子西署から三木の姿が消えた。

遺体から取り出された夥《おびただ》しい数の硬貨を調べるために、鑑識課長が三木を本庁へ戻したのだ。三件が連続殺人と判断されたために、本庁に置かれた特別合同捜査本部は増員され、メディアやプレスの報道合戦が始まっていた。

「本庁のほうは大変らしいっすね。リッチマン殺人事件って大騒ぎじゃないっすか。てか、言い得て妙っすよね、リッチマンての」

片岡が読んでいる朝刊を肩越しに覗《のぞ》き込みながら、東海林は比奈子の淹《い》れたインスタントコーヒーをすすっている。ガンさんもまた自分のデスクで別の朝刊を読んでいるので、比奈子はガンさんがお茶をこぼさないよう注意して、渋い湯飲みをデスクに置いた。

「倉島さん、知ってます？　ビルの隙間とか池の中とか、それからゴミ捨て場の隅とかさ、そういう狭っちいところに入り込む輩《やから》が増えてきているって話」

「いや。まさか遺体を探してですか？」

「そそ。中身はともかく、口に入っている札束だけでもけっこうな金額なんすから。探してみようって気になるんじゃないっすか」

「浅ましい。悪趣味なことこの上ないな」

比奈子が差し出したお盆から自分のカップをつまみ上げ、倉島は、眼鏡の位置を調整した。

「藤堂刑事は、顔色が悪いみたいだけど、どうしたの」

「え、そうですか？　別に何でもありませんけど」

コーヒーカップを口から離し、東海林は嫌みな笑みを浮かべた。

「こいつ。昨日、解剖室でぶっ倒れたらしいっすよ。若洲のホトケさんを見ている時に」

意地悪な東海林の言葉に、

「東海林の時は、頭蓋骨を開く前にぶっ倒れていたっけかな。仕方なく外へ運びだそうとしてみたが、でかくて重くて大変で、ずっと床の上に転がされていたよな」

と、大きな声でガンさんが言った。

「ガンさん、それは言いっこな……」

東海林はゲップをするなり、コーヒーカップをその場に置いて、出て行った。

「バカかあいつ、未《いま》だにトラウマになっていやがる」

片岡は新聞から目を離さずに、湯飲みのお茶をがぶりと飲んだ。

「まあね。いつまでトラウマを抱えるかは別にしても、ごく当たり前の反応だと思いますよ」

比奈子を真っ直ぐ振り返り、倉島はそう言った。

「で、どうでした？　初めて腑《ふ》分けを見た感想は。今朝はココアを飲んでませんから、なんとなくわかる気はしますけど」

「私……」

比奈子が思わず口ごもると、ガンさんは新聞紙の奥から比奈子を見上げた。

「……衝撃が大きすぎて、何が何だか」

比奈子はやっと、それだけ言った。

言いたいことは山ほどあるが、上手《うま》く言葉にできる気がしない。死神女史が手際よくトレーに並べていた臓器ほどにも、心の整理がついていないのだ。

「俺は頭に血がのぼったぞ」

読み終えた新聞紙を畳みながら片岡が立ち上がる。彼は新聞を、空になった比奈子のお盆にポンと載せた。

「被害者は若い女だったがよ。司法解剖に立ち会いながら、はらわたが煮えくりかえってゲロっちまいそうだったぜ」

「自分の時もそうだったねえ。被害者が少年だったから、よけいにね」

すでに書類業務を始めていた清水が、パソコンの奥からそう言った。体格が小さいせいもあり、椅子に座ってしまうと、存在感がほとんどない。

「絶対に犯人を捕まえてやるって、トイレで吐きながら誓ったねえ。うん。今となっては懐かしい」

比奈子は両手でお盆を持ったまま、何度か小さく頷《うなず》いた。

「藤堂刑事も同様ですか。でもまあ、嫌悪感より怒りが勝ったなら大丈夫ですね」

倉島は比奈子のお盆から新聞を取ると、身を翻してデスクに座った。広げた紙面には、【震撼《しんかん》！ リッチマン殺人事件 三人目の被害者か】と、大きな見出しが躍っている。

比奈子はみんなが飲み終えたお茶の道具を片付けて、給湯室へ引っ込んだ。

最初の事件から二週間以上が経過しても、捜査本部から被害者の身元情報は届かなかった。

三宝寺池に沈んでいた中年女性が最初の被害者で、次がアキバの若い男性、そして若洲の年配男性の順で殺害されたということと、身体的特徴から三人とも肉体労働者ではないらしいということ以外は、共通点すら浮上してこない。着衣から販売店を割り出すという地道な捜査が続けられていたが、唯一の有力な手がかりが、女性被害者が身につけていたイヤリングという有様だった。一見地味なイヤリングは、調べてみればヴァンクリーフという高級ブランドの六十万円相当の品だという。

捜査本部は被害者らの似顔絵をメディアに公開したのだが、取り立てて特徴のない容姿と相まって、事件自体がセンセーショナルだったため、多くの不確実情報が寄せられて、確認作業が膨大になってしまったと聞く。捜査の進捗《しんちょく》状況を確認したくて、比奈子は三木にメールしてみたが、返って来たのは、

――ただいまゲシュタルト崩壊中。カオスな小銭と格闘する地獄の日々が続いております――

という、ごく簡単な文面だけだった。真冬で遺体から虫が出なかったこともあり、死神女史からの呼び出しもない。捜査本部は本庁にあり、八王子西署の比奈子には、

保のプロファイルに必要な情報ももたらされなければ、日本精神・神経医療研究センターに届けるべき検体もなかった。


新たな展開を得られずに、マスコミのトーンが落ちてきた一月下旬。

比奈子は佐和に呼ばれて太鼓屋へ向かった。

午後六時半。日暮れた路地にちらほらと雪が舞い、太鼓屋の焼き台から漏れる明かりに軒のつららが光っている。故郷信州のそれとは違う、小さくてかわいい都会のつららだ。

「こんばんはー」

声をかけてガラリ戸を開けると、明かりを落とした店内にストーブの火が燃えていて、脇の調理場で佐和が小豆《あずき》を洗っていた。

「あ、比奈子さん」

佐和は白い割烹着《かっぽうぎ》を着て、藍《あい》染めの手ぬぐいを被《かぶ》っている。ほんの半年ほど前までは、焦げたあんこで生焼けの太鼓焼きしか焼けなかったのに、今では看板娘のように落ち着いて、仕込み作業も手慣れたものだ。事実、佐和が焼き台に立つようになってから、若い男性客が増えたとも聞く。無人の客席を眺めて、比奈子は、

「遥人君は？」と訊《き》いてみた。

「先に帰ってご飯を作ってくれてるんだよね。私は仕込みがあるから、どうしても遅くなっちゃうの。遥人の晩ご飯、おいしいのよ。たいてい目玉焼き丼なんだけどさ」

佐和は照れ臭そうに笑いながら、手の甲で鼻をぬぐった。

「佐和さん。手が真っ赤じゃない」

「うん、そう。水が冷たいからね」

比奈子は厨房《ちゅうぼう》の窓越しに、佐和の手元を覗《のぞ》き込んだ。

「お湯、でないんですか？」

「でるよ。でも、小豆は水で洗わないとさ、ゆっくり上手に膨らまないから」

「そうなんだ。冬場は大変な作業ですねえ」

「どっちかっていうと、夏場のほうが大変かな。焼き台で火を使うから、暑くって」

「佐和さん。もう、すっかり太鼓屋の人ですね」

比奈子は心から感心し、

「それで、絹さんの具合はどうなんですか？」と、訊いてみた。

お婆ちゃんは検査入院が長引いて、まだ戻っていないのだった。

「やっとね、明日《あした》、退院できるって」

「それはよかったです。あ、じゃあ、何かお手伝いしましょうか」

比奈子は店のテーブルや椅子を拭《ふ》きながら、佐和の話を聞くことにした。佐和によると、お婆ちゃんは体調がまずまずながら、すっかり気持ちが落ち込んで、お店をやる気力が萎《な》えてしまったということだった。

「病院のソーシャルワーカーさんにね、ホームの相談があったっていうのよね」

「ホームって、老人ホームのことですか？」

「そ」

佐和は頷いた。

「遥人と私がここに住んで、自分はホームへ行きたいなんて言うんだよね。あとのことは私の好きにしていいからって」

「そんな……」

小豆の仕込みを終えたのか、佐和は割烹着を外して厨房を出て来た。

「ねえ。あたしたち、お婆ちゃんに嫌われちゃったんじゃないのかな」

「どうして？　そんなわけないじゃないですか。絹さんが佐和さんたちを嫌うなんて」

「だって……じゃ、なんで突然そんなことを言い出したんだと思う？」

佐和は眉間《みけん》に縦皺《たてじわ》を寄せて、古いパイプ椅子ではなく、行儀悪くもテーブルに腰掛けた。身寄りのない佐和にとって、太鼓屋は初めてできた我が家のようなもの。比奈子はそれを知っていた。児童擁護施設で育つ子供らは、十八になると、いきなり世間に放り出される。心の準備ができていようがいなかろうが、そこから先は自力で自分の居場所を見つけていかねばならないのだ。

「絹さんの気持ちはともかく。佐和さんが自分の気持ちを話せばいいんじゃ」

「あたしの気持ちって？」

「今まで通りに絹さんと太鼓屋をやっていきたいって気持ちですよ」

佐和は唇をきゅっと噛《か》み、拗《す》ねたように天井の梁《はり》を睨《にら》み上げた。

「佐和さん？」

「そんなことはさ、言葉にしないとわからないわけ？　そうか。わからないか。所詮《しょせん》あたしは他人だもん。この前だってお婆ちゃんは、ナイショで東京へ行こうとしていたんだし、もしも比奈子さんがいなかったら、お金をだまし取られていたんだよ。あんな、孫でもなんでもない野郎にさ」

「……佐和さん」

これはやきもちだ。と、比奈子は思った。佐和はお婆ちゃんの過去に妬《や》いているのだ。一本の電話が太鼓屋にもたらしたのは、お婆ちゃんの不調だけではなかったのかもしれない。

――その佐和って子は、あんたと同い年だったよね。子連れとはいえまだ若いんだから、新しい恋人ができる可能性は高いだろ？……彼女のことを考えてみたら、縛ってしまうのも忍びなくって、老人ホームへ入ることにしたとかさ――

死神女史の言葉が思い出された。

「もしかしたら絹さんは、重荷になりたくなくて、気を遣っているだけかもしれないですよ」

「気を遣うってなに？　どうしてあたしに気なんか遣うの。どうしてあたしや遥人を捨てて、老人ホームへ逃げようってするの」

「逃げようとしてなんか……」

比奈子は言葉を呑《の》み込んだ。同い年の佐和が、突然、幼気《いたいけ》なく感じられたからだった。佐和の中には親に捨てられた小さな子供がまだ住んでいる。その子はこんなに傷ついて、今もこんなに怯《おび》えているのだ。

痩《や》せて背の高い佐和の腕を、比奈子は静かにさすってあげた。

「明日。絹さんが退院してきたら、お見舞いがてらお邪魔して、ちょっと話をしてみましょうか」

「ほんと？」

佐和は瞳《ひとみ》を輝かせ、

「絹さんが帰ってきて、私が寄ってもいいようだったら、電話を下さい」

「うん、ありがとう。うん、うん」

それから何度も首を上下に振った。

「リッチマン事件で忙しいのに。ごめんね、悪いね、ありがとう」

「あの事件は八王子西署の管轄じゃないから大丈夫です。それよりも、太鼓焼きって、まだ買えますか？」

比奈子が訊くと、佐和はようやく比奈子と視線を合わせ、ひどく不器用な笑みを浮かべた。

「ごめん。最近は、夕方になると売り切れちゃうの」

次は取っておいてあげると佐和に言われて店を出て、比奈子は自分のアパートへ向かった。いつのまにか雪が止んで、月が出ている。路地から見上げる狭い空には、月を隠したり現したりしながら、雲が寒々と流れていた。

翌日。八王子西署へ来客があった。

署長に呼ばれて別室へ行ったガンさんは、しばらくしてから男を連れて戻ってきた。男は四十がらみで厳《いか》つい体に四角い顔、ギョロギョロとよく動く大きな目玉を持っていた。

「ちょっといいか」

ガンさんが呼ぶまでもなく、二人が入ってきた瞬間に課内のみんなは席を立ち、見知らぬ男に注目していた。歩き方や、油断なく周囲を観察する眼の鋭さから、比奈子でさえも彼が何者か想像がついた。男は大きく足を広げてガンさんの隣に立つと、コートを足の間に持って、誰を見るでもなく全員を見渡すような目を正面に向けた。背筋が伸びているからか、ガンさんよりも二回り以上大きく見える。

「紹介しよう。こちらは警視庁刑事部刑事総務課の」

「捜査一課強行犯捜査係の川本《かわもと》です」

川本はそう言って一礼した。

警視庁本部から川本が出張って来たわけは、俗称リッチマン連続殺人事件への捜査協力要請だった。若い署長はそれを喜び、厚田班に捜査への全面協力を命令したのだ。

古いテーブルと安価なソファしかない刑事課の応接へ、比奈子はお茶を運んできた。

二人掛けソファを占領している川本の前にはガンさんと片岡が掛けており、その他の面々は周囲に立ったり座ったりしている。比奈子は川本の前にだけお茶を置き、東海林の背中に隠れるようにしてデスクへ戻った。

「藤堂という刑事は彼女ですか？」

川本はお茶に手を伸ばしもせずにそう訊《き》いた。

「そうですが。藤堂、ちょっと来い」

ガンさんに呼ばれて立ち上がると、川本は無遠慮に比奈子を眺めて、唇の片側だけを引き上げた。

「まさか」

「まさかってなんすか。八王子西署には、藤堂はこれっきゃいないんすけどね」

比奈子のデスクに尻《しり》を乗せていた東海林が身を乗り出すと、その背広の端を無言で引っ張って、倉島が東海林を座らせた。比奈子は川本の前に行き、

「八王子西署刑事組織犯罪対策課の藤堂です」と、頭を下げた。

川本は「うむ」と頷《うなず》いた。

「噂ではもっとこう……まあ、いい」

彼はガンさんに目を向けて、膝《ひざ》の上で両手を組んだ。

「実はこちらへの応援要請は、若洲のマル害を司法解剖した東大法医学部の石上博士の入れ知恵でしてね」

「死神のオバサンの？」

思わずそう訊いてから、片岡はガンさんから目を逸《そ》らし、気まずそうに頭を掻《か》いた。女史のあだ名は周知なので、川本は気にとめることもなく先を続けた。

「警視正とも懇意の博士の意見は、一蹴《いっしゅう》できない雰囲気もあります」

「でしょうな。わかります」

ガンさんは頷いた。

「先日の司法解剖に、管轄外のこちらが立ち会ったのも、石上博士のごり押しだったと聞いています」

川本は『管轄外』の部分を嫌みなくらい強調してから、出されたお茶をごくごく飲んだ。

東海林の背広の端っこを、倉島がすました顔で押さえている。その微妙な司法解剖で、自分はひっくり返ってしまったのだ。申し訳なさに比奈子は体を硬くしたが、ガンさんは「ええ。まあ」と、答えた以外はすましていた。川本は空になった茶碗《ちゃわん》をテーブルに戻して立ち上がり、

「明日《あした》、捜査本部に来たら、最初に私に声を掛けていただけますか」

と、言い残して出て行った。

「かーっ」

川本が去ると、東海林は奇妙な声を上げた。

「なんすかこう……本庁の刑事っつー感じっすよね」

自分のデスクに戻るや捜査資料を引き寄せたガンさんは、ジロリと東海林を一瞥《いちべつ》した。

「本庁だろうが所轄だろうが、刑事は刑事だ。同じだよ」

「でも、やっぱどっか違うっすよ。なんすか、あの、藤堂をバカにしたような含み笑いは」

自分のデスクに座りっぱなしだった清水が、顔を上げもせずに鼻で嗤《わら》う。

「そこ？　いつも藤堂を一番いじっているのは東海林だろ」

「俺はいいんすよ。先輩なんだし」

応接テーブルを拭《ふ》く手を止めて、比奈子は先輩たちを振り向いた。

「さっきのあれ。噂ではって、どういう意味だったんでしょうか」

内勤の指示待ち刑事である自分が本庁の噂に上るなんて、よくない兆候に違いない。管轄外の事件で司法解剖に立ち会って、ぶっ倒れたことが笑いものになって、ガンさんに迷惑を掛けているのではないか。比奈子はそれが心配だった。刑事というのは、公僕でありながら尖《とが》ったところを持っているものだ。縄張り意識が異常に強く、班割りや所属が同じでも、捜査会議で共有する以外の情報を他人にもたらすことがない。職人気質《かたぎ》の一匹狼の集まりなのだ。着任から二年が過ぎて、比奈子も次第にそのあたりのことが理解できるようになっていた。

「噂っちゃぁ、あれだろ、たぶん」

そういって、東海林は嫌みに笑った。

「かっこよく犯人を逮捕したところが、実は顔にパックをしたままでしたっつーのが、噂になっているんじゃゃね？」

比奈子は耳まで真っ赤になった。東海林が言うのは幽霊屋敷の一件だ。あの時の比奈子には、自分の顔がどうなっているか、考える余裕なんかなかったのだ。

「そそ、それって誰がうわさ……本庁の、なんかにやら……」

「おま、日本語不自由になってんぞ」

東海林は声を立てて笑ったが、比奈子はしどろもどろになってしまって、あとの言葉が出なかった。

「ともかく」

いつになくドスの効いた声でガンさんは言う。

「厚田班は明日から、上野署、石神井署、城東署管内で起きた男女連続殺人事件の特別捜査本部に合流する。各自捜査資料を読み込んでおけ」

初めて参加する他署との特別合同捜査。比奈子はポケットに手を入れて、お守りの七味缶を握りしめた。

第三章　警視庁特別合同捜査本部

千代田区霞《ちよだかすみ》が関《せき》にある警視庁本部は桜田門《さくらだもん》と称され、捜査支援分析センターや警視庁科学捜査研究所など、刑事捜査に関わる総《すべ》ての設備や人材を備えている。発生当初は上野署に置かれていた『俗称リッチマン連続殺人事件に関する特別捜査本部』は、続く事件を受け、特別合同捜査本部として本庁に統合されていた。

捜査会議の席で、川本は、猟奇犯罪捜査に実績のある後続の応援部隊として厚田班を紹介したが、周囲の反応は冷ややかだった。すでに稼働している捜査本部の面々には、八王子から出張ってきた厚田班の必要性や捜査への期待が、実感として受け入れられなかったのだ。

「ふん」

と、鼻息のような嘲笑《ちょうしょう》が聞こえてきたとき、比奈子は自分たちが歓迎されていないことを知った。

「露骨っすよねー。おまいら何しに来やがったって感じムンムンじゃないっすか」

東海林のぼやきをかき消すように、倉島は大きな音を立てて椅子を引く。厚田班の六名は末席に島を与えられ、横一列に並んで捜査会議を傍聴していたのだった。

「逆の立場ならどうするよ。お前だって面白くはねえだろうが」

強面《こわもて》で屈強な体を持ち、存在感がハンパない片岡は、両腕を組んだままでそう言った。捜査資料の検討と確認という特別任務を与えられた厚田班を、時々、これ見よがしな視線で振り返る者たちがいる。東海林が言うようにその眼には敵意が宿っているが、片岡がニッと白い歯をむき出すと、彼らは何も見なかったかのように前を向く。

比奈子は東海林の隣にちんまり座り、これだけの人数をフォローするには、夜食や軽食をどこから調達するのだろうと考えて、それから慌てて捜査資料に集中した。

配られた資料には現場写真が添付されている。比奈子が司法解剖に立ち会ったのは恰幅《かっぷく》のいい年配男性だったが、アキバの被害男性はまだ若く、サラリーマンというよりは、ホストのような容貌《ようぼう》だった。元旦《がんたん》の公園で空を睨《にら》み、札束を咥《くわ》えて凍り付いている様は、一見するとオブジェのようだ。

かたや石神井公園の被害者は中年女性で、同じように札束を咥えて薄氷の張った水中に没していた。葦《あし》や水草の枯れ落ちた沼地に沈む姿は、遺体発見者に同情を禁じ得ないほどおどろおどろしいものだ。苦悶《くもん》の表情に加え、長く水に浸《つ》かっていたため生前の容貌が想像できず、身元捜査のために本部が作成した似顔絵も、ほくろやイボなどの目立った特徴がないために、よく見るありきたりの顔にしかなっていない。だとすればやはり、高価な装飾品が身元割り出しに有効ではと思われる。

比奈子はページをめくって着衣を写した写真を見た。問題のイヤリングはクローバーにダイヤを配したシンプルなデザインで、ヴァンクリーフのアルハンブラシリーズのものだった。ティファニーのオープンハートに匹敵するメジャーなデザインといえばいいだろうか。これを身に着けるとき、被害者は優越感に浸ったことだろう。資料にはその他にも、靴や下着、ブラウスやスーツが写されていた。

捜査会議は短時間で終わる。若洲で見つかった被害者の身元について有力な情報があり、鑑取り捜査が行われていると聞きながら、比奈子は、

「おかしいわ」と、呟《つぶや》いた。

「なにがですか」

倉島がヒソヒソ声で訊《き》いてくる。

地取り、鑑取り、特命その他、各島に捜査内容を振り分けて捜査会議が終了すると、刑事たちは一斉に席を立ち、脱兎《だっと》のごとくに捜査本部を駆け出して行った。雛壇《ひなだん》にい

た理事官らも席を立ち、川本だけがその場に残る。厚田班は川本から具体的な指示を与えられるのを待つことになっていた。

「これ。石神井公園で見つかった女性の着衣なんですけれど」

比奈子は机に広げた捜査資料を指さした。女性が着ていた黒の上下スーツが写っている。

「これって、ベルセンなんですよ」

「ベルセン？　なんだそりゃ」

横から東海林が覗《のぞ》き込んで、鼻を掻《か》く。川本が島に向かってくるが、厚田班は比奈子のまわりに集まって、その手元に注目していた。

「ベルセンはカタログ通販の大手メーカーです。安価で、デザイン性が高くて、機能的な商品を扱っているからよく利用するんですけど、このスーツはウールなのに洗えるタイプで、上下セットで一万円未満の品なんですよね」

「安っ！　まじか。上下セットでか」

「ウエストがゴムで助かるんです。でも、こっち」

比奈子は次に被害者の下着を指さした。遺体から外したままなので、汚れてシミにはなっているが、凝った装飾が施された豪華な品だ。

「こっちはたぶん、すっごく高いランジェリーなんですよ。フランス製のリズシャルメルとか、そういうの」

「高いって、どれくらいするの？」

倉島に訊かれて、比奈子はわずかに首を傾げ、

「私にはとても買えないくらい」

とだけ答えた。

「つまり、何が言いたいんだ」

頭の上からガンさんが聞いてくる。比奈子は捜査資料を一枚めくり、イヤリングの写真を出した。

「ずっと気になっていたんです。被害者が六十万円もするヴァンクリーフをしていたことがです」

比奈子のまわりに集まった厚田班の肩越しに、川本は捜査資料を覗き込んだ。

「高価なイヤリングをしていたと聞いた時は、結婚式とかパーティとかに出ていたんじゃないかと思ったんです。それなのに、着衣はフォーマルではなくビジネススーツ。しかも汎用品《はんよう》です。これって、どこかちぐはぐですよね。思ったんですけど、このスーツ、被害者が通常着ていたものとは違うんじゃないでしょうか」

「どういうことだ」

「下着は特に、身に着ける人の美意識や、生活感がはっきり出ると思うんです。っていうか、見えないところにお金を掛けられる人ってお金持ちですよね？で、この女性の下着は派手なワインレッドのランジェリーだし、イヤリングも超高級品。なのにブラウスは白でスーツは黒」

「つまり藤堂刑事は、スーツだけがこの被害者に見合っていないと言いたいの？」

「そうよ」

倉島の問いかけに、比奈子は、我が意を得たりと微笑んだ。

「自分でも何が言いたいのかよくわかっていなかったけど、そうなんです。この被害者はお金持ちで派手好きで、なのにスーツだけが借り物みたいに見えるんです」

「通販会社には当たっている。カード会社もだ。しらみつぶしに調べているが、当該商品の購入履歴を含め、めぼしい情報は今のところ、ない」

頭上で川本の声がした。比奈子は写真から目を逸《そ》らさずに、

「なら、下着と宝石は現金で買ったのかもしれません。このタイプの下着はフィッティングしてみないと当たり外れがあるものだから。都内でリズシャルメルを試せる店ってどこかしら……外国製って、日本人のサイズとは違うんですよね。脇の部分にこ

すれがあるから、実際のサイズよりも小さいものを好んで買う人だったのかもしれないし、ワインレッドが透けてもおかしくないような赤系の服を好む人だったのかもしれないわ。だけど、何か理由があってこのスーツを着た。ここまでランジェリーに凝る人が、白のブラウスに赤い下着を着ているなんて変だもの」

と、ぶつぶつ言った。男性陣は感心しながら比奈子の言葉を聞いていた。

「何色の下着ならよかったんだよ？」

「普通はベージュか、あとは意外性を狙って黒とかだけれど、ブラがビスチェタイプじゃないから黒はないか。年齢的に白もないだろうし」

「女っつーのは大変なんだな」

「そうですよ。あ……」

下着の写真を取り囲むように、男たちの頭が集中しているのに気が付いて、比奈子は思わず頬を赤くした。正面には、川本の巨体がそそり立っている。

「噂通り、面白い考察をするんだな。今のところイヤリングが最大の情報源になりそうではあるんだが、高級品を取り扱う店ほど、顧客のプライバシーを聞き出すのは難しい」

「王侯貴族御用達の老舗《しにせ》ジュエリーショップですから、お客さんのことをべらべら喋《しやべ》ったりはしませんよね」

比奈子は川本を見上げたが、肉厚な顎《あご》とでっかい鼻の穴だけが目に飛び込んできた。

「なら、どこを当たればよさそうだ？　お前ならどうする。言ってみろ」

新米刑事を見下ろして、川本は大きな眼《まなこ》を胡乱《うろん》に細めた。比奈子は写真を見直した。

「高級輸入ブランドのランジェリーショップです。フィッティングできて、専属の販売員がいて、新作が入荷するたび連絡をくれるお店です。下着はどのメーカーのものでもフィットするわけではないので、モデル体型ならともかく、被害者の年齢や体格から鑑《かんが》みた場合、合うブランドをみつけたら浮気しないと思うんです。特に輸入品は難しいので、購入先は限られてくると思うんですけど」

「なるほどな。普通の感覚が武器になる刑事というのは、こういうことか」

川本はニマリと唇を引き上げた。

「厚田係長。厚田班には徹底的に捜査資料の見直しをしてもらいたい。今のように独自の視点が出た場合は必ず私に報告を上げ、勝手に動き回らないようにお願いします」

「呼ばれて本庁にまで来てみれば、仕事は資料係っすか」

東海林の皮肉をスルーして、川本はパーテーションで仕切られた部屋の一角を指さした。

「そこに島を作っておいた。電話も資料も運び込んであるから、自由に使ってもらってかまいません。鑑識資料も我々が目を通した後は速やかにこちらへ下ろす。独自の視点で精査して欲しい。不都合があれば遠慮なく私に言って下さい」

「鑑取り捜査に当たっているのは、若洲のホトケさんってことでしたよね？」

ガンさんはパーテーションに目をやりながら、ガリガリと頭を掻いた。

「本当はもう、わかっているんじゃないんですかい？」

「なにが？　ホトケさんの身元がですか？　どうしてそう思うんです」

「いや、別に」

川本は人差し指で鼻を掻き、厚田班をパーテーションの奥へ誘《いざな》った。そこには会議机をくっつけた急ごしらえのテーブルに、死体検案書から鑑定書まで様々な捜査資料が載せられていた。特に被害者らの体内から発見された現金の鑑定書は凄《すさ》まじい厚さになっている。

「遺留品に関しても、要請があれば確認できるようにしておきました。被害者の身元や殺害理由、手口も動機も、何から何まで謎だらけの事件です。ご協力をお願いします」

川本は姿勢を正して頭を下げ、「それでは」と告げて出て行った。

広い会議室の一角に、厚田班は取り残された。

「いきなり書類の整理っすか」

東海林は積み上げがった資料の一冊を手にとって開き、

「うへぇー」

と、間延びした悲鳴を上げた。

「マジかこれ。どうやったらこんなもんが体の中に入るんだよ」

それは被害者の体内から取り出された、夥《おびただ》しい硬貨の写真だった。司法解剖のことを思い出し、比奈子は思わず顔をしかめた。

「バケツ二杯分くらいはありそうですね」

興味深げに写真を覗《のぞ》き込んで倉島が言う。

「話には聞いていましたけれど、実際に見ると、エグ過ぎてヤバイな」

眉間《みけん》に縦皺《たてじわ》を刻んで口元を覆う倉島の後ろで、清水はマイペースにデスクに座ると、持ってきたパソコンをセットし始めた。小柄な清水のカクカクとした動きを見ると、比奈子はなぜか、カラクリの茶運び人形を思い出す。

「死神女史の見解だと、被害者の死因は内臓破裂だったよね。硬貨を効果的に体内に入れるには、特殊な装置が必要だったと思うんだよね」

「硬貨を効果的にって、親父ギャグっすか」

清水は横目で東海林を睨《にら》みつけたが、体も顔立ちも小作りなので、大した効果は生み出せなかった。

「被害者の身元が割れるのが一番の早道だとは思うけど、そちらには四個班以上を投入しているみたいだから、ぼくは装置の線から追ってみようと思ってね」

「装置って……フォアグラの強制給餌《きゅうじ》機みたいなものですか？」

「まあね」

比奈子の問いにそう答え、清水はパソコンを起動した。

「遺体は小銭のせいで百キロを超える重さになっていたということだから、殺人現場は遺体発見現場だと思うんだよね。大がかりな装置を車に装備していた可能性もあるけれど、現場周辺の防犯カメラに、怪しい車両は映っていないってことだったしね、胃壁を突き破るほどの勢いで硬貨を体内に充塡《じゅうてん》できる装置は何か。調べてみようと思ってさ」

「フォアグラの餌やり機を使ったんじゃないんっすか」

「そんなことあるわけないだろ。そもそもフォアグラの給餌機は、持ち運びに適していないよ」

「もう調べたんすか。さすがっすねえ」

清水は呆《あき》れたように、東海林ではなくガンさんを見上げた。

「ぼくは東海林と話していると、時々激しくムカツクんですけどね」

「奇遇だな。俺もだよ」

ガンさんはそう言って、清水にペパーミントガムを一枚やった。

「失礼します」

パーテーションの奥で聞き慣れた声がして、ひょこりと三木が顔を出す。

「これは皆さんおそろいで。なんだか懐かしいですなあ」

いつもの鑑識スタイルで、三木はテーブルの脇に立った。

懐かしいのはこっちのほうよと、比奈子は思った。三木のいない八王子西署は、やたら広くて間抜けに見える。休憩室兼喫煙室に姿がないのも寂しかった。月岡《つきおか》真紀はもっと寂しがっていることだろう。

「おお、三木さんじゃないっすか。似合うっすねえ警視庁の制服」

東海林が大袈裟《おおげさ》に両腕を上げても、

「いつもと何ら変わりませんが。八王子西署も警視庁ですから」

と、三木はまったく取り合わなかった。

「そっちの首尾はどんな具合。小銭の指紋回収は終わったの？」

倉島の問いに、三木は鼻の穴を膨らませた。

「徹夜に次ぐ徹夜という戦いの末、数万枚に及ぶ硬貨の指紋データは取り終わりました」

「すごいなあ」

「これから分析にかかるところですが。ま、今はコンピューターの画像解析能力が格段にアップしておりますからな。ここから先は早いかと」

「で、どうなんだ。指紋から何かわかりそうか」

「ダメでしょうな」

三木は言下にそう答えた。

「私が推察いたしますに、犯人の指紋が残されているとすれば、体内にあった硬貨よりも遺体の口に押し込まれていた札束のほうだと思われます。数十枚もの紙幣を人間の口に押し込む形に丸めようとしたら、相当に手先を使いますな。而《しか》して札束の内側と外側の一枚ずつには、特に色濃く犯人の形跡が残されている可能性があるのではと」

「なるほど。で、あったんすか？　怪しい指紋は」

「調査中です。ただ、アキバも石神井も若洲もですな、札束は完全な形で残されていたわけではないのかもです」

「というと？」

ガンさんが問うと、三木は人差し指の背で鼻をこすった。

「どうも、それぞれ何枚かは紛失しておるようでして。石神井公園では池をさらって回収したようですが、バラバラになって巻かれた順番もわからなくなっておりました し、ほか二件も同様で……誰かが拾って猫ばばしたか……近隣交番に届けがあった分が数枚程度あるようですが、どれも金額が中途半端なのですよ」

「アキバは陸だし、公園内じゃないですか」

「そもそも口に幾ら詰め込まれていたのか、体内の分と合わせて幾らの現金が使われたのか、何もわかっていない状態でして」

「なんだよ、もう」

呆れたようにテーブルを叩《たた》いた東海林ではなく、お茶くみ場の様子を窺《うかが》っている比奈子のほうを、三木は見た。

「ただ、ですな。遺体から出た硬貨には、奇妙な違いがありました」

三木のもったいつけた言いぐさに、清水でさえも興味ありげに顔を上げる。

「当然捜査本部へも報告したのですが、ご多分に漏れず出向鑑識官のブンザイの言うことには興味を示して頂けませんでした。だがしかし、お聞きになりますかな」

「いいから早く話せ」

「では」

三木はコホンとひとつ咳払《せきばら》いした。

「硬貨の傾向が違っていました。石神井とアキバと若洲では」

「なんだ？　硬貨の傾向ってのは」

三木はガンさんの脇をすり抜けて、さっき東海林が眺めていた捜査資料を三冊取った。被害者の体内にあった現金を、それぞれにまとめたものである。そこには夥しい写真があったが、体内から取り出されたばかりの小銭を写したページを開くと、三木はそれを横一列に並べ直した。

「何か気が付きませんかな？」

テーブルを囲んで頭を突き合わせ、厚田班は資料に見入った。体内から出されたばかりの小銭には、得体の知れないものがへばりついて気持ちのいいものではなかったが、一部は胃液で浸食されて光っていて、それがよけいに生々しい。

「胃酸でピッカピカになってるな」東海林が唸《うな》るようにつぶやくと、

「たしかに」と、倉島も頷《うなず》いた。

「五円、一円、十円玉が多くないですか。この、石神井の女性のものは」

次に呟《つぶや》いたのは比奈子だった。

「五十円玉や百円玉が少なめです。でも、アキバの男性に入っていた分には満遍なくいろいろな小銭があって……若洲の分は百円玉と、五百円玉もかなり入っていますよね」

「さすがですな」

三木はふんっと鼻息を漏らした。

「ほんとうだ。確かに藤堂の言うとおりだね」

頷いたのは清水だった。テーブルの資料を掴《つか》み上げ、片岡が写真を睨《ね》め付ける。

「だからどうだってんだよ。小銭の種類に何か意味があるってか」

「意味を調べるのは鑑識の仕事ではありませんからな。今のところは、総額もまちまちだったことがわかっています。アキバの若者が六七万八千九百十二円。ちなみにこちらは遺体の周囲にも小銭が散らばっておりまして、そちらの合計が三千飛び八八円。石神井の中年女性は六三万四千三百五四円で、若洲の老人が七九万八千八百八八円となっております」

「口に押し込まれていた札束は？」

「アキバが二一万九千円でしたな。石神井がなんと三二万八千円。若洲が十一万三千円となっております」

「なんかのセールスみたいっすねえ。つか、三木さん。よく覚えてますね」

「文字通り、明けても暮れても銭を数えておったのですから当然かと」

「執念っすねえ」

「金額に意味はあるのかしら」

「わかりませんなあ」

全員が現金の写真に視線を落とす。

しばし沈黙した後、三木はガンさんに顔を寄せてこう言った。

「それから、これは未《ま》だ非公式の情報ですが。若洲の男はバッテン野郎かと」

「なに」

目を剝《む》いたのは片岡だった。

「そりゃ本当かよ」

「身元確認が取れているのに情報を出さないのは、四課とすりあわせのためと聞いております」

警視庁捜査四課は通称マル暴と呼ばれ、暴力犯罪などの取り締まりを行っている。

三木のいうバッテン野郎は、顔にバッテン模様の傷がある人物、つまり暴力団員などを指す。比奈子は解剖台に仰臥《ぎょうが》した男の姿を思い浮かべた。あの時は、てっきり堅気の釣り人だと思っていたのに。

「なるほど。そういうことだったのか。流れ者かもしれん若い男や、容貌《ようぼう》が変わった土左衛門はともかく、若洲の男は身元判明が早いと踏んでいたんだ。で、前科《まえ》があるのか」

ガンさんの問いかけに、三木は上着の懐から大学ノートを引き出した。

「これもまだオフレコに願いますが……被害者の名前は首藤泰造《しゅどうたいぞう》六十八歳。表向きは不動産会社経営ということになっておるようです。逮捕歴はありませんが、検索してみましたら、数回程度検察庁に書類を送られておるようです。いずれも不動産がらみの案件でして、私が思いますに、地面師《じめんし》ってなところでしょうか」

「地面師って何ですか？」

比奈子が訊《き》くと、片岡が答えた。

「平たく言やぁ不動産詐欺師だ」

「だから四課がマークしてたんっすね。汚職とか抗争事件とか、でかいヤマとつながってるってことっすか」

「どうですかな。鑑識課のブンザイでは、そこまでの情報は入手できていませんが」

「そうなってくると、暴力団がらみの殺人事件ということもありそうですね」

「いや。手口の残忍さはともかく、暴力団が死体に現金を仕込むとは考えにくい」

「そんじゃ、金が偽札だったっつーのは」

「目の付け所は秀逸ながら、その可能性はありませんな」

三木が東海林に言ったとき、重複して携帯電話の着信音が鳴った。

「厚田だ」

「藤堂です」

ガンさんと比奈子は同時にスマホを取り出すと、それぞれにテーブルを離れた。

情報だけを置いて、三木がブースを去っていく。もう少し話したい気もしたが、三木が厚田班を訪ねて来るのはタブーらしく、彼はコソコソと廊下を確認してから出て行った。鑑識も同じ捜査員のはずなのに、警視庁の規律というものが、比奈子にはまだわからない。

「比奈子さん。私、佐和」

スマホの声に、比奈子は心で（あっ）と思った。そういえば、お婆ちゃんが退院して来たら太鼓屋へ話を聞きに行くことになっていたのだ。

「絹さんが退院してきたんですね？」

訊きながら、比奈子はどこで時間を取ろうかと考えた。

「うん、昨日。でね、それはともかくあいつが来たのよっ」

「あいつって？」

「坂田って男よ。お婆ちゃんの孫だっていう」

「えっ」

思わず大声を出してから、比奈子はパーテーションの外へ出た。

「それってどういうことですか？　病院から絹さんに付き添ってきた？」

「ちがうちがう」

佐和は興奮しているようだった。

「お客さんのふりしてお店に来たの。まだお婆ちゃんを迎えに行く前で、ここにはあたししかいなかったのね。で、今日は都合でお休みなんですって謝ったら、そしたら、ここは深町《ふかまち》さんのお宅でしょうかって」

深町はお婆ちゃんの名字である。

「自分は坂田祐馬《ゆうま》という者で、深町さんにお会いしたいんですけどって、そう言うんだよね」

「なんのために会いたいって?」

「答えなかった」

荒い鼻息が耳を打つ。

「だから、お婆ちゃんは出かけていていません。何か用なら伝えますけどって、そう答えたの」

「上手《うま》いですね」

「そしたらその男。失礼ですが、あなた深町さんとはどういうご関係なんですかって訊いてきたの。だからあたし、家族みたいなもんですけどって、そう言ってやったんだよね」

怪しい男に啖呵《たんか》を切る佐和の姿が想像できた。美人で華奢《きゃしゃ》だが、芯《しん》の強い女性なのだ。

「あんたが偽名使って怪しいことしてるの、知ってるよ。だから二度とお婆ちゃんに近づかないでって言ってやろうかとも思ったよ。だって、お婆ちゃんが入院したのはあいつのせいでしょ」

「そんなことを言ったんですか。危険な真似はしないでくださいってこの前も」

「うん、わかってる。怖いから、それはさすがにしなかった。でもさ」

佐和は急に声のトーンを落として、ため息をついた。

「あのね。でも、比奈子さん。どうしよう……あの人、ホントにお婆ちゃんの孫なのかも。なんか眉毛《まゆげ》の感じが似ているし、写真を置いていったんだよね」

「写真？」

「ボロっちい白黒写真。ちっちゃい男の子の。それとホスピスの住所を書いた紙。お婆ちゃんに渡して欲しいって」

「それ、お婆ちゃんには？」

「まだ。実は話もしてないの。だって、偽名で怪しい商売しているような男なんでしょ？　捨てちゃおうかとも思ったんだけど、一応、比奈子さんに相談してみてからにしようと思って。どうする？　写真、写メって送ろうか」

比奈子は頭を巡らせた。

「そうしてください。見てみたいです。それで、お婆ちゃんの容態はどうなんですか」

「寝込んでいるわけでもないんだけど、お店にも出ないでふさぎ込んだままなのよ。

食欲もないみたいなの。あたし、このままどうにかなっちゃうんじゃないかって心配で……」

「ケアホームの話をしに行くような状態でもないいんですね」

「そうなのよ」

東京駅の一件で、お婆ちゃんは、酷《ひど》く傷ついてしまったのだろう。その心の痛みを正確に想像することは出来ないけれど、せめて坂田が本物の孫だったなら、少しは救いになっただろうか。でも、それなら彼はなぜあの時、脱兎《だっと》のごとくに逃げ出したのか。答えに窮して悩むとき、比奈子はいつも考える。一番大切なことは、何なのか。

「そのホスピスって、どこですか？」

佐和から訊いて、板橋《いたばし》区にあるというホスピスの住所をメモすると、比奈子はそちらを訪ねてみると約束した。とりあえずそこへ行ってみれば、坂田祐馬なる人物の話が本当かどうかわかるはずだ。佐和も同じことを考えてホスピスに電話してみたそうだが、患者の情報は教えられないと突っぱねられてしまったという。

通信を切ると、すぐに画像が送られてきた。古い白黒写真は五歳くらいの男の子のもので、黒々と弓を引く柳型の眉は確かに絹さんと似ている気がする。比奈子は画像を保存して、資料整理に戻って行った。

その日の夕方、比奈子はホスピスを訪れた。捜査に進展がないために、資料整理係の厚田班は比較的早い時間に退庁を命じられたのだった。近場の居酒屋で捜査会議をするという東海林に事情を話して、比奈子は独り板橋区へ向かった。赤ん坊の時に生き別れたお婆ちゃんの息子は坂田健太《けんた》といい、終末医療付きのケアホーム『浄土苑《じょうどえん》』に入居しているとのことだった。

第三者の比奈子が本人と直接面会するわけにもいかないので、とりあえず管理事務所を訪ねてみると、勤務時間外にも拘《かかわ》らず、ケアワーカーを名乗る女性が丁寧な対応をしてくれた。比奈子は刑事であることは伏せたまま、坂田健太の知り合いに頼まれて、所在の確認に来たと伝えた。

「本人が高齢なもので、坂田さんが余命わずかでこちらに入院されたという噂を聞いて、ショックで倒れてしまったんです。それで、代わりに私が確かめに来たんですけれど」

「ご事情はわかりました」

個別の相談に利用される狭い個室で比奈子と向かい合ったケアワーカーは、バインダーに片手を置いた。室内は薄いピンクの壁紙が貼られ、白いテーブルに白い椅子、天井の桟に埋め込まれた間接照明が柔らかな光を放っている。女性はピンクのポロシャツに白衣を纏《まと》い、胸ポケットにIDカードを差し込んでいる。どこもかしこも朧《おぼろ》な印象の室内は、心理学者の保に言わせれば、なにがしかの心理的効果を狙ったものなのかもしれない。彼女は静かにバインダーを開くと、比奈子の前で名簿を確認していった。

「確かに坂田健太様は当苑にご入居されています。昨年秋に系列のケアホームへ入られたのですが、病状が進んで緩和ケアが必要になったために、提携病院を経てこちらに移転されました」

「坂田さんはおられるんですね。それで、病状は深刻なんでしょうか」

女性はパタリとバインダーを閉じた。

「ご親族様以外の方に個別の情報などはお答えできませんけれど、一般的にホスピスが受け入れる患者様の場合、余命六ヶ月以内を宣告されたことが条件となります」

「そうですか……」

坂田がいつこの施設へ移って来たにせよ、深刻な状況であることは間違いないようだ。比奈子は心を決めて、席を立った。

「ありがとうございました」

「いえ。どういたしまして」

「あの、もうひとつ」

椅子に掛けておいたコートを取ると、比奈子は女性に訊《き》いてみた。

「面会する場合、時間とかはどうなっていますか？」

ケアワーカーはにっこり笑って、バインダーに挟んであったパンフレットを取り出した。

「ご親族様のご面会に関しては、原則的に時間制限はございません。当苑では患者様のどんなご要望にも極力お応《こた》えする努力をさせていただいております。ご家族と一緒に最期の時を過ごしたいと仰《おっしゃ》る患者様には、キッチンやご家族様用の寝室を備えたお部屋を用意してございます。夜間や早朝のご面会も受け付けいたします。それ以外の場合でも、ご本人様のご要望があれば、極力お応えする努力をさせていただいております。詳しくはこちらに書かれておりますので」

比奈子は美しいパンフレットを受け取った。めくってみると経営理念や施設案内の他に、入居者の生活を写した写真がある。ホスピスも医療施設もケアホームも同一医療法人が経営しており、終末期を迎える者への心配りが行き届いているようだ。リハビリから、温泉、レクリエーションまで、至れり尽くせりの設備を見ると、太鼓屋のお婆ちゃんがケアホームへの入居を検討する気持ちがわかる気もした。老人ホームという言葉に、比奈子はマイナスイメージを抱いていたが、現代のそれは生涯をアクティブに終えようとするお年寄りにとって、前向きな選択肢のひとつなのかもしれない。

「ご入居のご相談などがございましたら、遠慮なくお申し付け下さいね」

女性がくれた『ターミナルケアホーム・浄土苑』の名刺には、かわいらしいピンクのロゴマークが付いていた。

人が一生を終えるとき、どんな選択肢があるのだろうか。

浄土苑の前庭で、比奈子はふと振り返る。オレンジ色の照明に浮かぶ終末医療施設には死のイメージなど微塵《みじん》もなくて、手入れの行き届いた庭園が高級ホテルを思わせた。

——資金的な余裕がない場合でも、生命保険でお支払い頂く方法がございます——

ケアワーカーの優しげな声が、まだ耳の奥に残っている。

余命宣告を得てホスピスの患者になる場合、必ず死ぬという前提で、死亡保険金を生前貸与する裏技があるというのだ。比奈子は小さくため息をついた。

それはつまり、最期を迎える時ですら、お金が必要ということだ。

刑事として理不尽な死を見てきたせいで、死は万人に等しく訪れるものだという、当たり前の感覚を忘れそうになることがある。いつか訪れるその時のために、お金を貯めている人って、どれくらいいるのだろう。それとも、人はある程度の年齢になると、準備を始めるものなのだろうか。死期が近いと知らされたとき、人はみな何を考え、どんなふうに覚悟を決めて、残された人生を、どう生き抜こうとするのだろう。

北風が目に滲《し》みて、瞬《しばたた》いた目が涙で潤んだ。星のきれいなこんな夜は、放射冷却のせいで冷え込みが厳しい。美しい終末医療施設に背を向けて、比奈子はもらったばかりのパンフレットをカバンに入れた。

門を出て、フェンスと生け垣で囲まれた浄土苑の敷地沿いに歩き始める。

佐和にお店を引き継いで、お婆ちゃんがあの街からいなくなる。それが寂しいのはむしろ自分や佐和のほうであり、お婆ちゃんにはお婆ちゃんの、譲れない時間があるのではないか。坂田健太は実在した。本当の息子かどうかはわからないけれど、命の期限が迫っているなら、事実をありのままに伝えることが、正しい選択なのではないか。野比先生ならばどう言うだろう。どうしてあげるのが、お婆ちゃんにとって一番いいことなのだろう。しばらく歩き続けても答えは出ない。

風は冷たく、頬が痛く、明日《あした》また桜田門に来ることを思うと、八王子までの道のりが恨めしかった。こんな夜のごはんは何がいいかと考えて、

「天ぷらそばが食べたいなあ」

と、比奈子は思った。鰹節《かつおぶし》の効いた濃いめの出汁《だし》で、大きな海老《えび》がのった温かいそばに、善光寺七味をたっぷり振ってたぐりたい。

「もうだめだ。お腹減った」

スマホで店を検索しようと立ち止まり、凍えた両手に息を吐く。呼吸は白く、煙のようだ。上手《うま》くいかない指先の操作に、比奈子は手をこすり合わせて空を仰いだ。家々から漏れる明かりは温かく、瞬く星の光は冷たい。「しゅんっ」とくしゃみをしてから、また検索するが、暗がりで小さな画面を見つめていると、足下から寒さが這《は》い上がって来るようだ。

顔を上げると、前方にコンビニの明かりが見えた。せめて明かりの下なら暖かい気がして、逃げ込むようにコンビニに入ると、すぐ目の前で、おでんが湯気を立てていた。

「う……わ……」

いっそもう、夕飯はおでんでいい気がした。でも、立ち食いというわけにはいかな

いし。それなら肉まんはどうだろう。ああ、太鼓焼きが食べたいな。あ、でも、コロッケもおいしそう……卑しく悩むのも恥ずかしい気がして、とりあえずカゴを取り、比奈子は店内を一周した。

「まずい……お腹が減ったときにコンビニに来ちゃいけないんだった」

プリン、ゆで卵、漬け物にカップ麺《めん》。様々なものをカゴに入れてしまってから、後悔した。夜のコンビニは空《す》いており、買い物客は比奈子だけだ。あとは肉まんにしようと通路を行くと、おにぎり棚の前で、ダンボール箱に入った大根とネギが売られているのに気が付いた。今どきのコンビニには地元農家が野菜を置くコーナーがあり、思いがけない掘り出し物があったりもする。土付きのネギがひと束二百円なのを見て、「安っ」と、比奈子はつぶやいた。長ネギを抱えて電車に乗る勇気はない。欲しい。でも、

「安いわねえ、ほんと。来てよかったわ」

そう声がして振り向くと、お客は自分しかいないと思ったのに、小さなお婆さんがひとり立っている。

「助かるのよねえ。ここは遅くまでやっているし、スーパーまでは遠いから」

お婆さんはそう言って、土付きのネギを物色しはじめた。たぶん十本以上が束にな

っている長ネギは、青々とした葉の部分を折り曲げて、紐《ひも》で二カ所を結わえてある。

「すごくいいネギですよね。おいしそう」

比奈子が言うと、お婆さんは自分が褒められたように嬉《うれ》しそうな顔をした。

「これね、さっと洗って輪切りにしてね、お皿に並べてラップで包んで、レンジでチンして、おかかとおろし生姜《しょうが》にお醤油《しょうゆ》を回して、食べてごらんなさい。おいしいから」

「簡単で、おいしそうですね」

お婆さんは店員を呼んで袋をもらい、ネギを二束選別した。店内に土が落ちないように、ダンボール箱の上でネギを袋に入れるのを、比奈子もカゴを置いて手伝った。

ネギ二束はけっこうな重量だ。

「あなたも買ってく？　袋、もらう？」

「いえ。私は」

と、比奈子は辞退した。

「欲しいけど、電車なので匂いがちょっと」

「ああ。電車は無理ね。臭いから」

お婆さんは朗らかに笑い、重そうに袋を持ち上げてレジに置いた。比奈子は故郷の長野に戻ったような気持ちになった。信州人はシャイで理屈っぽいが、人なつこいところがある。数年を経た東京暮らしで、先に話しかけるのはいつも比奈子のほうだったけれど、お婆さんは屈託がなく、いつかどこかで会った人のような気持ちにさせた。

「土つきネギ二束で、四百三十二円ですね」

お婆さんの会計を待ちながら、比奈子は自分が夕食に選んだ食べ物が、ただの長ネギに敵《かな》わないほど味気ないように思えてきた。カツ節と生姜をかけた温かいネギに、七味も振りかけたらおいしいだろう。そう思うと、またもお腹が鳴き声を上げる。

店を出るとき、お婆さんは比奈子に頭を下げた。笑っているように見えたから、きっとお腹の鳴る音が聞こえたのだ。比奈子は肉まんひとつにホットココアを追加した。

店を出ると、ちらほらと雪が舞っていた。積もりそうな勢いではなかったが、いつのまにか月は消え、空が灰色に曇っている。比奈子は我慢できずに、店の外に並んだ分別用のゴミ箱と自販機の隙間に入って風を避け、ほかほかの肉まんをぱくりと齧《かじ》った。湯気と吐息が一緒になって、中空に白く靄《もや》が立つ。

寒くて空腹な時の、肉まんのありがたさといったら。

比奈子はコンビニの袋を腕にかけ、熱いココア缶をよく振って、中身をこぼさないようにプルタブを開けた。甘いココアを一口飲むと、口の中に貼り付いていた肉まんの皮が溶けていく。空っぽの胃袋が動き出し、ますます寒さと空腹を感じて、比奈子はポケットの七味缶を取り出した。

善光寺参道に本店を構える根元八幡屋礒五郎の七味唐からしは、慣れ親しんだ故郷の味だ。それを食べかけの肉まんと、飲みかけのココアにたっぷり振って、あっという間に平らげた。さっきまで体の芯《しん》から冷え切っていたのに、うっすらと汗をかくほど温まってきた。肉まんの包み紙をゴミ箱に捨てると、比奈子はようやく人心地ついた。コンビニの周囲は静かだった。

このあたりは浄土苑グループのホスピスや病院、高齢者施設が点在しているから、お年寄り人口は多いのかもしれない。バス停や通所利用者の動線は確保されている一方で、スーパーなどの商業施設は少ないという。

「そういえば、老人ホームって自炊できるのかな……」

改めて考えてみると、知らないことが沢山あった。料金体系もそうだが、運営母体や入居者の生活。お風呂《ふろ》はどうで、キッチンはどうで、夫婦で暮らす場合や、単身の場合、健康に不安がある人、ない人。様々なケースの利用者を、施設はどんなふうに受け入れてくれるのだろうか。そして太鼓屋のお婆ちゃんは、どんな生活を望んでいるのだろう。佐和には軽々しく相談にのるなんて言ってしまったけれど、そう簡単な話ではないということが、おぼろげながらわかってきた。助言を求めようにも、死神女史は忙しい人だし、ガンさんに仕事以外の相談をするのは憚《はばか》られ、東海林は論外。倉島は忍のことしか頭にないし、片岡はこわいし、三木はオタクだし、清水の人となりはイマイチ判断がつかずにいる。ココアの残りを飲み干しながら、

「とりあえず……帰ろう」と、比奈子は決めた。

空き缶をゴミ箱に落として歩き出し、信号の角を曲がったその先で、比奈子はさっきのお婆さんとまた会った。小さな体でネギの袋を持ち上げて歩きつつ、数歩進むと立ち止まる。歩道の脇に寄せられた雪が、この時間には凍ってしまっているのも歩きにくい原因のようだ。コンビニ袋をガサガサ言わせて、比奈子はお婆さんのところへ走っていった。

「大丈夫ですか？」

声をかけると、お婆さんは「あら」と、笑顔で振り向いた。

「いやだわ。ほほほ……いつまでぐずぐずしているのかと思ったでしょう？　欲張り過ぎちゃって、持ち帰ることを考えなくて」

お婆さんはネギの袋を地面に置くと、小さな両手を揉《も》みしだいた。

「手首がね、痛くて、よく曲がらなくって。年は取りたくないわねえ」

比奈子はネギの袋を持ち上げた。お婆さんの言うとおり、太ったネギはずしりと重い。

「お家《うち》まで運びますよ。これ、けっこうな重さだもの」

「いいわよ、そんな」

「どうせ帰り道ですし、お家は遠いんですか？」

「ううん、すぐそこなのよ。本当に大丈夫だから」

そう言いながら言葉を切って、お婆さんはすぐにまた、

「でも、そうね。それじゃ、お願いしようかしら」

と、比奈子に笑った。

今夜は寒いですねとか、雪が積もらないといいわねなどと、他愛もない話をしながら進んで行くと、コンビニから五分ほどの場所に町工場のような建物があった。道路脇が駐車場になっていて、軽ワゴン車が一台と、三輪自転車が二台止まっている。二階建ての建物は、一階部分の半分がシャッターで、小さな玄関ドアはえんじ色のペンキで塗られており、小窓から明かりが漏れて、笑い声が聞こえてくる。

「そこよ」

お婆さんは町工場を指さした。

「とても助かったわ。ありがとう」

「玄関まで運びますよ。重いから」

比奈子が言うと、

「そう？　悪いわね」

と、お婆さんは、悪戯《いたずら》っぽく微笑んだ。楽しげな笑い声が、ますます大きく聞こえている。

「賑《にぎ》やかですね」

「そうなのよ」

たどり着いた玄関は、庇《ひさし》の下に家形の板が横並びに三枚打ち付けられて、小枝や貝殻や石や釘《くぎ》、キッチン道具や鉛筆で、何かの文字が描いてある。ためつすがめつそれを見上げて、比奈子は、

「十八家《じゅうはちや》？」と、つぶやいた。

「あたり」

と、お婆さんは子供のように両手を合わせた。

「いい名前でしょ。ちょっと入って、温まっていかない？」

「いえ。私はこれで」

比奈子は本気で辞退したが、お婆さんはもう、玄関ドアを開けている。

「おネギを運んでもらったのは、あなたにご馳走《ちそう》したかったからよ。失礼だけど、さっきカゴの中を覗《のぞ》いたら、インスタント食品ばかり入っていたわ。今どきの若い人って、こんなお料理で生きているのかしらって心配になるくらい。いいから年寄りのごはんを食べていらっしゃい。お節介婆さんと出会ったのが運の尽きと思って。なんにもないけど、カップ麺《めん》よりは体にいいわ」

さ、どうぞ。といいながら、彼女は比奈子を手招いた。

「ただいまぁ。やっぱりおネギがあったわよぅ。それと、お客さんを連れてきたわ」

狭い玄関には下駄《げた》箱がわりのカラーボックスが置かれていて、室内との境が長い暖《の》簾《れん》で仕切られていた。中で「お」とか、「あら」とか声がして、笑い声がしばし止む。

「おネギはそこに置いてちょうだい。二、三本抜いて、すぐ使うから」

お婆さんは屈《かが》んでブーツを脱ぐと、来客用のスリッパを比奈子に出して暖簾をくぐった。

「なっちゃん、なっちゃん？　紐《ひも》を切るからハサミをちょうだい。コンビニで会ったお嬢さんにね、おネギを運んでもらったの」

ネギと一緒に玄関に取り残されて、比奈子は途方に暮れてしまった。チラリとスマホを確認すると、時刻は八時を過ぎたところだ。玄関は暖かく、おいしそうな匂いがする。

「すいとんの匂いかな。うどんかな？」

比奈子は鼻をひくひくさせた。カツ節の出汁《だし》と、味噌《みそ》の匂い。実家の食卓を思い出す、懐かしい匂いだ。

暖簾の奥から、今度は背の高いお婆さんが現れた。七十代後半くらいだろうか。白くなった髪を三つ編みにして、黒縁の眼鏡を掛けている。手にはハサミを持っていた。

「コンビニから運んでくれたんですって？　悪かったわねえ。ささ、入って入って」

「でも、あの」

「早くあがって。寒かったでしょう」

その言い様は、郷里の祖母を彷彿《ほうふつ》させた。彼女は比奈子を上がり框《がまち》に手招くと、比奈子のコンビニ袋を玄関マットの脇に載せた。

「おネギを切らしていたのに気が付いて、芙巳子《ふみこ》さんが買いに行ったんだけど、案の定。あの人、とってもマイペースでね、出たきり雀で戻って来ないし、なんでもあったけ買ってくる癖があるのよ」

笑いながらネギを縛った紐を切り、土付きの外皮を手際よく剝《む》いて根っ子を折る。

「聞こえたわよ。いいじゃない、長ネギはいくらあっても困らないわ。ねえ、青い部分はヌタにしましょうか。糊《のり》があっておいしいから」

暖簾の奥から芙巳子さんの声がする。三つ編みのお婆さんは、比奈子にちろりと舌を出した。

「ほらね、あの調子。ここは年寄りばっかりだから、たまには若い人と話したいのよ」

「それじゃ、あの……お邪魔します」

図々《ずうずう》しいかとも思ったが、うどんの匂いと気のいいお婆さんたちに誘われて、比奈子はついに暖簾をくぐった。

「いらっしゃい」

中にはさらに三人のお爺《じい》さんがいた。一人は痩《や》せて背が高く、一人はガッチリした体型で、あとの一人は部屋の中央に座っている。部屋は事務所を改装したもののようで、丸ストーブに載せた大きな鍋《なべ》でくつくつと汁が煮えており、古タイヤにベニヤ板を載せたテーブルで、お爺さんたちがうどんを切っているところだった。白い割烹着《かっぽうぎ》、頭には手ぬぐい、腕も、鼻の頭も粉だらけだ。

「やあ、十八家に初めてのお客さんだね。今ね、手打ちうどんをご馳走するよ。おいしいよ」

大きなお玉で鍋の野菜をかき混ぜながら、のっぽの爺さんがそう言った。歳の頃は八十前後。ごま塩の髪を短く刈り上げ、卵に目鼻をくっつけたような、ごくごく和風の顔立ちをしている。

うどんを切るのはガッチリした六十がらみの男性で、寿司《すし》屋の板前さんのような風貌《ふうぼう》だった。二人の奥には最長老と思《おぼ》しき爺さんがいて、ひっくり返したビールケースに座布団を敷いてそこに掛け、大きく広げた足の真ん中に杖《つえ》を立て、両手でしっかり押さえている。

「遠慮せずに座りなさい。どこでも好きなところに」

長老は長い眉《まゆ》毛《げ》の下からぎょろりとした目で比奈子を睨《にら》み、杖を上げて室内を指した。

比奈子は「はい」と頭を下げて、どこに座ればいいのかと、雑多な部屋を見回した。

奥にむき出しのシンクがあって、二人のお婆さんが手際よくネギを切っている。

壁には色あせた昭和の映画ポスターが何枚も貼られ、天井から下がる照明には、カバー代わりに竹ザルが掛けられて、古道具屋にあるような筧《かけい》の奥に、パイプベッドまで置かれている。長老が杖で指すのは、古いスツール、パッチワークキルトが掛かったスプリングソファ、牛乳パックで作った椅子や、事務用チェアなどだ。比奈子はそれらを見回して、一番近くにあった牛乳パックの椅子に座った。

「どう？　それ、座り心地がいいでしょう？」

ざく切りのネギをザルに入れ、持って来ながら芙巳子さんが訊《き》く。

「はい」

「けっこう丈夫で重宝なのよね。なっちゃんの手作りよ。あの人、小学校の先生だったから、そういう工作が上手なの」

「捨てればゴミだが、使えば宝じゃ」

長老も頷《うなず》いた。

いったいこれはどういう人たちの集まりなのだろうと、考えているうちにうどんは煮上がり、ベニヤ板のテーブルに、チンしたネギやきんぴらゴボウやおでんが並んだ。お爺さん二人が給仕して、長老の号令で、賑やかな食事が始まった。せめてものお礼に比奈子も自前の七味を振る舞うと、ひとしきり七味談義で盛り上がったあと、芙巳子さんがこう言った。

「唐辛子で思い出すのは子供の頃の冬のことよ。戦争が終わって、なにもない時代だったから、革靴を持ってる子なんかほとんどいなくて、冬でも草履か下駄だったのよ」

「そうそう、そうだったわよねえ。下駄は、雪で足袋《たび》が濡《ぬ》れると冷たくてねえ」

「下駄や草履を履ける子はまだしもじゃ。裸足《はだし》の子だってたくさんいたわい」

「信じられないだろう？　こんな話」

ガッチリしたお爺さんが比奈子に訊いた。

「はい」

と、比奈子は素直に答えた。たぶん比奈子の親たちでさえ戦争を知らない。昨年で、戦後はすでに七十年を迎えたのだ。

「今は豊かになったものね」

「あんまり冷たいものだから、足袋に唐辛子を入れたりしたものなのよ」

「唐辛子をですか？」

老人たちは訳知り顔に微笑んだ。

「なんたって、鼻緒しかない下駄《げた》じゃろう？　雪の中を歩くうち、足袋が濡れてびしょびしょになって、そうするとな。唐辛子の辛さがしみて、つま先があったかく感じるんじゃよ」

「……なんか、すごいですね」

「今の若い人は笑うがね、そうでもしないと、指が取れちゃうくらい冷たいんだ。あんな冷たさは想像できんだろうなあ。食べるものだってなかったからね、よけいに寒さが堪《こた》えたんだよ」

「お弁当だってね、雑穀ばかりで灰色なのよ。お弁当箱を開けたときに恥ずかしくないようにって、母が白いごはんをね、上の方にだけ敷いてくれるの。お米は貴重だったから、お釜《かま》の上にほんの一列だけ炊いて。それをひと粒ひと粒、並べるように敷いていくのよ」

「雑穀のお弁当なら上等だったわ。私のはお芋ひとつでしたよ。それも今のお芋とは違う、灰色で硬い、ゴジゴジしたお芋なのよ」

「芋が喰《く》えたならまだいいよ。俺は姉弟《きょうだい》が多かったから、みんな下の子にやっちゃって、弁当の時間になると、家で喰って来るふりをして、学校の裏山で遊んでいたよ」

「あのう……みなさんは、どういう集まりの方たちなんですか？」

「あらやだ」

と、芙巳子さんは噴き出した。

「そうよ、怪しいわよねえ。爺さん婆さんがひとつの家で、ストーブでうどんを作っているのは」

老人たちは、「そりゃそうだ」と、豪快に笑った。そして、自分たちは浄土苑ホームの入居者説明会で知り合った仲間なのだと話してくれた。各々がホームへの入居を検討していたものの、どれくらい残されているのかわからない寿命と、高額な施設入居費に不安を感じ、お金を出し合って一緒に住むことを決めたのだと。

「私も妻を亡くしてね。工場を閉めて、ここを売って、田舎へでも行こうかと思案していたところだったんだよ」

と、ガッチリした男性が言った。

「なーにが田舎か。田畑を耕して山暮らしできるのは若いうちだけ。歳をとったら田舎暮らしは不便じゃよ。ずっと田舎にいたならともかく、草刈りはあるし、雪かきもある。第一、田舎は病院が遠い」

長老の言葉に、老人たちは頷いた。

「若い頃は想像もしなかったことが、年を取ったら出てくるの。自分が若い頃は、年寄りが、あそこが痛い、ここが悪いって愚痴ばっかり言うのを情けないって思っていたのに、自分がその年になったら、ああ、こういうことだったのかって、思い知らされたりして」

「たまたまね、私と芙巳子さん、それと松井《まつい》君は小学校が一緒で、よく遊んだ仲だったのよ。それで、入居者説明会で何度か会っているうちに、体が動く間は稲垣《いながき》さんの工場をみんなで借りて、住んでみるのはどうだろうって」

「もともとここの二階には、従業員が寮に使っていた部屋が四つある。で、家賃もらって、そこを一人ずつ使ってさ。大吉《だいき》っちゃんは」

と、彼は長老の爺《じい》さんを指さした。

「あの爺さんが大吉っちゃん。親に縁起のいい名前をつけてもらったから、年は取っても一番元気。でもまあ、足腰が弱っているから、ここで自由に寝起きして、それぞれ好きなことをやろうじゃないかと」

「シェアハウスだったんですね。ここは」

「あらあ……シェアハウス。今風に洒落《しゃれ》た言い方をすると、そうなるのね」

三つ編みのお婆さんは嬉《うれ》しそうに笑った。

「私と芙巳子さんは七十七だし、松井君たちは八十になったし、大吉っちゃんは……もう、いくつになったのかしら」

「わしゃまだ九十二だが」

「一番若い私で六十九だからね」

「八十より若いのは、儂《わし》から言わせりゃ小僧っ子じゃよ」

比奈子は頭の中がぐらぐらしてきた。比奈子の知る人たちの中で、今までは太鼓屋のお婆ちゃんが最高齢だった。けれども九十二歳の大吉爺《だいきち》さんは、杖を使っているものの、誰よりも矍鑠《かくしゃく》として見える。六十九歳の工場経営者が小僧っ子ならば、自分はいったいなんなのだろう。

「十八家はシェアハウスの名前だったんですね」

「いい名じゃろ？　儂がつけた」

「体が動けば、気持ちは十八なんですって」

「大吉っちゃんの青春時代なんかはさ、まさに戦中だっただろう？　だから、遅ればせながら今が青春だってねえ」

「私たち、歳は取ってしまったけれど、ようやく自分のために時間が使えるようになったのだから、死ぬまでに、それぞれの夢を叶《かな》えようって話したの。だからここは十八家」

「夢ですか？」

「そうよ。夢」

「ねえ」

と、老人たちは顔を見合わせて微笑むだけで、その夢がなんなのか、比奈子に教えてくれる人はいなかった。彼らは順次この場所に越してきて、共同生活はまだ始まったばかりだという。歳をとって一番辛《つら》いのは話し相手がいないことだと口々に言い、個別のプライバシーが確保でき、時々こうして集まり合える共同スペースのある家が最高なのだと言って、笑う。この仲間とは夢の話ができるのだから、それが何より嬉しいと。いずれは一人欠け、二人欠けしていくとしても、その時まで青春を謳歌《おうか》するのだと、大吉爺さんは話してくれた。

「儂が真っ先と思っておったら大間違いだぞ。おまんら二、三人送ってからでないと三途《さんず》の川は渡らんと決めておる」

大吉さんが気を吐くと、十八家の老人たちは、「はいはい」と笑った。

充分にご馳走《ちそう》になって、身も心も温まり、後片付けを手伝っているとき、比奈子のスマホが着信を告げた。ガンさんからだった。

「はい。藤堂です」

「いまどこだ。家か?」

「いえ、まだ区内です」

何か動きがあったのだ。と比奈子は思った。ガンさんは東海林らと一緒に居酒屋へ行ったはずなのに。

「こっちへ戻ってこられるか？」

「大丈夫です。何かあったんですね？」

持っていたフキンをお婆さんに返し、背中を向けてスマホを握る。

「たった今、リッチマンを名乗る人物から入電があった」

「え」

比奈子は心臓に痛みを感じた。

「俺たちは捜査本部に戻っている。近くにいるなら」

「すぐ行きます」


スマホを切って振り向くと、そこには長閑《のどか》な光景があって、比奈子は、一瞬で空間移動したような気持ちになった。室内にまだ漂っているうどんの匂いや、温かなストーブの火。そして穏やかな老人たちの顔。刑事の日常とはかけ離れた空間に、わずかの間身を置けたことの幸せが、ひしひしと胸に迫ってくる。こんな日常を理不尽に奪われてしまった被害者のために、自分は現場に戻るのだ。

十八家の住人たちに礼を言い、比奈子は捜査本部へ引き返した。

第四章　リーク

夜十一時。警視庁の特別合同捜査本部には煌々《こうこう》と明かりが点《とも》っていた。夕方に解散したはずの捜査員たちも何人かが戻ったようで、会議室に島を作って遅い夕食を取っている。厚田班に割り当てられた、パーテーションで仕切られただけの資料室にも、もちろん明かりが点《つ》いていた。

「お疲れ様です」

比奈子が戻ると、

「来たか。藤堂」

と、資料の前に腰掛けていたガンさんが顔を上げた。清水と片岡の姿はないが、倉島と東海林が残っている。コンビニ袋をテーブルに載せて、比奈子はガンさんの前へ行った。

「リッチマンから入電があったというのは本当ですか？」

「らしい。藤堂比奈子を名指しでな」

「えっ……なんで私を？」

「わからん」

「何を言ってきたんですか？」

「なにもだ。藤堂は不在だと言ったら、電話は切れたそうだ。イタズラ電話とは思うがな。そんなことで悪目立ちするのも胸くそ悪かろう」

「本庁から余計な詮索《せんさく》をされるよりも、本人が直接対応したほうがいいだろうってことですよ」

清水のパソコンをいじっていた倉島が、眼鏡を持ち上げて比奈子を見る。

「つまり、また掛かってくる可能性があるってことですか？」

「わからんが」

と、ガンさんは答えた。

「電話があったことだけ伝えてくれと言ったらしいんだ」

「相手は自分からリッチマンと名乗ったんですか？」

ガンさんは頷《うなず》いた。

「わざわざ名乗ってから、電話を切ったそうだ」

「男ですか？　それとも女？」

「ヘリウムガスを吸ったような声だったらしい」

不自然に甲高い、おもちゃのような声を比奈子は思った。

「……イタズラ電話にしては手がこんでいませんか？」

「あれじゃね？　大友《おおとも》や人皮《ひとかわ》コルセットの変態ババアを逮捕したかどで、お前の名前がその道の奴らに有名になったとか」

「その道の奴らって……」

比奈子はいやーな気分になった。

「世の中には、そういうのが好きな変態野郎がいるんだって。八王子で猟奇事件が連続したとき、けっこう話題になっただろ。俺はいつも思うんだよね、そういう奴らはいっぺん現場に来てみろってさ。きっと、猟奇事件が懲り懲りになるよ」

言いながら比奈子のコンビニ袋を勝手に開けて、東海林は、「おっ」と、喜んだ。

「でも先輩、誰が誰を逮捕したとか、そんな情報が外部に漏れることなんてあるんですか？」

比奈子は唇を尖《とが》らせて抗議したが、東海林はまったく聞いていない。

「気が利くじゃん藤堂。夜食、持って来てくれたんか」

そういって東海林が取り出したのは、見覚えのない密閉袋だった。慌てていたから深く考えもしなかったのだが、そういえば、袋が重かったような気がする。

「調べる気になりゃ、わかるんじゃね？」

「うまそうですね。」きんぴらゴボウに、おでんですか」

倉島が席を立って覗《のぞ》き込む。コンビニ袋の中からは、比奈子が買ったプリンやゆで卵の他にも、お総菜が次々に出て来た。どれもほんの一人分が、丁寧に密閉パックに入れられている。

――お節介婆さんと出会ったのが運の尽きと思って――

芙巳子さんたちの、いたずらっぽい笑顔が思い出された。

「食べます？」

「もちろん」

と、東海林はぶんぶん頷いた。

「ちょうど腹減ってきたとこなんだよね」

言いながら、もう比奈子のプリンを開けている。倉島も二個入りゆで卵を勝手に取って、ひとつをガンさんに手渡した。人数分に足りないだとか、コンビニで買ってきた割には入っている物が変だとか、そういうことを気にするそぶりはまったくない。

せめて人数分のパンを買ってくるべきだったと、比奈子はちょっぴり反省した。

「それじゃ、私、お茶を淹《い》れてきますね」

初めて本庁のお茶コーナーに行ってみると、ペットボトル飲料をはじめ、給茶器やコーヒーメーカーまで完備されている。電気ポットと急須《きゅうす》しかない所轄の捜査本部とは大違いで、比奈子は感心してしまった。たぶん、ここにはお茶くみ係の女性刑事など、一人としていないのだろう。

ガンさんと倉島に煎茶《せんちゃ》を、東海林には砂糖とクリーム入りのコーヒーを、さらにおしぼりと割り箸《ばし》、お皿代わりの紙コップを三個持ち、比奈子は厚田班のブースへ運んでいった。資料を片付けた急ごしらえのスペースにコンビニ袋を大きく広げ、東海林ら三人は紙コップも使わずに、密封袋を皿代わりにして十八家の総菜を貪《むさぼ》っている。

「おまえ、今夜はどこ行ってたの？」

袋を逆さまにしておでんの汁まで飲み干すと、東海林はコンビニ袋にあった比奈子のレシートを確認した。

「ローソンの板橋店になってるじゃん」

「板橋区にある老人福祉施設です」

「あ？　なんで？」

比奈子はどこまで話すべきかと考えた。本人の許可なく、お婆ちゃんの過去や養子に出した息子さんの話をするのは憚《はばか》られたからだ。

「太鼓屋のお婆ちゃんが、ケアホームへの入居を検討しているって佐和さんに聞いて、ちょっと様子を見に行ったんです」

「ケアホーム？　あの婆ちゃんがか？　そんじゃ太鼓屋はどうすんの」

唇についたゆで卵を拭《ぬぐ》いながら東海林は訊《き》いた。

「佐和さんに継いで欲しいみたいなんですけど、正式にはまだ何も決まってなくて」

ゆで卵を辞してカップ麵《めん》を食べていたガンさんが、汁を啜《すす》りながら比奈子を見ている。何も悪いことはしていないのに、比奈子は詮索されるのが怖くて身のすくむ思いがした。黙っておきたいのはお婆ちゃんの子供のことだけなのに、細部を詰めてこられると、隠し事を続けるのは難しくなる。取り調べの時に犯人が嘘をつこうとしても、事態の統合性を取ってゆくとすべてが露呈してしまうのは、つまりはこういうことなのだ。

結局、ガンさんが会話に加わることはなく、もう一杯煎茶を飲んで、食べ物のゴミを片付け終わると、一枚のメモをテーブルに載せ、比奈子らに着席を促した。

「本日夕刻。被害者のひとり、石神井公園で見つかった女性被害者について情報が入った」

比奈子は捜査資料にあった女性の写真を思い出し、ああ、よかった。と、心で言った。これでやっと、彼女を遺族の元へ帰してあげられる。

「被害女性の名前は太田晴美《おおたはるみ》。年齢四十歳。職業美容師。藤堂の言ったように、なんちゃらいう高級下着の購買履歴から浮上したそうだ」

「美容師ですか？」

と、怪訝《けげん》な声を上げたのは倉島だった。

「それは妙ですね。死体検案書には指先のタコや手荒れなど、美容師を思わせる身体的特徴はなかったように思いますが」

「死体検案書なんて覚えてるんすか、倉島さん。さすがっすねえ」

ガンさんは東海林をチラ見してため息をついた。

「倉島の言うとおり。どうやら名前は偽名で年齢も詐称。顧客名簿に書かれていた住所も架空のものだったそうだ。支払いは常に現金で、下着店の従業員の話では、彼女はいつも派手な赤系の服を着ていたという。鑑識では、前科者リストの指紋照合を全国規模に広げて、確認しているところだそうだ」

「つまり若洲の地面師だけじゃなく、石神井のオバサンも、何らかの犯罪に関与していた可能性があるっつーことっすか？」

「まだわからんがな」

生前の被害者がどんな人物であれ、遺族の感情は深いところで同じなのかもしれないが、そういう事実を知らされてしまうと、遺族に遺体を返せることを、単純によかったと言えなくなってくる。遺族は被害者の『今』を知らずにいるのかもしれないし、そうでなくとも、家族が犯罪に巻き込まれて死ぬなんて、ショックに違いないのだし……。

「詐欺かしら……」

あれこれと思いを巡らせて、比奈子は言った。

「特殊詐欺かもしれませんね。昨年度に多発した詐欺事件の中には、役所の職員を名乗って訪問し、居住者を外へおびき出した隙に空き巣に入るタイプの事件がありました。ベルセンのビジネスーツは舞台衣裳《いしょう》のようなものだったのかも」

「まだわからん。捜査中だ」

「つうことはなんすか。今回の被害者のうち少なくとも二人は、堅気の人間じゃなかったっつーことになるんすか」

「地面師との繋《つな》がりはどうなのかな？　三木の話だと、バックに暴力団がいるということでしたけど」

「だからあの騒ぎになっているんだろうよ」

ガンさんはパーテーションの奥へ顎《あご》をしゃくった。

さっき煎茶を取りに行ったとき、比奈子は、捜査本部に人が増えているのに気が付いた。ガタイのいい強面《こわもて》の刑事も来ていたから、いよいよマル暴が捜査に加わってくるのかもしれない。そうでなくともここ数日は四課のあたりが騒がしいのだが、地面師の死亡が関係しているからなのか、それとも他の理由があってのことか、比奈子たちにはわからなかった。管轄区外の八王子西署から出張ってきた厚田班にとって、ここは完全なアウェイなのだ。捜査資料を読み解いて、被害者ひとりの身元が割れる功績を残せたとしても、捜査の最前線に立てるわけではない。

警視庁で仕事をしているのだから、誰がホシを上げても同じだろうと、刑事になる前の比奈子は思っていた。けれどもいざ刑事課に配属が決まってみると、縄張り意識が強く、手柄は独占したいというのが、刑事という人種の性《さが》だとわかった。厚田班のようなチームはむしろ珍しく、それゆえに死神女史から、『とびっきりのバカの集まり』と賞賛されるのだ。だが、そんな厚田班も本庁に来れば資料以上の情報をもたらされることはなく、資料から読み解く以上の助言や推測を求められることもない。今現在の厚田班は、死神女史と懇意の警視正が管理官に命じて、頻発する猟奇犯罪事件に対して形ばかりの対応をするために任命された資料係に過ぎなかった。

「今夜はいっそ覚悟を決めて資料を見るぞ。他には何か気がつかないか」

捜査本部の喧騒《けんそう》を背中に聞きつつ、ガンさんは、積み上げられた書類を再び開いた。

「それなら交代で休みませんか。長丁場になれば体がもちませんからね」

清水のパソコンを、再び立ち上げながら倉島が言う。

「んじゃ倉島さん。藤堂と一緒にお先にどうぞ。俺と倉島さんはどっちか起きていないとね。藤堂とガンさんコンビじゃ、万一の場合にPC操作が不自由だから」

窓の外では明かりも減って、升目模様に流れる川さながらに道路が街を切り分けていく。東海林の言うことは尤《もっと》もなので、比奈子は先に仮眠を取ることにした。

眠るといっても、暖かいベッドが用意されているわけではない。トイレで顔を洗い、歯を磨くと、パイプ椅子三つを並べて横になり、コートを被《かぶ》って、比奈子はいきなり眠りに落ちた。最近では、その気になればどんな場所でも眠れるようになった。倉島などは椅子に腰掛けて足を組み、両腕を組んだだけで爆睡できる。それに比べれば、比奈子はまだまだ修行の足りない部類だった。

夢の中でも、比奈子は犯罪現場の写真を見比べていた。被害者たちの共通項は前科だろうか。彼らは陰惨な事件に巻き込まれた善良な一般人ではないのだろうか。

いや、捜査に先入観は禁物だ。

夢の中でもガンさんは言う。

ほかには何か気がつかないか。被害者らの身元が判明しないのはなぜなんだ。捜索願が出ていないのは。家族が騒ごうとしないのは。

どこかで電話が鳴っている。誰かが自分の名前を呼んだ。

藤堂？　藤堂なんて刑事うちには……あ？　あー、はいはい。所轄の資料係さんね。

不機嫌そうな誰かの声で、比奈子はゆっくり戻ってきた。あれは加藤《かとう》という刑事の声だ。厚田班が気に入らないらしく、何かと難癖をつけてくる。自分以外は全員敵だと、最初から疑ってかかってくるような目つきをしている……。

人の動く気配がして、瞬《しばたた》いた目を蛍光灯の明かりが刺した。比奈子はハッと体を起こし、とたんに、バランスを崩してパイプ椅子から転がり落ちた。

「藤堂。電話だ、出てくれ」

目の前にガンさんの顔がある。

「え。あ、はい」

比奈子は腕を伸ばして受話器を取った。立ち上がると、すかさず東海林がスピーカーフォンのボタンを押した。

「はい。藤堂」

「ヒナコサン？」

甲高い声がした。

癇《かん》に障る人工的な声。受話器に触れた耳が怖気《おぞけ》立《だ》つほど陰険な声だ。

「トウキョウトアキシマシハイジマチョウ」

と、声は言った。抑揚のない喋《しゃべ》り方は、念仏を聞いているようだ。

「え？　なんです？」

ガンさん、東海林、倉島が、緊迫した面持ちで比奈子を見ている。ひとりひとりを見回しながら、比奈子は受話器をしっかり握った。受話器が重く感じられるから、たぶんこれは本物なのだ。その直感に、比奈子の心臓はバクバク鳴った。

「◯チョウメ◯×。ハイコウジョウ」

「もしもし？　落ち着いて、もっとゆっくり喋ってください。何がありましたか？　大丈夫ですか？」

案ずるそぶりで訊《き》きながら、自分自身に言い聞かせている。

落ち着け。落ち着いて、相手にもっと喋らせるんだと。

「マダコロスヨテイ、ツ　カ　マ　エ　テ」

殺スという声だけが、脳内で漢字に変換された。頭を鈍器で殴られた気がして、比奈子は目だけでガンさんに助けを求めた。そのすぐ脇には東海林がいたが、彼は唇を嚙《か》みしめて、パソコンのキーを叩《たた》いている。

「誰なの？　あなたは」

「リッチマン」

そう答えて、電話は切れた。

「特定っ。霞が関界隈《かいわい》。携帯からっす」

「近くじゃないか。契約者は誰だ、わかるか」

「うす。ちょっくら、待って、くださいよっと」

物凄《ものすご》いスピードで、東海林はパソコンを操った。

「出た。契約者は……女っすよ。山嵜《やまさき》ちづる。横浜《よこはま》市の契約っすねえ」

比奈子は背筋がぞっとした。

「もしかしてそれ……石神井で死んだ太田晴美の本名ということはないでしょうか。今回の被害者らに捜索願が出されないのは、彼らが、本名を隠して生活している『もぐり』だったからなんじゃ」

比奈子の言葉に、ガンさんと東海林、そして倉島が見つめ合う。

「なに言っちゃってんの。被害者の携帯電話でかけて……きたってか……いや、まてよ。調べれば……」

「三木を呼ぼう」

倉島が内線に手を伸ばすと、

「さすがに今日は帰ったっすよ。ずっと徹夜だったんだから」

東海林がすかさずそう答え、

「藤堂、月岡に電話しろや。今夜は真紀ちゃん当番だから」

と、比奈子に命じた。

「八王子西署の鑑識にですか？　っていうか先輩。なんでそんなことを知っているんです」

「っせーな。俺は美人の動向は把握しておく主義なんだよ。真紀ちゃんが当番。間違いない」

ちょっと前までは交通課の仁美にぞっこんだったくせに。男って、どうして美人には弱いのかしら。ムッとしながら、比奈子は真紀に電話をかけた。

「月岡さん？　藤堂です。直ぐ調べて欲しいことがあるんだけど」

前科者リストに神奈川県横浜市の山嵜ちづるなる人物がいるかどうかを調べて欲しいと伝えると、

「折り返し連絡をくれるそうです」

と、告げて比奈子はスマホを切った。ガンさんと倉島は、すでに出かける準備を済ませている。

「GPSで見ると、スマホの主は移動していないんっすよ。弁護士会館あたりだな、これは」

「すぐそこじゃないか」

ガンさんはそう言って、東海林の背中をポンと叩いた。

「藤堂と向かってくれ。俺と倉島は一足先に拝島町《はいじまちょう》へ飛ぶ」

「え、拝島町ですか？」

「電話の場所です。さっきそう言っていたでしょう？　昭島《あきしま》市拝島町の廃工場って。グーグルマップで検索したら、その番地にはたしかに工場らしき建物があるんです。ネットに社名が出てこないので、廃業したのかもしれませんけれど」

倉島はジャンパーに着替えながらそう言った。ガンさんが愛用のトレンチコートを

手に取ると、

「コートは風を孕《はら》んで冷えますが、まあ、仕方がありませんね」

と、デスクの下からフルフェイスのヘルメットを取り上げた。

「何かあったら連絡をよこせ。何もなかったらタクシーで拝島町へ飛んでこい。現場で落ち合おう。いいな」

ガンさんは東海林に告げて出て行った。

「うす」

東海林がノートパソコンを閉じたので、比奈子もまたコートを羽織り、機能ブーツをしっかり履いた。

「現在地はスマホへメールできるけど、追跡機能は持ち出せないから、GPSが動けばリアルタイムの追跡は無理だ。急げ、走れ！」

椅子に掛けてあった上着をひったくり、東海林はパーテーションを飛び出した。

「追跡機能は持ち出せないって、どういうことですか？」

捜査本部の刑事たちが、顔を上げてこちらを見ている。が、東海林はひょいと机を飛び越えて、本部の廊下へ出ていった。比奈子も小走りに彼を追う。

「迂闊《うかつ》に色々喋るんじゃねーよ。GPSを見たのは本部の機能で、俺のスマホは俺のだろ？　簡単にデータのやりとりができたら、危なっかしくてしょうがねーだろうが」

なるほど。

「でも、じゃあ、今の電話の件を、本部に報告しなくていいんですか？」

エレベーターではなく非常階段を駆け下りながら、東海林は背中でこう言った。

「んなのは確かめてからだっつーの。いちいち指示を仰いでいたら、電話の相手に逃げられっちまう」

転げ落ちるようなスピードで、比奈子と東海林は夜の桜田門に飛び出した。街灯の明かりがそこここに落ちて、冷たい空気が肺を抜く。一瞬スマホを確認してから、脱《だっ》兎《と》のごとく走り出した東海林を、比奈子は追った。

一方、ガンさんは倉島の愛車に跨《またが》り、寒風の中を多摩《たま》地区の昭島市へと飛び出した。倉島の腰に回した両手が、風の冷たさに千切れそうだ。この寒空にバイクで移動する気はなかったのだが、地階の駐車場へ下りたとたん、倉島にヘルメットをかぶせられ、後部座席に跨る羽目になっていたのだ。

「やはり彼女を連れてきて正解でした。ぼくの忍はタクシーなんかに負けませんからね」

と倉島は言うが、渋滞もない真夜中の首都高は、タクシーを使っても充分速い。しかも倉島自身は完全装備で手袋もしている。感覚を失いそうになる両腕を倉島のジャンパーに押しつけながら、次回からは奴だけをバイクで行かせ、自分は絶対にタクシーを拾うとガンさんは決めた。

警視庁と霞門《かすみもん》近くの弁護士会館は目と鼻の先だ。この時間、建物内部の飲食店もすでに閉店しているが、ＧＰＳが示していたのはまさに建物。逆探知に時間がかかった時代とは違い、今は瞬時に相手の位置が特定できる。入電があった時間の監視カメラを確認すれば、それらしい人物が見つかるはずだ。そいつはまだいるのだろうか。いや、そんなはずはない。そんな間抜けな真似をするとは思えない。あれこれと考えを巡らせながら比奈子は走った。整備された石畳に、東海林と比奈子の靴音が響く。人通りはすでにまばらで、葉のないマルメロ並木が寒々しい。弁護士会館が見えてくると、東海林は不意に歩調を緩めた。

「あのへんだ。そう遠くない」

「まだいるといいんですけど」

「そりゃないな。救いようのないバカでもない限り」

前方に弁護士会館のエントランスが見えていた。路上に横たえられた石柱に『弁護士会』と彫刻されたモニュメントが目印だ。周囲を探りながら建物に近寄る。と、比奈子は巨大なモニュメントに目をとめた。石の上から赤い筋が、輪のように垂れ下がっていたからだった。

「先輩、あそこ」

血の筋に思えて比奈子は体を硬くしたが、東海林はまっすぐ走っていき、

「携帯だ」

と、振り返った。

駆け寄ってみると、それは血のように赤いストラップをつけたガラケーの携帯電話だった。

モニュメント中央に置かれた携帯電話の状態を、スマホのカメラで満遍なく撮影してから、東海林はハンカチで包んでつまみ上げた。送信履歴を確認すると、数分前に警視庁へ掛けている。東海林は周囲を見回してから、無言で中空を指さした。それがどんな意味なのか、比奈子にはわかる。東海林の指先には、この場所を撮影している監視カメラがあったのだ。

東海林はポケットからビニール袋を出すと、携帯電話をハンカチごと入れて、コートのポケットに落とし込んだ。

「行くぞ、藤堂。タクシー止めろ」

比奈子は通りを流していた一台をつかまえた。拝島町の廃工場を行き先に告げ、東海林と乗り込んだ後部座席で、比奈子は真紀からの電話を受けた。

「山嵜ちづる四十八歳について、前科者リストで照合はできませんでしたが、任意の事情聴取を複数回受けていることがわかりました」

真紀のキビキビとした声は、静かなEVタクシーの車内に漏れ出してくる。比奈子は東海林を仰ぎ見た。

「真紀ちゃん、なんだって？」

「任意の事情聴取を受けた形跡があるそうです」

「やっぱりか」

東海林は比奈子のスマホに耳を寄せた。

「直近の案件はカード詐欺ですが、他にも複数ありました。先《ま》ずカード詐欺のほうですが、紛失したカードを不正に使用されたという被害届をカード会社に申請しており、カード会社から詐欺容疑で捜査依頼を出されています」

「その件はどうなってますか？」

「証拠不十分で立件できなかったようです。カード会社も保険に入っていますからね。おそらくは、彼女をブラックリストに載せるという対応になったのではと」

カード会社はリストを管理して顧客のカード使用状況を把握している。通常はスーパーや量販店でしかカードを使用しない顧客が、突然高級で高額な買い物をしたり、ネット通信などで高額利用があったりした場合、カード会社はデータの不正流出を疑って顧客に確認することになっている。不正使用が認められれば、顧客はその支払い義務を負うことなく、使用された金額は保険会社を通してカード会社が負担する。

「ほかに結婚詐欺の疑惑もあったようですが、こちらも事件扱いにはなっていません。当事者が死亡しているためだと思うのですが、一度だけ、四人目の結婚相手の親戚《しんせき》筋から、死亡経緯を調べて欲しいという届け出が、神奈川県警の海老名《えびな》警察署に出ています。山嵜ちづるは戸籍上では四度の結婚歴があり、いずれも伴侶《はんりょ》と死別。山嵜は最後の夫の名字です。横浜に転居したのは数年前ですが、居住実態があるかどうかまではわかりませんでした」

「限りなく真っ黒に近いグレーだな」

東海林が耳を離したので、比奈子はスマホを独占した。

「月岡さん。そのデータを清水刑事のパソコンと、三木捜査官にも送っておいてもらえるかしら。それで、四人の夫の死亡について、事件性はなかったの？」

「刑事事件としてはそのようですが、保険会社で調査していた可能性はありますね。調べてみます。なにか出たら連絡します」

「ありがとう」

「いえ、お疲れ様です」

比奈子がスマホを切ろうとしたとき、真紀は思い出したようにこう言った。

「そういえば藤堂刑事。そちらへ連絡が行きましたか？」

「連絡？　なんの？」

「警察病院からですよ」

真紀はそう言って、若干声のトーンを落としてきた。

「藤堂刑事に直接連絡を取りたいとかで、一応、そちらの番号を伝えてはおいたんですが」

「警察病院？」

「ええ」

「なんだろう」

比奈子は首を傾けた。

「個人的には、辛い物食べ過ぎって数値が出たのかと思ったんですけど……」

真紀に言われて、比奈子は若干ムッとしたが、

「ほーらほら。出たよ、でたでた、出ましたよ」

と、ビニール越しに携帯を操作して東海林が言うので、とりあえず真紀に礼を言って通信を切った。見れば山嵜ちづるの携帯から、夥《おびただ》しい通話履歴が引き出されている。慎重にボタンをプッシュしながら、

「見ろや」

と、東海林が画面を向けた。

「首藤……」

比奈子が呟《つぶや》くと、東海林は深く頷《うなず》いた。

「これってさ。若洲のおっさんの名前じゃね？」

首藤というその番号は、不特定多数の通話のあとに必ず繰り返し出て来ている。誰かに電話するたびに、首藤の指示を仰いでいたのではないかと比奈子は思った。ブラックリストに載ったちづるは、カードを所持できなかったはずなのに、高価な下着やアクセサリーを現金で購入していたという。その金はどこから出たものなのか。違法

な不動産売買で大金を稼いでいた地面師が彼女と繫《つな》がっていたならば、アキバで殺された若い男もまた、同一線上にいるのかもしれない。いずれにしても、ちづるの携帯に残されている通話履歴を調べれば、この電話が何に使われていたか判明するはずだ。比奈子は胃袋の裏側が、ざわざわと粟《あわ》立つ気持ちがした。これは武者震いだ。とりとめのなかった事件の概要が見えてくるとき、刑事はしばしば、こんな感覚を味わうのだ。比奈子はポケットに手を突っ込んで、七味の缶をぎゅうっと握った。

「特殊詐欺かもな。藤堂の言うとおり」

東海林はぽつりとそう言って、タクシーの前方を睨《にら》み付けた。真夜中の中央自動車道に、調布《ちょうふ》飛行場の明かりが見えてきた。

一時間足らずのうちに、東海林と比奈子は昭島市の廃工場にたどり着いた。多摩川《たまがわ》の河川敷近くにある工場跡地は、タクシーを降りた駐車場に、倉島の忍が止められている。

「思ったよりでかいな」

東海林は微《かす》かに舌打ちをして、灰色の空を見上げた。そこには巨大な鉄筋の屋根が、見張り塔のように聳《そび》えている。歪《いびつ》で黒いシルエットの上を銀色の雲が流れていくのを見ると、比奈子は背中がぞくぞくした。

「東海林っす。現着しましたけど、どうすればいいっすか」

東海林はスマホでガンさんの指示を仰いだ。

河川敷のススキの原から冬の匂いが立ち上ってくる。空は重く、月の光は雲で見えず、廃工場は真っ黒だ。時折吹き付ける風がコートをめくり上げて、靴が踏みしめた砂利石が、驚くほど大きな音を立てた。

「わかりました。んじゃ、俺たちは、入って左手を見てみます」

東海林がそう答えたとき、工場の二階で明かりが光った。ガンさんたちはすでに内部で、捜索をしているらしい。

「行くぞ。裏口の壁が腐ってて、そっから中へ入れるんだと」

そう言って、東海林は歩き出した。

「うへえ、寒《さ》ぶっ、早いとこ中へ。と、言いたいところだが、これってどう見ても心霊スポットだよなあ。中のほうが寒かったりして」

ぶぇっくし！　とひとつくしゃみをして、東海林はどんどん先を行く。

リッチマンを名乗る輩《やから》は、この場所に何があると言いたかったのだろうか。奇妙に甲高くて、ゾッとするほど抑揚のない声を思い出し、比奈子はキッと前方を睨んで、唇を嚙《か》みしめた。

「スマホの充電、どんくらい？」

東海林が突然訊《き》いたので、比奈子は自分のスマホを見た。

「ほぼ満杯です」

「んじゃ、先にお前のを使うかな。スマホんなってから懐中電灯を持ち歩かなくなっちゃってさ。どうよ？　藤堂もそうじゃね？」

「そうですね」

然《しか》して比奈子が先頭に立つことになった。

枯れたススキを践《ふ》みながら工場の裏へ回っていくと、壁の一部がめくれ上がっている場所がある。建物は鉄筋にトタンを打ち付けただけの簡素なもので、一部が腐食して柱から外れ、風で捻《ねじ》れて揺れていた。体の細いガンさんと倉島は隙間から内部へ入れたようだが、ガタイのいい東海林はそうもいかず、彼は比奈子にスマホで壁を照らさせて、メリメリと盛大にトタン板をはがした。

「器物損壊」

と、比奈子は言った。

「正解。だが、黙っとけよ」

東海林は手についた錆《さび》をズボンで拭《ぬぐ》うと、スマホを受け取って内部を照らした。さすがに室内に入るときくらいは、比奈子の安全に配慮したつもりらしい。ライトに切り取られた場所だけが、次々と暗闇に浮かんでは消える。だだっ広い構内は鉄骨がむき出しで、天井も一部は貼られておらず、巨大な機械がそのまま置かれているかと思えば、ただ床だけの場所もある。明かりが工場の片隅に積み上げられたダンボール箱を照らすと、ネズミに食い荒らされたらしき穴から、ビスやシリンダー、ねじがこぼれて床に散らばっているのが見えた。床にはランダムに溝が切ってあり、溝は真っ黒な筋のように、構内の奥へ延びている。

「ちくしょう。明かりは点《つ》かねえのかな？　危なっかしくてしょうがねえや」

そう言って、東海林がスマホを返して来たので、うち捨てられた鋼材や、割れたガラスなど、比奈子は工場内部を慎重にもう一度照らしてみた。天井からは多くのスイッチ類がぶら下がっているが、それが照明かどうかわからない。だが、少なくとも廃工場が基本料金を払って、電力を買い続けているわけはないと思えた。

「ガンさんたちは右手へ回って行ったとさ。だから、俺たちは左へ行くぞ」

「はい。でも、先輩。私たちを電話でここへおびき出して、どこかに犯人が潜んでいるってことは、ありませんよね？」

「あ？　なんで？　俺たちをおびき寄せて、なんの得になるんだよ」

「わかりませんけど、なんとなく」

　スマホの明かりが照らす場所を脳内に焼き付けて、物につまずかないように歩いて行く。光が届く範囲は限られており、当然、二人の体は密着した。

「刑事ドラマとかだと、よくあるじゃないですか。こんな廃工場で、賊から突然襲われたりするの」

「バカか、テレビの見過ぎだろ」

　東海林が鼻で嗤《わら》ったときだった。カラン。そしてガラガラと、前方でけたたましい音がして、同時に黒い塊が、二人に向かって突進してきた。

「ぴぎゃあああっ！」

　と、東海林は叫び、空中に跳ねてじたばたした。足下を何かがかすめる気配がし、比奈子は思わずホルスターに手をやった。

「なんだ。どうした！」

　どこかでガンさんの声がする。

　心臓をバクバクさせながら、音のした方を照らしてみる。猫ほどもある巨大なネズミが、鉄くずの奥に身を隠すところだった。

「すんません。大丈夫っす、ネズミっす」

東海林はそう言って、落とした自分のスマホを拾おうとし、再び、

「ぐげっ」と、奇声を上げた。

スマホの脇に大きなネズミが、まだうずくまっていたからだった。ネズミは悠々と東海林を見上げ、咥《くわ》えていた物を両手に持って、ガリガリと齧《かじ》りはじめた。

「バカか、何喰《く》ったらそんなでっけえ図体《ずうたい》になるんだよ」

東海林はしゃがんでネズミを覗《のぞ》き込み、突然、

「うぎゃあ」

と、尻餅《しりもち》をついた。

「なんだ、今度はどうしたんだ」

笑い混じりのガンさんの声に、東海林と比奈子は顔を見合わせ、それからネズミが捨てて行った物を、同時にスマホの明かりで照らした。浮かび上がったのは三重に巻いた金の指輪で、指輪には指がついており、第二関節から先の部分がすっかり骨になっていた。形状と長さから、大人の中指と思われる。ネズミが出てきたのは構内の奥だが、そこには天井から暖簾《のれん》のようにビニールが下がって先が見えない。ビニールはボロボロに破れており、錆と染みが浮き上がり、ライトの明かりを白々と反射してい

る。天井は高く、破れた屋根材の隙間から、灰色の空が覗いていた。

「ガンさん、ちょっと来て下さい。入って直ぐの左側。ビニールの間仕切りがあるあたりで、でっけえネズミが人の指を喰っていたんすけど」

東海林が中空にむけてそう言うと、

「わかった。すぐ行く」

と、ガンさんの声が請け合った。

カンカンと、鋼鉄の床を践む音が、こちらへ向かって近づいてくる。比奈子は東海林と背中合わせになって、それぞれのスマホで周囲を照らした。こういう場面に遭遇すると、無意識に空気の匂いを嗅《か》ぐ癖がついた。油断なくあたりを観察しながら、肺の奥まで工場の空気を吸い込むと、カビと鉄、水たまり、埃《ほこり》と油と廃材、ネズミとハトの糞《ふん》の臭いが混じっている。そして灼《や》け褪《あ》せたビニールの臭いのその奥に、比奈子はあの臭いを感じた。

「どう考えても、この奥だよな」

同じ臭いを感じたらしく、東海林は、吸い貯めするように空気を吸った。この場所のほうが、まだ空気がきれいだからだ。

「ったく……マジ勘弁して欲しいわ。こういうのはさ、心霊スポット巡りしているヤンキーが見つけりゃいいんだよ。そう思わねえ？」

「思います」

二つのライトに照らされて、ビニールが不気味に揺れている。

「ガンさんたちを待ちますか？」

「いや」

東海林は覚悟を決めて、湿ったビニールの暖簾をくぐった。

間違いない。ドブネズミの汚物に、腐った土の臭いが混じっている。人肉が干からびて、腐臭から変化した第二の臭いだ。

比奈子は手の甲で鼻を押さえ、慎重にライトで内部を照らした。入って直ぐの場所に鋼材が複雑に積み上げられている。おそらく工場を閉鎖したとき、使える機械のみ運び出し、残骸《ざんがい》を捨てていったのだ。床に切り抜かれた大きな溝がここには二本通っており、その中を照らそうとしても、手前の鋼材やゴミの山の影で見えない。比奈子はそれらの隙間から明かりを届かせようとしてみたが、どうやっても、もどかしい。東海林は壁沿いにライトを走らせていたが、突然、つかつかと奥へ歩き始めた。

「東海林先輩？」

東海林の姿は暗がりに消え、比奈子は独り残された。振り向けば、ガンさんと倉島らしき明かりが近づいて来る。

　本当にあれはガンさんだろうか。そう考えて不安になる。暗闇にちらつくライトに姿はない。足下にも、背後にも、何が潜んでいてもわからない。落ち着こうと深呼吸したとき、鉄扉が動く凄《すさ》まじい音がした。

「大丈夫か。藤堂」

　まぎれもなくガンさんの声だ。ビニールの奥に明かりが近づく。

「あの音はなんだ」

「わかりません。東海林先輩が……」

「倉島さーん！」

　どこかから風が吹き込んで、今度は東海林の声がした。見ればおぼろな明かりを背負って、東海林が戸外に立っている。彼はシャッターを探し当て、工場の扉を開けたのだった。

「こっち来て忍のライトを下さいよ。こんな真っ暗じゃ何も見えねえっすから」

「ぼくの忍を呼び捨てですか」

　ムッと吐き捨てる声がして、ビニールカーテンの奥から倉島が現れた。彼は颯爽《さっそう》と鉄骨を飛び越え、東海林の方へ走っていった。まるで仮面ライダーだと比奈子は思った。

「倉島め……あいつ、猫みてえな野郎だな」

あとから出て来たガンさんは、ぼそりとこぼして比奈子のほうを振り向いた。

「人間の指があっただと？」

「男物の、金の指輪をしてました」

「それをどうした？」

「たぶん東海林先輩が回収したかと。あのままだと、また、ネズミに持っていかれてしまいますから」

「うむ」

ガンさんはポケットをまさぐってペパーミントガムを取り出すと、一枚を無言で比奈子にくれた。

「いただきます」

暗いので、ガムに七味はかけなかった。古い遺体と対面するとき、ペパーミントの香りは救いになる。比奈子とガンさんはガムを剝《む》き、各々口へ押し込んだ。

「……近くに本体がありそうだな」

二本の指で鼻を弾《はじ》いて、ガンさんが押し殺した声を出したとき、バイクのエンジン音がして、突然光があたりを包んだ。暗闇に慣れた目に、忍のライトが飛び込んでくる。比奈子とガンさんは目を覆い、そして工場内部を振り向いた。ゴミや鉄くずを蹴《け》散《ち》らして、逃げ去っていくのはドブネズミどもだ。ネズミは梁《はり》を駆け上がり、暗闇の先で両目が光った。鉄骨の階段が空中へ延びて、ある場所が回廊のようになっているのだ。そうかと思えば、巨大なサイロが壁を塞《ふさ》いで聳《そび》えており、床には廃材が積み上げられて、袋や木箱やドラム缶や、鉄の箱などが乱雑に隅へ寄せられていた。入口に立ってあたりを見回す東海林の姿が、逆光で黒い影になる。ようやく明るさに目が慣れたので、ガンさんと比奈子も先へ進んだ。歩くたび、暗がりでネズミらしきものが逃げていく。その動作は緩慢で、人を恐れるそぶりもない。襲って来るのではないかと不安になるほどの図々しさだ。

「ちくしょう、なんだよこのネズミは」

ついに東海林がネズミを蹴りあげ、チャリンとコインの音がした。

比奈子とガンさん、そして東海林は、無言で互いの顔を見た。床には深く切られた溝がある。幅四十センチ程度、深さ三十センチ程度だが、所々に深く升が掘られて、排水溝へ続いている。その溝の中を、太ったネズミが這《は》い回る。コインはネズミが鳴らしているようだった。

「藤堂ちょっと……そこ……どいてみ」

比奈子の体で陰になった部分を、東海林がゆっくり指さした。

比奈子はぞっとして振り返り、静かに場所を移動した。忍のライトが床を照らす。びかりと下品に光ったのは、髑髏《どくろ》の口に並んだ金歯だった。首筋に絡みついていた一匹が、のろのろと不満そうに胸に下り、溝の暗がりへボトンと落ちた。骸骨は叫ぶように口を開け、床から上半身を突き出していた。高級そうなスーツは腐汁にまみれ、顔はほぼ白骨化して、干からびた肉が切れ切れに、髪の間に貼り付いている。手入れの行き届いた銀色の髪は、ネズミに剝かれた頭皮とともにあらぬ方向にぶら下がっており、白濁した眼球がまだ眼窩《がんか》にあって、何か訴えたそうに東海林のほうを睨《にら》んでいる。両腕はすでに外れ、服ごとネズミに嚙《か》みちぎられて、肉と骨の残骸だけが、不自然な形で散乱していた。

「ったくホラーかっつーの……」

両手で鼻と口を覆って、東海林は眉間《みけん》に縦皺《たてじわ》を刻む。かさかさと乾いた音を立てながら、ライトの明かりに紙幣が舞った。東海林がシャッターを開けたので、内部に風が吹き込んだのだ。遺体の口にはコインが溢《あふ》れ、腹部を突き破ってスーツの隙間からこぼれ出ている。溝の中に埋まった下半身はどうか、スマホで照らして比奈子は「ひっ」と、悲鳴を上げた。遺体の下腹部に潜り込んで食事中だったネズミが数匹、金色の目で比奈子を睨んだからだった。

東海林の脇を走り抜け、駐車場に飛び出したとたん、久しぶりに比奈子は吐いた。心づくしの手打ちうどんをご馳走《ちそう》になった自分が恨めしい。周囲には水道もトイレもなく、水が手に入らないと思うと、また激しく吐き気が襲ってきた。胃の中のものをすべて吐き出してしまってから、ハンカチで口を押さえて、比奈子は涙目のまま立ち上がった。冬なので、嘔吐《おうと》物が白く湯気を立てているのが恥ずかしくてならない。現場に臨場する際には食事をしないのが刑事の鉄則。けれど、こんなふうに突然に、悪意に晒《さら》されるのは防ぎようがない。

「災難でしたね」

嬉々《きき》として忍のエンジンを噴かしながら、倉島が白い歯を見せた。

夜明けとともに、拝島町の廃工場は警察車両で溢れかえった。捜査本部の川本にすぐさまガンさんが連絡を入れ、昭島警察署と本部から、多数の警察関係者が臨場してきたのだった。

ペットボトルのお茶を比奈子に手渡し、川本は、厳しい顔でこういった。

「電話の相手に心当たりはないのかね？」

「ありません」

口にお茶を含んで吐き出してから、比奈子は答えて、再びお茶でうがいした。朝の空気があたりを包み、霜で枯れ草が光っている。真っ白に息を吐きながら、ガンさんたちもそばにいた。

「なんで本庁の俺たちじゃなく、所轄の新米デカに名指しで電話が来るんだよ、あ？　おかしいだろうが」

川本の後ろで文句を言うのは加藤という刑事だった。昨夜比奈子に電話を取り次いだ男だ。

「私に訊《き》かれても、わかりません」

答えながらもうがいを続け、比奈子はようやく気分が晴れた。

加藤は「けっ」と唾《つば》を吐き、近くの鉄くずを蹴り上げて、検視現場へ戻っていく。入れ替わりに出て来た検視官が、到着したばかりのパトカーを迎えに走る。管理官と一緒に降りて来たのは、白衣の死神女史だった。それを見ると、川本はかすかに舌を鳴らした。

「詳しいことは本部で聞こう。こちらに無断で現場に臨場した件については、厚田警部補から報告を受けたいですな」

「きっちり書類で提出しますよ」

答えたガンさんに、「では」と、言うと、川本は管理官と女史を迎えに行った。

「なんすか、あの上から目線は。特にあの加藤ってオッサンすよ、言い方がいちいち癇《かん》に障るんっすよね。警視庁本部は偉いとでも思ってんすかねえ。まあ、偉いっちゃ偉いけど」

東海林は鼻から二本の息を吹き出した。

「資料係に手柄を横取りされちゃ、たまらんのでしょう。小さい男だ」

忍のボディを拭《ふ》きながら、倉島がしれっと笑う。

「そういやガンさん」

東海林はポケットをまさぐると、ガンさんの目の前にビニール袋入りの携帯電話をぶら下げた。

「報告が遅れましたけど、これ、弁護士会館の石碑の上で拾ったんすよ」

「ガラケーですね。営業用でしょうか」

倉島がそばへ寄ってくる。

「なんで営業用と思うんです？」

比奈子が聞くと、倉島は長い前髪を掻《か》き上げながら、親指と中指で自分のメガネを持ち上げた。

「スマホに比べて消費電力が少ないので、通信目的だけならこちらの方が便利だったりするからですよ」

「俺もそう思うっす。営業用だと」

東海林は袋越しに電源を入れ、昨夜比奈子に見せた通信履歴を倉島に示した。

「あー。これは……」

次々に現れる電話番号を見ると、倉島は東海林から携帯電話を取り上げた。

「クサイですね。それに、たびたび出てくる首藤ってのは、殺された地面師のことでしょうか」

「現場に携帯電話だけが置かれていたのか？」

「はあ。なんか、わざと見つけやすいところに置いてあったみたいな気もするんすけどね」

東海林は自分のスマホを取り出すと、現場を撮った写真をガンさんに見せた。

ガンさんは薄い髪の毛をガリガリ掻いた。

「気にいらねえなあ。いったい何を考えていやがる」

「ガンさん。これ、川本警部に渡しちゃいますか？　それとも鑑識に？」

東海林にそう訊かれると、ガンさんは東海林より先に倉島からガラケーを奪い取った。

「俺から渡すよ。お前に任せると、いらぬ軋轢《あつれき》を呼びそうだからな」

「うす。正解っす」

東海林は素直に頷《うなず》いて、

「それとっすね」

と、ガンさんの耳に唇を寄せた。

「弁護士会館の正面を、監視カメラが捉《とら》えていました。おそらくですけど、昨夜電話をよこした奴の映像が残っていると思うんすけど」

「それを早く言え」

ガンさんは自分の額に指をやり、少し考えてから、「倉島」と、呼んだ。

「東海林と現場へ飛んで、監視カメラを確認してくれ。俺はこっちの検証が済み次第、藤堂と本部に戻るから」

「了解しました」

倉島はにっこり笑って、自分は革のジャンパーを羽織り、薄着の東海林を後ろに乗せて、朝まだきの廃工場を出発した。

「げ、寒《さ》ぶーっ！」

東海林の悲鳴が遠ざかると、ガンさんは密《ひそ》かに笑った。

東海林が行ってしまったので、比奈子は真紀が調べた山嵜ちづるの素行について、ガンさんに報告しなければならなかった。

「なるほどな。被害者に共通点がある可能性が出て来たってことか……」

ガンさんは思案しながらタバコを探すように胸ポケットをまさぐった。禁煙してから長いのに、思考が煮詰まってくると、どうしても一服したくなるようだ。結局彼はコートのポケットに手をやり替えて、ペパーミントガムを噛《か》みだした。煙の代わりに白い息を吐きながら、廃工場の隅に立ち、比奈子とガンさんは鑑識作業を見守った。

現場周辺にはKEEP　OUTの黄色いテープが張り巡らされ、工場内にはブルーシートが運び込まれて、溝から遺体が引き上げられる。

「ゆっくりだよ」

死神女史の檄《げき》が飛び、同時に「わっ！」と声がして、小銭のこぼれる鈍い音が工場内に響き渡った。

内臓をネズミに食い荒らされてしまった遺体は、捜査員が持ち上げたとたんに腰から千切れ、夥《おびただ》しい数のコインが転がりだして来たのだった。

「あーあー」

呆《あき》れたような女史の声が、むき出しの鉄骨に当たって響く。その至る所の暗がりで、ご馳走《ちそう》を奪われたネズミどもが息を殺しているかと思うと、比奈子は全身が総毛立つような気持ちがした。

「先生もご苦労なこった」

検死をはじめた女史を遠目に見ながら、ガンさんはガムを包み紙に吐き出した。

「だが、このホトケさんに関しては、正真正銘俺たちが第一発見者だからな」

言葉の真意を酌み取れず比奈子がガンさんを見上げると、彼は女史から目を逸《そ》らさずにこう言った。

「このホトケさんに使われた現金は手つかずだ。満額でいくらか、ようやくわかる」

「そうか。遺体に詰め込まれた金額に、意味があるのかどうかも、わかるかもしれませんね」

比奈子もまた、次々に焚《た》かれるフラッシュと、鑑識課員らの紺の制服に目をやった。

三木は再びあの小銭から、苦労して指紋を採取するのだろう。

——まだ殺す予定。捕まえて——

リッチマンと名乗った輩《やから》の、不気味な声が脳裏に響く。

あいつは、どうして電話をかけてきたのだろう。本人だと誇示するように山嵜ちづるの携帯電話を拾わせて、第四の殺人現場を知らせてきた。なぜそんな真似を？　どうして私に？

「本当に、心当たりはないんだな？」

ガンさんの問いにも、

「ありません。本当にまったくないんです」

と、比奈子は答えるより術《すべ》がない。

ようやく検死作業が終わる頃、あたりはさらに騒々しくなっていた。事件を聞きつけた報道のヘリが頭上を飛んで、制止線のまわりに報道陣が詰めかけてきたのだ。遺体袋に入れられた被害者が警察車両に運び込まれると、その後ろにいた川本に、報道陣はマイクを向けた。検死を終えた死神女史は、その喧騒《けんそう》など見えぬかのように、自分の肩を揉《も》んでいる。

「お疲れ様でした。石上博士」

遠巻きに検死を見守っていた管理官が、それを見てようやく女史に近づいて来た。

高価なコートと高級なスーツに身を包んだ管理官は、腐敗汁が飛び散る遺体には決して近寄ろうとしなかったのだ。

「あのさ」

管理官と、まだ作業している検視官を交互に見ながら、死神女史はポキンポキンと首を鳴らした。

「なんか、お腹が空《す》かないかい？」

「いや……お腹……ですか」

管理官はおもむろにハンカチを取り出すと、それで慌てて口を押さえた。

「焼き肉食べにいかないかい。いい店知ってる？」

「や……」

女史と管理官のすぐ近くでは、鑑識が、ドブネズミに食い荒らされた遺体の残骸《ざんがい》をピンセットで拾い集めて、ブルーシートに載せている。

「あんたはどうだい？　一緒に行くかい？」

訊《き》かれて検視官は頭《かぶり》を振った。

「いえいえ、私はやめておきますよ。最近ベジタリアンに改宗したので」

「そうかい、なら仕方がない。腹が減っては検死はできぬってね。司法解剖の前に、食事してから戻るから」

死神女史は検死カバンを取り上げると、管理官と検視官を差し置いて、ガンさんの方へ顎《あご》をしゃくった。

「あそこに暇そうなのがいるから、送ってもらうことにする。いいよね？」

女史が訊いた時、管理官は嘔吐《おうと》するために報道陣から見えないところへ駆け出していた。

「ってことで。待たせたね」

直後。当然のように死神女史は、ガンさんや比奈子のところへやって来た。現場の喧騒を避けて廃工場の裏手へ回り、制止線を越えて外へ出ると、そこには多摩川の土手が続いていた。

「今日は車で来ていませんよ。先生を送っていくならタクシーを拾わないと」

「あんたたちだって、帰るのにタクシーを拾うんだろう。同じことじゃないか」

ガンさんと女史のあとを追いかけながら、比奈子はスマホで近くの焼肉店を検索した。

「本当に、朝っぱらから焼き肉なんか喰《く》うんですかい」

「一軒だけ、二四時間営業のお店がみつかりました。けど……」

ぐるナビを見ながら比奈子は言った。

たしかにお腹はすいたけど、脳裏にはまだ、ドブネズミの食事風景がこびりついている。

「けど、でも、その店、大阪ホルモンの専門店みたいなんです」

ガンさんは、下を向いてゲップした。

「ホルモン、いいね。そこへ行こうよ、そこへさ」

「勘弁して下さいよ。それより先生、ちゃんと手は洗ったんですかい？　ていうか、あんた、白衣くらいは着替えて、ねえ。ったく、しょーがねえなぁ」

かくしてその三十分後。比奈子とガンさんは焼き網に載った丸腸を、恨めしげに睨《にら》んでいた。

「いい小腸だねえ。脂がのってる」

女史だけが嬉々《きき》として食べながら、次々に食材を焼いていく。焼き縮みする腸が生き物のように動くのを、比奈子は見ていられなかった。

「なんて顔してるんだい。こんなのただの、腸をひっくり返しただけのものじゃないか。脂のついてるほうが外側ね」

「いやもう、内臓の話はいいですから」

別に頼んだお新香を食べながら、ガンさんはウーロン茶を飲んでいる。大学へ戻るので、さすがにビールは頼めずに、女史は熱いお茶を飲みながら白いごはんを食べていた。

「先生、ゆっくり食べて下さいよ。初めての店で『吐いちゃ復活戦』はナシですぜ」

「ああもう、うるさい」

湯飲みのお茶を飲み干して、女史はようやく食べるのをやめた。前にあった皿を退け、テーブルに身を乗り出して、腕を組む。

「ところでさ。ざっと見たところ、さっきのホトケさんが最初に殺されているね」

何個かの丸腸を放置して、女史はタバコに火を点《つ》けた。脂に火がつくホルモンを、比奈子が慌ててひっくり返す。

「あとは食べてよ。あたしはもうご馳走《ちそう》さん」

ありがたくて、比奈子は涙が出そうになった。

「自家融解とネズミの侵食、どっちが先か微妙なところではあるけれど、あの遺体は、少なくとも死後一ヶ月以上経過してるよ」

女史は検死カバンを引き寄せて、アイパッドを取りだした。データを呼び出して、他の被害者の死体検案書を確認する。

「今までのところ、最初に殺されたのが石神井公園の女性で、死亡推定日時は昨年十二月の中旬以降ってことになっている」

「どうやらその女性は、横浜在住の山嵜ちづる四十八歳らしいんですがね」

「ふーん。何者だい？」

「今、調べているところなんですけれど、カード詐欺で告発されたことがあって、あと、保険金詐欺にも手を染めていたかもしれないんです。現在は自称美容師の太田晴美四十歳を名乗っていたようです」

「女の性《さが》だねえ。年齢詐称は、どうしても若く言いたくなる」

そう鼻で嗤《わら》ってから、女史は焼き網に目を落とし、

「早いとこ食べないと、内臓は自家融解が早いんだよ」

と、比奈子に言った。

「次に殺されたのがアキバの青年。殺害推定日時は大晦日《おおみそか》。そして、あたしが司法解剖した若洲の男が一月七日未明の殺害。遺体の状況から鑑《かんが》みるに、さっきの被害者は誰よりも先に殺されている。殺し方も雑だしね」

比奈子はとりあえず、女史が残したホルモンをすべて焼き網の上に載せてみた。オレンジ色に火を吐きながら、縮れて動く丸腸を見ていると、思い出したくないものが

頭の中に蘇ってくる。ガンさんもそうらしく、まったく焼き網を見ようとしない。焼け頃を手早く皿に取ってから、比奈子はそれを、そーっとガンさんの前に押しやった。焼
「コラーゲンたっぷりだ。髪にも効くよ、たぶん」

　女史が笑うと、

「あんた、面白がっているでしょう」

　厭《いや》そうに皿を引き寄せて、ガンさんは吐き捨てた。

「殺し方が雑ってのは、どういう意味ですかい」

「若洲の時は、司法解剖に回ってきてから遺体を見たからね、検死に当たれたのは今回が初めてだったんだけど、ずっと疑問に思っていたことがあるんだよ」

「疑問ですか？」

　焼き網の火を落とし、比奈子はテーブルへ身を乗り出した。

　女史は店員にお茶のおかわりを頼んでから、おしぼりで口と手を拭《ふ》いた。

「遺体の状況だよ。今日のホトケさんも同じだったろう。排水溝の穴に、下半身が落ち込んでいたね？」

「それが」と比奈子は言ってから、「あ」と小さく頷《うなず》いた。

「そういえば、アキバの男性被害者はマンホールトイレに下半身が詰まった状態でし

たね。でも、石神井の女性は」

「池に突き刺さっていたと聞いてるな。若洲の男は、テトラポッドの隙間に……」

「そうなんだよ」

と、女史は言った。

「小銭を口から充塡《じゅうてん》するなんて、なんでそんなやりにくい方法で殺したのかと、ずっと疑問に思っていたんだけど、少なくとも被害者の体を半地下に落とせれば、頭部は犯人の体より下に来るわけだから、喉《のど》から重量物を詰め込むことは容易になるよね」

「つまり、なんですか？　犯人は被害者をトラップに掛けて、自由を奪ってから犯行に及んだってことですかい？」

「今日のホトケさんは金歯を入れていただろう？」

女史はアイパッドを広げて遺体の写真を呼び出した。ちょうどお茶のおかわりを運んできた店員が、それを目にして動きを止める。

「あ、すいません」

と恐縮しながら、比奈子はお茶を受け取った。女史が呼び出した遺体画像は、ホラー映画のポスターに使えそうな迫力で、店員は、顔を引きつらせて戻って行く。まだ早い時間だったから、他のお客がいなくて幸いだった。こんな会話のいいわけに、警視庁宛《あて》で領収証を切ってもらおうと、比奈子は決めた。

「遺体の引き取りを拒まれないように、やくざが金歯を入れるって話は聞いたことがあるけどさ。本当の金歯を見たのは初めて。金は柔らかいからね、ここに何かの跡が、かなりくっきり残ってるんだよ」

女史は金歯の内側部分を拡大した。歯との比較から鑑みて幅約三センチほどの線が、くっきりと写し出されている。女史はまた、別の写真も呼び出した。比奈子が司法解剖に立ち会った首藤泰造の口腔《こうこう》内写真だ。こちらの歯は欠けており、同じくらいの位置に傷がある。

「同じ幅に見えますね」

「だろ？　若洲のホトケさんのほうが丁寧に扱われているけどね」

「どういうことです？」

「たぶん殺し方に慣れたんだろう。この跡は口をこじ開ける装置の痕跡《こんせき》だと思うんだ。ちょっと調べてみたんだけど、これの形状が一番近い」

そう言って女史が呼び出したのは、ペリカンの嘴《くちばし》を横から見たような油圧ウェッジの画像だった。

「なんですか？」

「スプレッダーだよ。通常はレスキューなんかで倒壊物の隙間をこじ開けるために使うんだけどね。このタイプは油圧式で、重さ四トンまで対応可能。小型でコンパクト。価格も安価で持ち運びに便利なケースつき」

「それで口をこじ開けた？　お金を流し込むためにですか？」

女史は深く頷いた。

「さっきのが最初の被害者だとあたしが思うわけは、あのホトケさんの顎《あご》ね。力加減がわからなかったからなのか、下顎骨《かがくこつ》が完全に外れちゃっているんだよね。コインの入れ方もずさんでね。胃どころか、小腸も大腸も突き破って、肛門《こうもん》から漏れていたからね」

比奈子は思わず目を瞑《つぶ》った。

「殺し方がエスカレートしてるってわけですかい」

「逆だよ。むしろスマートになっていってると、あたしは思うよ」

「けっ。口をこじ開けて小銭を流し込むのに、スマートもクソもねえもんだ」

ガンさんはそう言って、皿に残ったホルモンを、しなびたサンチュで覆い隠した。

「ところでさ、本庁の特捜本部に参加してみた感想はどうだい？　今日の現場も厚田班が見つけたって聞いたけど、犯人がリークしてきたってのは本当かい？」

「もうそんなことまで知ってるんですかい」

「ふん」

死神女史は鼻で嗤った。

「今回の特別捜査本部の管理官はね、死体にはめっぽう弱いけど、抜群に頭の切れる、ちょっと変わった男でね、田中克治《たなかかつじ》っていう、あたしの後輩なんだけど」

「本庁の川本課長から聞いてますよ。あんた、警視正経由で、その管理官をそそのかして、所轄から俺たちを呼んだんですってね」

「ラッキーだったろ?」

と、女史は二本目のタバコに火を点《つ》けた。

「特殊犯罪や猟奇犯罪専門のチームをね、本庁内外に置きたいって話は、警視正が、ずいぶん前からしていたんだよね。ただ、組織が大きくなると、いろいろね、超えなきゃならないハードルがある。まあ、だから今回、あたしが厚田班を紹介しておいたんだけど」

「どう紹介したんですよ」

「別に特別なことじゃない。一昨年《おととし》秋の無差別連続殺人事件と、去年春の女性五人猟奇的殺人事件、それとパラコート自殺幇助《ほうじょ》事件にさ、八王子西署の刑事組織犯罪対策課が尽力したって話しただけで」

「本当にそれだけですかい？」

ガンさんは上目遣いに女史を睨《にら》んだ。

「それだけそれだけ」

その鼻先に、女史はタバコの煙を吹きかけた。

「こういう事件で大切なのは、次の犠牲者を出さないことだ。表向きには使えない手だけど、犯罪者のことを一番知っているのは犯罪者だったりしてね。今までだって警察は、誰かが泥を被《かぶ》ってそういう情報を活用してきたろ？　だから猟奇事件についてはさ、田中管理官が厚田班の頭脳を活用して、実績作ってくれないかなと思ってね」

「警察組織ってのは縦割りなんですよ。それを、なんだ。先生に見込まれたとあっちゃ、管理官様も大変だ」

ガンさんは小鉢に残っていたお新香を口の中に押し込んだ。

「先生はどう思っているんですよ。今回の犯人について」

「さあ」

と、女史は首を傾げて、吸いかけのタバコをもみ消した。

「あたしは犯罪者じゃないからね。生きている人間に現金を流し込むなんて残忍な思考は理解できない。ただ、あんな七面倒臭い殺し方をするってところには、何らかの思惑が見え隠れするよね。ただ殺せばいいのなら、心臓を止めればいいんだからさ」

「愉快犯の仕業だと思いますか?」

比奈子が訊《き》くと、女史は比奈子を真っ直ぐ見つめた。

「あんた。事件の概要は、全部頭に入っているのかい?」

「はい。たぶん」

「司法解剖の時はぶっ倒れていたみたいだけど、頭蓋骨《とうがいこつ》を剝《む》くまでの、遺体の状態は見ていたかい?」

「見ていました」

「今回は、あたしからセンターへ依頼する献体はない。でも、これから大学へ戻って、例の遺体の司法解剖をする予定だから、あたしの研究室のパソコンを使える。あんた、心理学者へメールして、犯人のプロファイルを作ってもらってくれないか」

女史は比奈子に指示してから、

「それでいいよね?」

と、ガンさんを振り向いた。

「なんで藤堂に」

「もちろん警部補も一緒だよ。二人には、あたしを大学へ送り届ける仕事があるだろ？　田中管理官はゲロを吐くのに忙しくって、法医学博士をほったらかしにしたんだからさ、文句を言う筋合いじゃないよ。もっともあの男は、昔からあたしには頭が上がらない」

「先生に頭の上がる奴がいたら、紹介して欲しいもんですよ」

「はん？」

死神女史に睨まれて、ガンさんはおしぼりで口を拭《ぬぐ》った。

「いえ。だから、なんで藤堂なんですよ。プロファイルを依頼するなら先生だって」

「ばっかだねえ」

死神女史は会計伝票を引き寄せて、それをガンさんに握らせた。

「死体検案書の概要、テレビのニュース、捜査の進捗《しんちょく》状況、その他もろもろ、資料を見ずとも覚えているかい？」

「そりゃまあ、無理ですけど」

死神女史は比奈子のほうへ視線を移し、

「石神井の被害者の前科について、調べを頼んだ同僚は、なんて言っているんだって？」

と、訊いた。そもそも、刑事課に配属されはしたものの雑用係の内勤員だった比奈子が現場に出るようになったのは、優れた記憶力をガンさんに買われたせいだった。体力も知力も十人並みで、目立った美点もない比奈子の武器は、下手くそなイラストを見るだけで、耳にした言葉、目にした光景を余すこと無く記憶から引き出す能力にある。漢字が大の苦手なので、手帳には、ほとんどイラストと数字しかメモしない。

比奈子が手帳を開くと、そこには三日月の横に小銭を描いた絵があって、

「直近の案件はカード詐欺ですが、他にも複数ありました。……ほかに結婚詐欺の疑惑もあったようですが、こちらも直接の告訴がなされず、事件扱いにはなっていません。当事者が死亡したためだと思うのですが、一度だけ、四人目の結婚相手の親戚筋から、死亡経緯を調べて欲しいという届け出が、神奈川県警の海老名警察署に出ています。山嵜ちづるは戸籍上では四回の結婚歴があり、いずれも伴侶《はんりょ》と死別。山嵜は最後の夫の名字です。横浜に転居したのは二年前で……」

比奈子は真紀の言葉を、一字一句違うことなく復唱した。

ガンさんはため息をついた。

「わかりましたよ。そうと決まったら、とっとと東大へ帰りましょうや」

彼は伝票を持って立ち上がり、比奈子にタクシーを呼べと命令した。

数分後、東大へ向かうタクシーの中で、比奈子はさっきから気になっていたことを訊いてみた。

「遺体の引き取りを拒まれないように、古い時代のやくざは金歯を入れるって、どういう意味なんですか？」

カバンを抱えて助手席にいた死神女史が、前を見たまま教えてくれる。

「そのままだよ。純金は腐食しないからね。火葬しても金塊は残るし、歯だって外せば売れるだろ。それに、たいていの場合は死体になっても頭と体はくっついているから、受け取り拒否で無縁仏になる可能性も低い」

「だから金歯を？」

「自分の口に入っているんだ。容易に盗まれたりはしないからな。金に困ったら歯を売って、高飛び資金を作るなんてぇのは、よくある話だったらしいや」

隣でガンさんが補足した。だとすると、今朝の被害者はそれなりの年齢の、その筋の人物だったということだろうか。でも、どんな人物であったとしても、遺族より先にネズミに葬送されるとは思いもしなかったに違いない。

ガンさんは後部座席で両腕を組み、目を閉じたまま動かなくなった。そういえば、比奈子と倉島は仮眠を取ったが、ガンさんも東海林も、昨夜は一睡もしていないのだ。

「お疲れのようだねえ。警部補は」

バックミラーの中で、死神女史は比奈子を見た。

「はい。昨夜は一睡もしてないはずです」

それは自分を案じてくれたからなのだ。と、付け足そうとしたとたん、ガンさんのスマホが鳴り出した。少し眠らせてあげたいと思ったのに、ガンさんは飛び起きて、

「厚田だ」と、返事をした。

しばらく会話した後で、ガンさんはスマホを比奈子に渡してきた。

「東海林からだ。話を聞いてくれ」

電話を替わると、

「今からさ、お前のスマホに動画を送るから、ガンさんに見てもらってくれや」

と、東海林は言った。

「いいですけれど、なんの動画ですか？」

「防犯ビデオのコピーに決まってんだろ。ガンさん、スマホに変えたばっかりで、動画の見方がわからねえらしいからさ。すぐに見てよ。キモチワルイもんが写ってんだ

よ。見たら電話くれって伝えてよ。この動画、俺から川本警部に出さなきゃかなあ」

「倉島先輩がいるじゃないですか」

「あ。そうか」

東海林はそう言ってから、

「でもやっぱ、ガンさんの指示待ちだろうな。んじゃ、お前のところへ送るから」

と、一人で喋《しゃべ》って電話を切った。

「木偶《でく》の坊からかい？　なんだって？」

女史は後部座席を振り向いた。比奈子のスマホが受信を告げる。

「弁護士会館を写した防犯ビデオの映像が入手できたらしいんですが、気持ち悪いものが映っているから見てくれと。見たら、ガンさんの指示を仰ぎたいそうです」

比奈子はガンさんのスマホをガンさんに返し、自分のスマホを取り出した。東海林が送信してきたのは、会館のエントランス部分を写した動画だった。

画面が広く見えるように、スマホを横にして輝度を上げる。

日比谷公園に設置されたカメラから、レンズは通りを挟んだビルの正面を捉《とら》えていた。街路樹のマロニエは葉を落としているから、歩道の石畳まではっきり見える。暗がりの中、酔っぱらったサラリーマンが二人、会館の前を通りすぎたところから、映像は始まっていた。その場で携帯電話を使っているような人影はなく、館銘碑のモニュメントだけが街灯の明かりに照っている。風に煽《あお》られた枯れ葉が地面をこすりながら動いていき、それに反応してカメラの解像度が幾分か上がる。と、そこに比奈子は妙なものを見た。

「なんだ？」

と、ガンさんが目をこする。

それは、真っ黒で巨大なダンゴ虫のごときものだった。画像手前から滑るように通りを渡って会館の前にたどり着くと、マントを脱ぐように立ち上がったので、黒い布で全身を覆った人間だったということがわかった。頭に黒いキャップを被《かぶ》り、だぶついて体型のわかりにくい服を着ている。足取りは踊るようでぎこちなく、明らかに、カメラに撮られていることを意識している動き方だ。モニュメントの前で振り返った顔は、眉《まゆ》も口も白く塗りつぶされて陰影がなく、男なのか、女なのかさえもわからない。その人物はこれ見よがしにカメラに携帯を向けてから、それをモニュメントの上に置き、赤いストラップを正面に向けて垂らして去った。

「ふざけやがって」

ガンさんは低く唸《うな》った。

「まるでパントマイムをしているような動きですね」

「へえ。そうなのかい？　あたしにも見せてよ」

助手席から手を伸ばしてきた死神女史に、比奈子は自分のスマホを渡した。

「おーやおや」

女史は言って、銀縁メガネを持ち上げた。

「刑事ドラマの影響かねえ。歩き方や歩幅から体格が割り出されるのを、知っててやってるみたいじゃないか。ここまで白く塗っちゃえば、画像処理しても輪郭以外はわからないものね」

比奈子の脳裏に、またあの声が蘇《よみがえ》ってきた。音声を処理してみても、比較対象者の声が手に入らない限り、どうやって犯人のものと特定すればいいのだろう。

「でも、こんなメイクをしていたなら、他の防犯カメラを調べれば、すぐに足取りがわかるんじゃや……」

ガンさんはすでに東海林に電話して、その状況を確かめていた。

「日比谷《ひびや》公園、西幸門前《にしさいわいもんまえ》、祝田橋《いわいだばし》、霞が関。周囲のカメラを確認したが、それらしき人物は写っていないらしい。念のため映像を持ち帰って、本部で調べ直すとさ」

「真冬だしねえ。帽子を目深に被ってサングラスして、マフラーなんかで顔を覆えば、違和感はない。それとも日比谷公園に入ってさ、変装してから出てくれば、周囲のカメラには写らないよね」

「なら、あそこはホームレスが多いから、見た人がいるかもですね」

「そうだな。当たってみる価値はあるな」

今日も家に帰れそうにない。この時点で、比奈子はそれを覚悟した。


赤門の前でタクシーを降りて、比奈子らは女史の研究室へ向かった。法医学部の研究棟は歴史的建造物でもある赤煉瓦《れんが》の建物にあるが、内部には近代的なエレベーターが整備されている。古さの中に新しさが埋没しているこの建物では、往時の窓から歴代の学生たちが見続けてきたのと同じ風景を見ることができるのだ。モダンでレトロなこのキャンパスが、比奈子は大好きだった。

長くて狭い廊下に並ぶ板張りのドアを開け、女史は自分の部屋に入った。本棚と、資料と、その他雑多なあれこれで埋め尽くされている女史の部屋は、歩けるスペースがわずかしかない。相変わらず机の上には吸い殻だらけの灰皿があり、窓はブラインドで隠されて、そこに首藤泰造の解剖写真が貼られていた。

「今つなぐから」

そう言って、女史はカバンからノートパソコンを取り出すと、電源とマウスにつなげて起動した。デスクの後ろの隙間にはキャンプ用の椅子とテーブルがあって、そこにもやはり吸い殻が山になった灰皿と、明治のミルクチョコレートの包み紙が散乱している。ガンさんは床のゴミ箱を手に取ると、せっせとあたりを片付け始めた。

「ああ、そうだ。こないださ、心理学者が倒れたってよ」

ガンさんの行動には頓着《とんちゃく》もせず、パソコン画面を睨《にら》み付けたまま女史は言った。

「えぇっ」

比奈子が思わず上げた声は、身内を案ずるものになっている。ガンさんはゴミを集める手を止めて、女史は静かに振り向いた。

「大丈夫。たいしたことはなかったようだよ。ちょっと休んだら回復したって」

それだけ言うと、女史はまたパソコン画面に向いて、見たことのないメールソフトを呼び出した。パスワードを打ち込みながら、先を続ける。

「だけどさ。あの先生の頭の中には、例のあれが埋め込まれたままだろう？　なんとなくだけど、ちょっとずつ肥大しているんじゃないかと心配になってね。脳の検査をするよう勧めたんだけど」

中島保が倒れたシーンを、比奈子は一度だけ見たことがある。

彼が、立証不能な連続殺人を犯すきっかけとなった幼女惨殺事件。その現場にあったのと同じイチゴキャンディーを見た瞬間、保の脳内スイッチがONになったのだ。彼の形相は恐ろしく変わり、天を仰いで咆哮《ほうこう》した。けだもののような姿だった。

被害者らの無念を晴らすため、保が犯罪者に仕掛けたのは恐ろしい罠《わな》だ。そしてその罠を、保は最初に自分の体で試したのだ。同じスイッチを仕込まれた者は、今では誰一人生き残っていない。脳の特殊な場所に発生させられた腫瘍《しゅよう》がどうなっていくのか、その後のことはわかっていない。比奈子は足下から全身の力が抜けていくような気持ちになった。

「なんて顔をしてるんだい」

「ちょっと、いろいろなことを思い出して……」

上手《うま》い言い訳とも思えなかったが、でも、とりあえず、比奈子はぐっとお腹に力を入れた。

「さあ、つながった。メールひとつするにもさ、あそこは色々めんどくさくて」

そう言って、女史は早速タバコに火を点けた。ブラインドを斜めに持ち上げて、ガンさんが、開かずの窓を無理矢理開ける。冷たい風が室内に入って、古い建物の臭いが薄まった。

「先生、吸い過ぎなんですよ。自分の体のことだって、ちったぁ考えないと」

「かたいことを言わないの。司法解剖している間は吸えないんだからさ」

ガンさんは、女史が灰を落とす前に灰皿の中身を空にして、手近なティッシュできれいに拭《ふ》いた。

「こっちはあんたの体を心配して、言ってるんですよ」

「それが余計なお世話なんだよ」

山になったゴミ箱を持って外へ行くとき、ガンさんは「死神ババア」と、吐き捨てた。女史は「ハゲ」と、応酬した。そのやりとりにほっこりする余裕が比奈子にはなかった。比奈子の脳内ではあの晩の保が、咆哮する狼と化した保の姿が、瞳孔《どうこう》の開いた眼、むき出しの歯、怒髪天を衝《つ》く人間の姿を初めて目にした衝撃が、抗《あらが》いがたい恐怖を伴って再生されていたのだった。

「先生。野比先生の頭の腫瘍は、取り除くことができないんでしょうか」

「さあねえ」

と、女史は鼻から煙を吹き出した。

「あんたも知っていると思うけど、あのセンターにはこの国トップの頭脳が集結してる。だからもし、彼が本気でスイッチを取り除きたいと願うなら、できなくもないと思うんだけどね。問題は」

と、女史は語尾に力を込めた。

「あの先生が、その気になるかどうかだよ」

仕事に忙殺される毎日であっても、比奈子が保のことを想わない日は一日もない。自分が彼を想うほど、彼が自分を想ってくれないとしても、比奈子は折りにつけ保を想う。野比先生は何を食べ、どんな部屋に身を置いて、友人と呼べる人が、近くにいてくれるのだろうか。笑うことはあるのだろうか。楽しむことはあるのだろうか。彼の心をとりまいている、犯罪者らの恐ろしい思想に、搦《から》め捕られてはいないだろうか。そしてせめて時々は、同じ空を見るのだろうかと。

「ほら」

死神女史は席を立ち、比奈子の背中を、パシン！　と叩《たた》いた。

「彼にメールを打っておくれ。事件の概要、遺体の状況、被害者の経歴。スプレッダーのことも、顔を白塗りにしたあいつのことも、できるだけ適確に伝えるんだ。犯人の目的が何で、何をしようとしているのか、何でもいいから聞き出して、彼に、自分は必要な人間なんだと教えてやりな。そうして役に立ってもらうんだよ。次の犠牲者が出る前に」

「はい」

比奈子が女史のデスクに陣取ったとき、ガンさんがゴミ捨てから戻って来た。キャンプ用の折りたたみチェアをひらき、その場に座って腕を組む。女史は時計を確認し、

「午後には司法解剖を始めたいから、準備してくるからね」

と告げて、出て行った。

――件名：リッチマン連続殺人事件におけるプロファイリング依頼――

死神女史のメール履歴を確認してから、比奈子は同じ書き方で件名を打ち込んだ。

――昨年末より東京都内にて発生している連続猟奇的殺人事件に於《お》いて、犯人のプロファイルを依頼したくメールしています。事件の概要は以下のとおり

発生：二〇一六年元旦《がんたん》。秋葉原の防災公園にて、口腔《こうこう》内に現金を詰め込まれた凍死者の遺体を発見したと、匿名の通報があったのが……

イラストだらけの警察手帳を見ながら、比奈子は事件概要を打ち込んだ。すべてを一緒くたに書ききれないので、メールを一度送信してから、被害者についてわかって

いることを追伸することにする。

こうして何通かのメールを送り、唯一自分の目で確かめた首藤泰造の状況や、昨夜から今朝にかけて起きた一連の出来事を打ち込んでいるとき、モニター画面に受信マークがふわりと浮かんだ。

——Re: リッチマン連続殺人事件におけるプロファイリング依頼　比奈子さん?

——

比奈子は口から心臓が飛び出しそうになった。

件名以外に手の加えられていない返信は、保が思わずメールを返したことを意味している。比奈子は捜査状況を打ち込む手を止めた。

このパソコンは死神女史のものだ。メール履歴も内容も、そのままデスクトップに残る。

ブラインドに貼り付けられた夥《おびただ》しい遺体写真を見上げ、その隙間から流れ込む外気を吸い込むと、比奈子は深呼吸して立ち上がり、窓を閉めた。

ガンさんは部屋の隙間に挟まり込んで、両腕を組んで眠っている。

比奈子はパソコンに真っ直ぐ向かい、打ちかけのメールのトップに、

——はい。藤堂です——

と、差し込んだ。

野比先生。お体の具合は如何《いかが》ですか？　石上博士から話をお聞きして、心配しています……。

そう打ちたいのを我慢して、比奈子は冷静にキーを叩いた。センターに届くメールはすべて、国の監視下にある。日本精神・神経医療研究センターに於いて、比奈子の立場は刑事ではなく、あくまでも石上妙子博士の助手なのだ。

――私だと、よくおわかりになりましたね。博士が昨夜拝島町の廃工場で発見された被害者の司法解剖に関わっておられるため、私が代理でメールを送らせていただいております。当該事件の被害者が四人を数えているため、早急に情報とデータを送信するよう申しつかりました――

保からの返信はパタリと途絶えた。おそらく、冷静さを取り戻したのだ。

比奈子さん？　そう送信してきた保の気持ちが、比奈子は嬉《うれ》しくもあり、怖くもあった。メールの文章から個人を特定することは、保には容易《たやす》いことかもしれない。けれども、思わず返信して来たことが保のわずかな変化を感じさせた。

脳内スイッチが悪さをはじめ、保が保でなくなるなどということが、もしも、起きているのだったらどうしよう……。

比奈子はおもむろに、ポケットの七味を取り出した。デスクにあった食べかけのミルクチョコレートをひっつかみ、二つに割って七味を振りかけ、サンドイッチのように挟んで、口の中へ押し込んだ。吸い込む息が嗚咽《おえつ》のようで、なんだか涙が出そうになった。

甘さと辛さが喉《のど》を通ると、目を瞬《しばた》いて涙を乾かし、深呼吸して、両手で頭をつかんで落ち着き、やっと保に状況を伝える作業に戻った。防犯カメラの映像を送信し終え、ただただパソコンの前で返信を待つ。

柱時計が時を刻む音。キャンパスを行き交う学生の声。そして時折ガンさんのいびきが、スクリーンセーバーの背後を行き過ぎていく。三十分後、死神女史のパソコンは、

——Re: 考察およびプロファイルについて——　というメールを受信した。

——捜査概要および添付ファイルを確認しました。

ぼくなりに、それらを連続殺人犯のモデルパターンに当てはめてみようと思ったのですが、結論から言うと、現時点では納得のいくプロファイリングができません。この事件では被害者のタイプに統一性がなく、殺害現場も多岐にわたっており、犯人の

性癖や特質を推定することができずにいます。

今のところ唯一の手がかりが、被害者のうち二名に犯罪履歴があったとおぼしき部分ですが、この二人には繋《つな》がりがあったということですから、犯人がたまたま正体を知られたための連鎖殺人の可能性もあり、残る二名の犯罪履歴を確認してからの考察となります。

今の段階で犯罪の成り立ちについて思うことを記しておきますと、生きている人間の体内に現金を詰め込んで殺害するという手法などは、確かに猟奇的殺人の様相を呈していますが、パーソナリティ障害を持つ犯人が独自の強迫観念によって犯罪を起こす場合には、被害者や、被害者の置かれた状態、犯行状況（場所、時間）などに共通点がみられるものです。この事件にはそれがありません。

どの遺体も隠されていなかったことは、犯人の異常性や稚拙さを表す場合がありますが、本件に於いて、ぼくはむしろ、犯人が敢《あ》えてそうしているのではないかという気さえします。犯人独自のルールに則《のっと》って、殺人という行為を完成させる意志の表れということですが。

ここでぼくが気に掛かるのは、この犯人からは高揚感が感じられないことなのです。殺害した相手を敢えて人目に触れさせたり、実行事実を吹聴《ふいちょう》する。こうした犯罪は劇場型と呼ばれることがありますが、この犯人は、劇場型犯罪を起こすタイプに特徴的な自己顕示欲の強さよりも狡猾《こうかつ》さを感じさせます。

添付された防犯カメラの映像は、一見無防備ですが、実は制御が効いています。秋葉原の事件では、公園の防犯カメラが壊れていたそうですね。おそらく、犯人は事前に現場を下見していたのでしょう。弁護士会館の映像もまた然《しか》りで、映り込むことを前提とした動きをしています。これらのことから、犯人は用意周到に計画を練り、実行において焦ることなく、執拗《しつよう》にチャンスを窺《うかが》っていたと推測されます。異常猟奇殺人犯の仮面を被《かぶ》った常識人の可能性が高いです。

また、これらのことは遺体の状況からも推測できます。

四体の遺体はどれも、拘束された形跡がありません。

状況からは、被害者の体を下方に置き、下半身の動きを封じて口腔を広げ、どういう方法でかそこから硬貨を体内に挿入しているようです。この体勢に犯人は強いこだわりがあるようですが、現時点ではそれが効率の問題なのか、それとも何らかのトラウマが原因なのか、わかりません。それと、ぼくが気になったのは、彼らの両手に拘束された形跡がないことです。もしもぼくが犯人ならば――

比奈子の胸はツキンと痛んだ。プロファイルを依頼することは、犯人の心理を保に想像させることだ。もしかしたらそれが、保の脳内にある腫瘍《しゅよう》を肥大させているのではないか。

想いとは裏腹に比奈子の指はマウスを操り、彼女はメールを読み続けた。

――暴れないように薬で意識を失わせるか、全身を拘束することでしょう。下半身が動かず、逃げられない状況にあったとしても、口に機械を押し込まれたら、普通は大声で叫んだり、両手を振り回したりするはずですから。人気のない場所ならともかく、秋葉原の真ん中でリスクを冒してまで残忍な殺人を行ったのはなぜでしょう。そう考えると、今回の事件がただの快楽殺人とは思えなくなってきます。

この特異な殺害方法を、犯人はなぜ思いつき、どうして繰り返し実行するのか。殺害動機が不明なことと、手際が徐々に熟達していることも気に掛かります。

以上のことから、ぼくは、殺害場所に意図があるのではないかと考えます。狡猾で周到な犯人像を設定すると、事件現場、被害者、体内に残されていた現金と、最初の殺人をリークしてきたことにも、共通の意味があると思われます――

その意味を、私も知りたいと思っているんです。

比奈子はモニターに問いかけた。

どうして私だったんでしょう？　どうして私に、『ツ　カ　マ　エ　テ』と言ったのでしょう？

保のメールは続く。

――相手は警視庁捜査本部の匿名宛ではなく、本庁には席がない新米刑事に電話してきたということですが、おそらく犯人は、その刑事を知っていると思います。この場合の『知っている』は、犯人が、犯人の立場から情報を入手したことを意味しています。その刑事の『何か』が犯人を刺激したのです。犯人は都内在住、中流以上の生活を営み、常識的で冷静沈着、奇行もなく、日常に埋没している人物だと思う。少年ではないでしょう。相手刑事の反応を見るために、再び接触してくる可能性が大です――

――そんな……私はどうすればいいですか？――

思わずそう打ち込んでしまってから、比奈子は文面を書き替えて送信した。

――名指しされた刑事ですが、どのように対応するべきでしょうか――

保はすぐにメールを返して来た。

——その場合は、冷静に相手の要求を訊《き》いて下さい。通報どおりに遺体を発見したと話すこともよいでしょう。犯人が、その刑事の何を知っているのか不明ですが、なるべく普段どおりに、自分らしい対応を心がけてください。相手が個人を限定するのは、背後に相手への期待があるからです。犯人は、謎かけのような犯行形態から、その刑事に何かを読み取らせようとしています。性急にならずに、相手に答えを喋《しゃべ》らせてください。会話させるのです。会話になれば相手は個性を隠しきれない。イントネーションがわかれば、性別や年齢を探るきっかけになるかもしれません。落ち着いて、冷静に対応して下さい。そう刑事さんに伝えて下さい。また何かわかったら、メールさせていただきます——

まって、野比先生。体は大丈夫なんですか？

指先から想いが溢《あふ》れてしまいそうだった。比奈子は唇を嚙《か》みしめて、モニターに浮かぶフォントを睨《にら》んだ。そして突然、

——もうひとつだけ教えて下さい——

と、打ち込んだ。

——本件とはまったく関係のないことですが、詐欺被害を経験された方の心理状態について、ご存じのことがあればお聞かせ下さい。

被害者は八十五歳女性。生涯独身を通された方です。この方が、生き別れになっていた息子の子供（孫）を名乗る男性から、父親の余命が幾ばくもないので会ってくれないかという電話を受けました。彼女は見舞金にと預貯金を崩して指定された場所へ向かいましたが、その場所で、孫を名乗った人物が名前を騙《かた》っていたことを知りました。実質の金銭的被害には遭わなかったものの、ショックで寝込んでしまい、今も元気がないんです——

一気にそこまで打ち込むと、比奈子はそれを送信した。

保の反応は速かった。

——まず知っておいて欲しいのは、特殊詐欺などの被害者が鬱病《うつびょう》を発症したり、自殺したりしてしまう事例は珍しくないということです。これらのことは、金銭を奪われたことによってその後の生活が成り立たなくなったためと思われがちですが、それだけとはかぎりません。

詐欺被害に遭った人の多くが、自分だけは被害者になり得ないと思っています。そのため、実際に騙《だま》されてしまうと、激しい自己嫌悪に陥るのです。悪いのは相手なのに、なぜ、詐欺を見抜けなかったのか、なぜ、安易にお金を渡してしまったのかと自分を責めてしまうのです。家族などから二重に叱責される場合もあって、対人恐怖症に陥ったり、引き籠《こ》もりから鬱病を発症、自殺に至るケースもあります。こうしたことを念頭に置いて、できるだけ早く、信頼のおける心療内科へお連れすることをお勧めします――

絹さんも同じように自分を責めたのだろうか。と、比奈子は考えた。それとも、もしかして絹さんは、自分の人生そのものを嫌悪してしまったのだろうか。

――詐欺の内容についてですが、その後調査しましたら、偽名の孫の話どおりに、本人の息子と思《おぼ》しき人物が闘病中であることがわかりました。本人の現状を鑑《かんが》みると、その事実を伝えるべきか迷っています――

――それって、いつか藤堂さんが話してくれた、太鼓焼き屋のお婆ちゃんのことですか？――

――そうです――

絹さんのことを保に話したのはいつだったろうか。あれは八王子市内で起きた『女性五人猟奇的連続殺人事件』の時だった。あの事件で、絹さんは心を潰《つぶ》された。日常生活のあまりにも近くに、犯人が潜んでいたからだった。それなのに、絹さんはいつもと変わらぬ笑顔を見せて、おいしい太鼓焼きを焼き続けてくれた。安土駐在所で長年勤めた原島が、こよなく愛した味でもあった……。

さまざまなことが心に浮かんで、比奈子はまた、切なくなった。あの街から太鼓屋が消えるなんて、そんなに寂しいことはない。

——臨床心理士の仕事はクライアントの人生を決めることではなく、クライアントが自らする選択を助けることです。個人の生き方を肩代わりすることはできません。これで答えになるでしょうか?——

保の言葉に比奈子は見入った。たった三行の文字の羅列が、激しく心を揺さぶってくる。

人の人生は誰のものか。

他人の命をあまりにも簡単に奪う輩《やから》を見ていると、比奈子は時々、普通の感覚から遠く離れてしまったような気持ちになる。怒りと悲しみに幾度心を砕かれてもまた、こんな事件がどこかで起きる。なぜ。どうして。それを問い続けるのは無駄なことか。

そう考えたとき、比奈子は、心の中で何かが回転したように感じた。

少なくとも五人以上の殺人鬼を殺した中島保を、比奈子はモンスターと思えない。それは保の別の面を、比奈子が知っているからだ。逆を言えば、ある人のすべての面を、比奈子が知っているとは限らないのだ。絹さんの孫を名乗る人物には確かに怪しいところがあるけれど、坂田健太は実在し、その余命は幾ばくもない。そうしてそれは真実なのだ。

比奈子は大きく息を吸い、最後のメールを打ち込んだ。

――はい。ありがとうございました――

自分がどうするつもりかは、返信メールに残さなかった。

またいつか野比先生に会えたとき、直接結果を伝えようと比奈子は決めた。その時は死神女史の助手としてではなく、八王子西署の刑事としてでもなく、ただの藤堂比奈子として話そうと。

数分待っても、もう、返事はこなかった。比奈子は漆喰《しっくい》塗りの天井を見上げて、ポケットの七味缶を弄《もてあそ》んだ。後ろでガンさんが体を起こす気配がする。ドアの音がして振り返ると、死神女史が三本の缶コーヒーを手に戻ったところだった。

第五章　殺人予告

東大から桜田門までは電車を使った。運良く座席に座れると、比奈子は警察手帳に四角を描いて、中に丸いメガネを描き入れた。保がくれたメールの内容を正確に記憶しておくためだ。正直に言うと、彼とメールしているとき、自分が刑事だったのか、ただの藤堂比奈子だったのか、比奈子には確信がもてなかった。今にして思うと、保の文面にどこか異常なところはないか。それを気にしながら読んでいたような気がしてくる。雑踏の中、隣でガムを嚙むガンさんのコートを眺めていると、保のメールには、捜査に関する重要なキーワードがいくつもちりばめられていたことがわかった。

「司法解剖が済み次第、先生が捜査本部に連絡をくれるそうだ」

両手をコートのポケットに突っ込んだまま、ガンさんが言った。

「今どき金歯は珍しいからな、マル被の素性は容易に割れるだろう。四人のうち三人の素性がわかれば、接点を洗い直すことができる」

接点。……そういえば。

比奈子は、下手くそなイラストのモニターに映る、保のメガネをじっと見つめた。

「昨夜遺体が見つかった廃工場は、もともとなんの工場だったんでしょう。それとアキバの防災公園ですが、あそこってまだ、できたばっかりでしたよね。公園になる前は、なんだったたんでしょう」

「あ？　なんでそんなことを訊《き》く」

「さっき女史のパソコンでメールしたとき、先生が、気になる事を言っていたんです」

「先生って、プロファイラーの先生か？」

比奈子は他の乗客に聞こえないように、ガンさんの方へ体を傾けて、声をひそめた。もっとも乗客のほとんどはスマホをいじっていて、他人の会話に関心がない。

「はい。この事件は、一見、異常者が起こした劇場型犯罪のようだけれど、犯人はむしろ冷静に、何かの目的に沿って事件を起こしているのではないかと先生は……ええと……正確には」

比奈子は手帳を自分の鼻先へ持ち上げて、メガネが入った四角を睨《にら》んだ。イラストで描いたモニター画面に、保のメールが再生される。

「殺害場所に意図があるのではないかと考えます。狡猾《こうかつ》で周到な犯人像を設定すると、事件現場、被害者、体内に残されていた現金と、最初の殺人をリークしてきたことにも、共通の意味があると思われます」

「ふむぅ」

とガンさんは言って、ポケットから手を抜いて顎《あご》を揉《も》んだ。

「四件の殺害現場なんですが、石神井公園と若洲海浜公園に関しては、人目に触れにくいという点で犯人にもメリットがありますよね。でも、アキバの防災公園は街なかの幹線道路沿いだし、高架橋も併走しています。それなのに、犯人はそこを犯行現場に選んでいる。昨夜の廃工場に関していえば、リークしてこなかったら当分遺体が見つからなかった可能性があるのに、わざわざ電話で伝えてきました」

「つまり秋葉原と拝島町。少なくとも二つの現場は、犯人なりの意図があって選ばれたってぇことなのか」

「あの工場はなんなのでしょう。それと」

と、比奈子は再び手帳に目を落とした。刑事の視点で保の言葉を再考すれば、なにかまだ、捜査の参考になることがあったはずだ。

「犯人は、どうして被害者の両手を自由なままにしておいたのかと……」

　乗換駅が近づいて、ガンさんと比奈子は席を立った。ガンさんは歩きながらもう一枚ガムを噛《か》み、右手で髪の毛をかき回した。

「それは俺も不思議だった。昨夜、現場を見て思ったのは、先生も言ったとおり、遺体を落とし穴に落とすのは、小銭が重いからということだ」

「重いから？」

「ああ。銀行員なら知ってるだろうが、小銭の重さってなぁ、そこそこなもんだ。銀行ではよく、麻袋に入った小銭を用意するだろう？　あれには硬貨が種類別に入っている。ちょっと調べてみたんだが、一袋が二千枚から五千枚と、きっちり決まってているんだと。一番軽い一円玉が一グラム。五千枚入って五キロだな。一番重い五百円硬貨で二千枚。重さは約一四キロ。枚数との兼ね合いで一番重いのが百円玉。四千枚入って一九・二キロだ。被害者の体内には、六十キロ以上の硬貨が入っていた。色々取り混ぜて一万五千枚から二万枚。麻袋にして三つ以上の量だったそうだ」

「硬貨って、重いですよね。大きさはたいしたことないのに」

「金属だからな。犯人がどうやって遺体に硬貨を詰め込んだのかわからんが、それだけの重さのものを充塡《じゅうてん》させるのは容易じゃねえ。しかもアキバでも事件を起こしているってことは、それなりの装置があるはずだ」

「殺人装置というわけですか」

「スプレッダーを応用したのかもしれんがな。東海林が言ったように、フォアグラの充塡機みたいなものを作って」

乗車位置に立ったガンさんは、味のなくなったガムを紙に取り、それをポケットに突っ込んだ。

「何を使ったにせよ、人殺しに装置を使うなんて、ぞっとします」

「だが、両手は自由にしておいた。なぜだ……」

「共犯者がいたのではないですか？　その人が両腕を押さえていたとか」

「かもしれん」

「でも、穴に落とされたら、普通は大声で叫びますよね？　殺害現場の周囲では、異常な声を聞いた人はいないということでしたが」

「聞き込みをしても今のところ情報は皆無らしい。もっとも、アキバは周囲に民家がないし、近くの八百屋は正月休みで旅行に出ていて留守だったという。石神井公園も広いからな。深夜に人が寄りつくような場所でもない。若洲も、天候が悪くて釣り客が来なければ全く無人になる場所だ」

「そういえば」

滑り込んできた電車に乗りながら、比奈子は続けてガンさんに訊いた。

「まだ捜査資料を全部読めていないのですが、大量の硬貨はどこから来たんでしょうか」

「それもまだわからんらしい」

「たとえば売上金なんかを夜間金庫に入れる場合、いつもは小銭だったのに急に紙幣で持ってくるようになった顧客がいるとか、そういうのを調べたらいいんじゃないでしょうか」

ガンさんは吊《つ》り手のポールに背中を預けて手帳を開いた。

「用意周到な犯人が事前に小銭を貯めていた可能性はあるとしても、今のところ都内の銀行でそうした両替を行った顧客はいない。夜間金庫に預け入れしていた顧客が、小銭から札束に変わった場合も調べようとしてみたが、データには残っていないそうだ」

「それなら、お札と硬貨を両替していてもわからないってことですね」

「そもそも両替するには軍資金が必要だろう。今までのところ、四人合わせて数百万円の現金が使われている。それも遺体と一緒に遺棄しちまうんだ。とんだ金持ち根性だよ」

遺体と一緒に現金を遺棄……。

頭の中で、一瞬何かが閃《ひらめ》いたものの、それは意識に上る前に有象無象に散らばってしまい、比奈子は思わずため息をついた。

三木は捜査に戻っただろうか。有力な指紋は出ていないと三木は言ったが、そもそも現金は不特定多数の人の、手から手へと渡っていくものだ。夥《おびただ》しい数の小銭から指紋を採取するという作業が何かを語るとは、比奈子にはとても思えなかった。

「小銭……そして、廃工場……」

自分に思いつく程度のことは、警視庁本部はすでに捜査済みなのだろう。それでも比奈子は考えを巡らせた。無駄に違いない指紋の採取を、黙々と続ける三木の姿に学んでいたからだった。

厚田班の資料室では、昨夜比奈子が仮眠をとった横並びのパイプ椅子で、東海林が長々と伸びていた。身長があるので曲げた膝《ひざ》から下は床についた形だが、本人はまったく気にすることなく、大口を開けて眠っている。さすがの倉島も疲れた顔で、紙コップのブラックコーヒーを飲んでいた。

「お疲れ様です」

と、ガンさんを見て片岡が言った。

「拝島町のおロクさんですが、司法解剖の結果を待って、夕方捜査会議を開くそうです」

「わかった」

ヤクザっぽい風貌《ふうぼう》の片岡は、死体のことをおロクさんと呼ぶ。南無阿弥陀仏《なむあみだぶつ》が六文字なので、そこから来た言葉なのだそうだ。潮垂れた倉島の横では清水が淡々と資料の整理をこなしていたが、彼は比奈子をチラリと見上げて、

「指示待ち刑事の藤堂を、なんで犯人が指命したのか、本庁の刑事は面白く思っていないようですよ」

と、ガンさんに言い足した。

「俺もだよ」

と、ガンさんは、コートを脱いで椅子の背もたれに掛けた。

「早速だが手分けして調べて欲しいことがある」

大きく開いた東海林の口に、倉島が紙コップの尻《しり》を突っ込むと、東海林は慌てて飛び起きて、よだれを拭《ふ》きながら立ち上がった。

「ふわぁ。ガンさん、お疲れさまっす。いま戻ったとこすか？　遅かったっすね」

「東大まで先生を送ってきたからな。ついでに今回の事件について、例の心理学者に心証を訊《き》いてきた。そこでだ」

　ガンさんはパソコンの前にいる清水を見た。

「殺しがあった廃工場について、どんな履歴か調べてくれ」

「わかりました」

「ついでに最初の遺体が見つかったアキバの防災公園だがな。公園になる前のことも調べてくれ」

「ネットで検索すりゃ、出て来るんじゃないすかねえ」

「ぼくが地取りに飛びますよ」

　倉島は紙コップを潰《つぶ》してゴミ箱に捨てた。

「東海林。行くぞ」

「げ。またニンジャでですか？　風邪ひいちゃいますって。電車にしましょう」

「ごっつい図体《ずうたい》でなに言ってんだ。忍は小回りがきく娘《こ》なんだから」

「や、それってあくまで倉島さんの主観っすから」

　東海林と倉島がパーテーションを出て行くと、ガンさんは片岡に目を向けた。

「拝島町のおロクさん、上下に金歯が入っていたぞ」

た。


「そりゃ本当ですか」

清水が無言で顔を上げ、片岡と視線を合わせたので、何かあったなと比奈子は思った。


「年齢は？　どんなでした」

「わからん。ほぼ白骨化していたからな。だが、白髪だったし……」

「けっこうご高齢だと思います。ご遺体は地味なスーツを着てましたけど、シャツはオーダーメイドで、たぶんスーツも高級品でしたから、それなりの立場の男性じゃないかと」

「そんなことまで、よく見ていたな」

「実家の父にプレゼントしたくて、調べたことがあったんです。ご遺体のシャツはイタリア製のシルクコットン。オーダーシャツだと三万円くらいしちゃうんですよね」

「けっ。ちっせえ耳飾りが六十万、ワイシャツ一枚三万円。さらに体内に何十万。このヤマは、いったいどうなっちまってんだ」

「藤堂さ。他には何か気付かなかった？　たとえば代紋のついたバッジとかさ」

「さあ、そこまでは。っていうか、代紋って、あの代紋のことですか？　暴力団のロゴマークっていうか」

片岡は資料の載ったデスクに尻を載せ、ガンさんに向かって声を落とした。

「ここのところずっと、四課が慌ただしかった理由がわかったんですがね。ひと月以上前から、荒神会《こうじんかい》の浦沢《うらさわ》会長が行方不明になっているらしいです」

「ほう」

と、ガンさんは呟《つぶや》いた。片岡の語り口調と荒神会という名前から、暴力団のことを話しているらしいことはわかったが、国内には二十を超える指定暴力団組織があって、比奈子にその全容は計り知れない。片岡の話だと、荒神会は町火消しから派生した組織のようで、任侠《にんきょう》道を重んじる自警団的意味合いの強い集まりであったのが、浦沢会長の代にバブル期を迎えたことから、ビジネスやくざ的組織に変貌《へんぼう》していったのだという。

「この浦沢清志《きよし》って野郎は、先代に見込まれて養子に入った外様《とざま》なんですがね。地上げと金貸しで財を成して各界とパイプをつなぎ、荒神会を名実ともに巨大組織にした立役者です。変わった男で、昭和の映画が大好きでしてね、下町の古い映画館に行くときはボディガードもつけねえってんで。まわりはけっこう振り回されていたようですが。去年の暮れに独りでふらりと出かけたまま、行方知れずになっているそうで。この爺《じい》さんの身体的特徴が、金歯なんですよ」

「さらに情報があります」

清水が続ける。

「もしも拝島町の遺体が浦沢会長だとするとですね。荒神会と関係のあるのがハッピーホーム」

「なんだ、ハッピーホームってのは」

「若洲で殺された地面師、首藤の不動産会社ですよ」

「あっ」

と、比奈子は奇声をあげた。片岡らの話を聞いていて、思い出したことがあったのだ。

「清水刑事。代紋って、普通は目立たないところにこっそり持っていたりするものなんですよね？」

「まあそうだね。代紋を見せびらかすなんてのは、末端の構成員やチンピラ見習いの場合が多いよ」

「荒神会のマークって、どんなのですか」

「どんなのって、んー。こんなのだけど」

清水はパソコンを操作して、国内暴力団組織の代紋一覧を呼び出した。

荒神会の代紋は、頭としっぽに顔のある竜が、水という文字を象《かたど》ったものだった。町火消しから派生した組織なので、火除《ひよ》けの意味を込めたのだろう。見ようによっては、西洋のドラゴンにも見える。

「……この代紋……私、見ています」

「本当か」

ガンさんと片岡が同時に言った。

「はい」

「遺体が代紋を着けていたとすれば、田中管理官が動いたはずだが」

「遺体で見たんじゃないんです。ネズミが咥《くわ》えてきた指に、金の指輪がはまっていました。あの時は不細工な蛇だと思ったんですけど、あれは水という文字だったんですね。頭もふたつあったような」

「なるほど指輪か」と、清水が唸《うな》り、

「あり得るな」と、片岡は言った。

「そういや、その指はどうしたんだっけかな」

「たしか東海林先輩が拾って……」

比奈子は眉間《みけん》に縦皺《たてじわ》を刻んだ。

「……もしかしたら、まだ、ポケットの中に」

東海林に訊いてみようと思ったときに、比奈子のスマホは真紀からの電話をキャッチした。

「藤堂刑事、月岡です」

真紀も昨夜は当番で、ほとんど寝ていないはずなのに、その声はキビキビとして活気に満ちていた。

「山嵜ちづるについてですが、ようやく保険調査会社に確認がとれました。あと、身分証明書の写真が入手できたので、簡易的に骨格を合わせてみたら、やはり太田晴美と同一人物のようでした。三木先輩に電話しようかとも思ったんですが、今朝方新しい遺体が発見されたそうで、遺留品が着き次第、再び指紋の検出に入るそうなので」

「そうなの。それを発見したのは私たちなの」

「えっ、そうなんですか」と、真紀は息を呑《の》み、

「本庁でも大活躍なんですね」

と笑ったが、比奈子はそれを喜ぶ気分にはなれなかった。

「それで、どうだったの？　保険金詐欺の方は」

比奈子はガンさんたちを振り返り、

「月岡さんからです」

と、スマホをスピーカーにしてデスクに置いた。

「心証としては限りなく黒に近いグレーですね。保険会社の方では、すでに各社の調査機関が山嵜ちづるの情報を共有して、新規契約には応じない旨の措置が取られているとのことでした。ざっと経緯を説明しますと、ちづるは十八歳の時、後輩との間に一子を儲《もう》けて結婚。夫の籍に入っていますが、四年後、夫がバイクの自損事故で死亡。死亡保険金六百万円を手に入れています。直後に子供の親権を夫の両親に譲って離婚。旧姓に戻っています。

二度目の結婚は二十三歳の時で、夫は三十二歳。初婚。二人で印刷工場を営んでいたようですが、三ヶ月後に夫が急性心不全で死亡。この時は三千万円の保険金が支払われています。夫の死後、ちづるは従業員を全員解雇して工場を畳み、不動産を売却して、再びもとの戸籍にもどっています。結婚と同時に保険に加入したため、加入期間は三ヶ月ですが、当時は調査依頼が出ていません」

「亭主に愛情のかけらも感じられねえが、それだけじゃ罪にはならねえからなあ」

片岡が言うと、

「たしかにね。夫の立場は弱いからね」

と、清水が漏らした。真紀の報告は続く。

「三度目の結婚はその二年後です。ちづる二十五歳。夫は六十七歳」

「そりゃまたけっこうな年齢差だな」

「結婚相談所の仲介で知り合ったようで、夫には成人した子供が三人いましたが、ちずるが財産の相続権を放棄するという条件で入籍を承諾したそうです。そのかわり、夫は約一億円の生命保険に入りました」

ひゅーっと片岡が口を鳴らした。

「その年齢で一億円の保険って、保険料はいくらなんだよ」

「月額七十万円強です」

「そんなにか。おかしすぎるだろうが」

「当時はまだバブル期で、会社経営者などが減税目的で保険に入るのは一般的だったようです。ですので、この時点では調査対象になっていません。ところがですね」

と、真紀は怪訝《けげん》そうな声になった。

「この夫はちづるとの新婚旅行先である上海《シャンハイ》のホテルで死亡しています」

「なに」

「死因は性交死。バスルームで亡くなっていたそうです。当然保険会社の調査が入りましたが、死亡が海外であったことと、上海警察の介入があったことで保険金は支払われ、ちづるは保険金約一億円と、旅行傷害保険金一千万円の両方を取得していま す」

「死亡診断書は？」

「保険会社の書類を確認してみましたが、心臓発作ということで、上海の監察医が署名しています」

「うむう……」

「四人目は？　山嵜というのは最後の夫の姓だと聞いているけれど」

「そうです。この四人目の夫の遺族から、海老名警察署に保険金殺人容疑で捜査願いが出されています。受理したのは二〇〇八年、八年前になりますか。結婚したのは二〇〇六年。夫の年齢は六十三歳です」

「一億の金も使い果たしたってか」

ガンさんが顎《あご》を揉《も》む。

「贅沢《ぜいたく》しなけりゃ重々暮らしていけそうなもんだが、使う気になれば大した金額じゃないのかもな。下着に数万円、耳飾りに六十万円」

「イヤリングです」

と、比奈子は言った。

「夫は山嵜弘《ひろし》。千代田区に不動産を持つ資産家ですが、結婚後二年で変死しています。死亡保険金は五千万円」

「一億じゃねえのかよ」

片岡が訊《き》くと、

「この時点ではバブルも崩壊していますので、年齢からして五千万円が死亡保険金の上限です。支払金額は月額四十万円弱。支払い回数は二回」

「まてよ。じゃあ、山嵜弘に関していえば、保険に入ったのは結婚後二年してからっていうことか」

「はい。終身型の保険契約を大型に書き換えた直後、風呂場《ふろば》で死亡しているのが見つかったそうです」

「またバスルームってか」

パソコンの奥で清水が唸った。

「浴槽で煮込みになっていたそうです。発見者はちづる本人。ちなみに夫の死亡時、ちづるは海外旅行中で留守でした。海老名署では病死と判断していますが、その後、夫の不動産の名義が全てちづるに変更されていたことがわかり、遠縁の親族が捜査依頼をしています」

「だが、結局事件にはならなかったんだな？」

「はい。捜査依頼が出されたのは葬儀の後で、遺体はおろか、自宅もすでに売却されていました。ちづるは保険契約のたびに住所も名字も変わっており、保険会社も変えていますので、一本に結びつけにくかった可能性もありますね」

「おいおい、手際がよすぎるだろうが」

「不動産を売却……」

黙って真紀の報告を聞いていた比奈子だったが、ふと、閃《ひらめ》いたことがあった。

「二度目と最後の結婚で、ちづるは夫の資産を売却しているのよね？　それを請け負ったのは、どの不動産屋かしら」

「そうか」

と、片岡がガンさんを見た。

「ハッピーホーム。地面師の首藤泰造か！」

「だとすると、つながりますね」

ガンさんは立ち上がり、スマホの真紀に命令した。

「月岡、すまんが早急に調べてくれ。山嵜ちづるが資産を売却した時に使った不動産屋の名前をだ。連絡を待っている」

「わかりました」

真紀が電話を切ると、

「こっちもヒットしてきましたよ、拝島町の廃工場の経歴がわかりました」

今度は清水がそう言った。

「昭和産業《しょうわさんぎょう》コーポレーションという会社の跡地のようですね。メッキ工場です」

「そういえば、工場内に金具の部品が積んであったわ」

「廃業が二〇〇八年。倒産じゃないですね。工場自体を売却して、廃業届を出しています」

「個人事業主だったのか？」

「いいえ。昭和産業は株式会社です。創業も古く、中堅企業といったところでしょうか」

「そんな会社が廃業か？　おかしかないか」

「ですねえ。もっと調べてみますか」

清水はそう言うと、パソコンを閉じて立ち上がった。

「それじゃ、片岡と地取りに行ってきますよ。こういうことは、現場のほうが話を拾えますからね」

阿吽《あうん》の呼吸で片岡もコートを羽織る。資料室を出て行くとき、彼は比奈子のほうを振り向いて、

「とにかく何か飯を食え。目の下にクマができてるぞ」

と、言った。

朝は焼肉屋へ入ったものの、むしろ食欲を削《そ》がれて店を出た。気がつけば胃袋は空っぽで、全身に力も入らない。

比奈子はお茶くみ場から煎茶《せんちゃ》二杯と人形焼きを取ってきて、ガンさんと一息つくことにした。ガンさんは菓子を食べながら捜査資料を見ているが、比奈子は精も根も尽き果てたので、栄養補給に専念した。心身ともに疲れ切ってしまったとき、甘い食べ物は力になる。香ばしい皮と甘いあんこを咀嚼《そしやく》していると、時間を作って太鼓屋へ行かなければならないことを思い出した。夕方からは捜査会議になるようだ。会議自体は短時間で終わるものの、その後のことがわからない。佐和に電話を掛けるべきか。いや、お婆ちゃんに直接話をするのが筋だろう。

あれこれ考えているうちに、ガンさんのスマホが鳴り出した。

「東海林からだ」

と、ガンさんは言った。

「ん、ん。……そうか、ご苦労」

ガンさんは電話を切る前に、

「そういや、ゆんべのホトケさんの中指だがな、お前のポケットに入っていないか」

と、東海林に訊いた。小さなスマホの向こうから、

「え？　あっ、げっ！」

と、東海林の悲鳴が聞こえて、切れた。

「ったく。バカたれめが」

ガンさんはため息をついて、スマホを切った。

「どうでした？　アキバの防災公園のほうは」

比奈子が訊くと、ガンさんは警察手帳に東海林の報告を書き付けてから、左手で眉《み》間《けん》のあたりをボリボリ掻《か》いた。

「あの公園は、町工場の跡地にできたそうだ。さっぱりわけがわからねえ」

「何の町工場ですか？」

「シリンダーだ」

「その会社はどうなったんですか？」

「詐欺被害に遭って倒産したそうだ」

「詐欺被害」

「うむ。跡地を都が買い上げて、防災公園にしたそうだ。詐欺被害の経緯は本庁のデータベースに載っているかもしれんから、東海林が戻って調べるとさ」

「シリンダーの町工場と、メッキ工場……その町工場と昭和産業は、なにか関係があったんでしょうか。それともやっぱり荒神会がらみの事件でしょうか」

比奈子は保の言葉を思い出していた。防災公園と廃工場は、犯人が敢《あ》えて選んだ場所ではないかと保は言った。二つがどちらも工場跡地だったのは、この事件と関係があるのだろうか。それとも、関係があるのは、どちらにもハッピーホームが介在していることだろうか。犯人にとって重要なのは、工場か、地面師か、もしくはその両方か。

激しく脳を回転させると、空腹感が増してきた。やっぱり、人形焼きだけじゃ全然足りない。比奈子は空っぽのお腹を押さえた。心なしか、どこかから肉まんの匂いがしてくるような……。

「お疲れ様です」

パーテーションの陰からおかっぱ頭が覗《のぞ》いたと思ったら、こそりと体を回転させて三木が入ってきた。手にはコンビニの袋を下げている。

「もしかしてそれ」

と、比奈子は瞳《ひとみ》を輝かせた。

「匂いましたかな？　さすがは鼻がいいですなあ」

三木は白い歯を見せて、「差し入れです」と、温かな袋を比奈子にくれた。

「厚田警部補の分も入っています。赤い印があんまんで、皺《しわ》のあるのが肉まんです」

「三木捜査官マジ天使」

比奈子が手を叩《たた》いて喜ぶと、三木も嬉《うれ》しそうにこう言った。

「いやなに。ネズミに内臓を食い荒らされた遺体を見たあとに、死神女史に焼き肉を食べに連れて行かれたと、本庁の鑑識から聞いたものですから」

現場のことを思い出し、比奈子は一気に食欲が失《う》せた。

「おそらく空腹に違いないと思いまして、買ってきました。ささ。熱いうちに」

比奈子はまたこみ上げてくるものを感じて、お茶汲《く》みにかこつけてブースから逃げた。給茶機でお茶を汲みながら、さっきまでは肉まんが食べたかったけど、今はあんまんだけでいいやと思う。三人分のお茶を持ち、資料室へ戻ってみると、すでにガンさんがあんまんだけを平らげていた。

仕方がないので比奈子は三木に礼を言い、お茶で肉まんを流し込んだ。

「実はですな」

やけくそ気味に二つめの肉まんに挑む比奈子に、三木は言った。

「まったく事件と関係のないことかもしれませんが、本日の現場から、気になる指紋が見つかりましたので、ご報告に上がった次第で」

「なに」

あんまんをお茶で飲み下してガンさんが訊《き》いた。

「司法解剖は未《ま》だですが、本日の遺体は腹部で上下に千切れたために、現場からはすでに相応の硬貨が回収されておるのです。こちらも回数を重ねて作業効率が上がっておりまして、回収分のうち半分くらいはデータに取り込み終わっています。で、その中の複数に同一人物の指紋がありまして。一応、お聞きになりますかな？」

「もったいつけずに早く言え」

「では」

三木はコホンと咳払《せきばら》いした。

「無銭飲食、空き巣、かっぱらい、賽銭《さいせん》泥棒、その他容疑で逮捕歴がある七十歳の男のものでした」

「誰なんだ」

三木は懐に手を突っ込むと、上着の懐から大学ノートを引き出した。鑑識作業をするときに、気になったことを書き留めておく極秘ノートだ。

「柴田《しばた》彦成《ひこなり》という男ですが、コソ泥の常習犯で何度か実刑を喰《く》らっています。調べましたら、昨年秋に府中《ふちゅう》刑務所を釈放になっておるようですな」

「ふむ」

コソ泥の常習犯の指紋が硬貨についていたとして、それは何を意味するのだろう。考えて、比奈子は訊いた。

「同じ指紋は、他の被害者の体内からも出ているのかしら」

「いや。まったく」

三木はそう言って鼻を鳴らした。

「ご多分に漏れず本部の反応はイマイチでして、我々が気力を振り絞って集めた情報がゴミと化すのかと思うとやりきれませんで」

「うむ」

ガンさんは疲れた声で相づちを打った。

「が、しかしですな。さらにもうひとつ。気になることが……」

「まとめて話して。お願いだから」

「コソ泥の指紋が出た硬貨の何枚かには、警察官の指紋も付いておったようなのです」

「どういうことだ」

三木は「さあ。そこが」と、首をひねってから、

「ご存じのように、指紋鑑定は膨大なデータをコンピューター上で照合した後、複数の指紋鑑定士が、それぞれ十二個の特徴点を……」

「そこは飛ばしていいから」

比奈子に言われて、三木は憮然《ぶぜん》としながら自分のスマホを取り出した。

「つまり、今はまだ特徴点抽出法にかけられただけの段階であると前置きしたかったわけなのでして。で、その指紋は小竹向原《こたけむかいはら》交番に勤務する警察官のもの と、きわめて近いことがわかりました。嶋田《しまだ》巡査部長五十七歳。勤勉なベテラン警察官ですな。あと、念のため柴田彦成の顔写真も藤堂刑事に送っておきます」

三木はキャプチャで撮った画像を比奈子のスマホに送信してきた。

「データは、用が済んだら完全削除してくださいよ」

「わかっています」

答えながら、比奈子はもう自分のコートを取っていた。

「小竹向原交番なら遠くはありません。捜査会議までには戻りますから、嶋田巡査部長に話を訊きに行かせて下さい」

ガンさんはポケットからガムを取り出した。

「資料整理係が全員聞き込みに出たとあっちゃ、川本課長は田中管理官に合わせる顔がなかろうよ」

「……だめですか？」

「いいから行ってこい」

比奈子と三木は顔を見合わせ、一人ずつ慎重に捜査本部を抜け出した。


小竹向原交番は要町《かなめちょう》通り沿いにある。大きな通りに面してはいるが、周囲は住宅地で、学校も多い。グーグルマップを検索しながら、比奈子が交番へ駆けつけてみると、交番の前でベテランらしき警察官が待っていた。

「お疲れ様です。藤堂刑事ですか」

敬礼しながらそう訊いた嶋田巡査部長は、瘦《や》せて背の高い男だった。浅黒い肌に白髪交じりの髪、目と口がとても大きくて、笑うと顔中に皺が寄る。

「八王子西署刑事組織犯罪対策課の藤堂です」

「厚田警部補から電話をもらっております。どうぞ」

交番の中に通されて、比奈子は聴取用のテーブルで嶋田と向き合った。

「早速ですが。この男をご存じかどうか、お話を訊かせていただきたいのです」

写真ではなくスマホの画像を見せられるとは思ってもいなかったのだろう。嶋田は比奈子のスマホを手に取ると、興味深そうに画面に映し出された老人を見つめた。

「窃盗などで前科のある柴田彦成という男です。年齢は七十歳。昨年の秋に府中刑務所を出所しています」

「ああ」

と、嶋田は指を鼻の下に置き、比奈子のスマホを返して来た。

「はいはい。実はですね……」

彼はちょっとだけ困ったような顔をすると、立ち上がって、書類の棚からバインダーを一冊抜き出した。

「昨年の十月頃でしたかねえ。賽銭泥棒の現行犯で本官が捕まえたのが、おそらく、その男だと思います」

「そうなんですか」

「ええ」

嶋田はテーブルにバインダーを持って来た。

「すぐ近くに群雲《むらくも》神社という神社があります。五穀豊穣《ごこくほうじょう》、殖産興業の御利益があって、けっこう賑《にぎ》やかな神社なんですが……ええと、ああ、これです。やっぱりそうだ。柴田彦成、間違いありませんね」

嶋田は比奈子が見やすいように調書書類を回してよこした。比奈子は手帳を取り出した。

「メモさせていただいても？」

「かまいませんよ」

と、言ってから、嶋田は、

「それも、メモをとらずに写メるのかと思いましたよ」

と付け足した。比奈子は嶋田の前にスマホを出して、目の前で柴田の画像を消去した。

「申し訳ありません、そんなことはしません。データが流出すると怖いですから」

「ですな。なんでも便利でいいようですが、便利は実は怖いですよ」

嶋田は暗に若い比奈子を諌《いさ》めたのだ。比奈子は大好きな先輩警官だった原島のことを思い出した。長く勤めあげた先輩たちからは、学ぶべきことがたくさんある。なんとなく嬉《うれ》しくなって、日に焼けて皺《しわ》が深く、それでいて愛嬌《あいきょう》のある嶋田の顔を、しばし見つめた。

「昨年十月の十二日。ちょうど三連休後の夜ですな、十時過ぎに群雲神社の宮司さんから、防犯カメラに怪しい人物が写っていると通報がありまして。駆けつけてみると、この男が境内をうろついていましたので、職質してここへ呼び、賽銭箱から盗み出したと思われる二万三百円也《なり》を発見しまして、聴取した次第です」

「書類を見ると、逮捕はしていないんですね」

「ええ。宮司さんにも、防犯カメラの映像を持って来てもらいましてね、たしかに賽銭箱から盗まれたものだと確認も取りまして、柴田本人も罪を認めたわけなんですが、すぐその後で群雲神社のほうから、浄財さえ戻れば起訴はしたくないと言ってきたわけなんで」

「事件にはならなかったんですね？」

「はい。一応は板橋署へ報告が上がっているはずですが」

「そのことを問題視して来たわけじゃないんです。ちなみに、その時盗まれたお金は」

「もちろん神社へ返しましたよ」

小竹向原交番の調書には、盗まれた賽銭《さいせん》の写真もあった。前科者と警察官の指紋が同じ硬貨に刻印されていたのはそのせいだ。比奈子は、三木が遺体に詰め込まれた硬貨の種類に着目していたことを思い出した。五円、一円、十円玉が多かった石神井公園の山嵜ちづる。満遍なくいろいろな硬貨が使われていたアキバの青年。若洲で殺された地面師の首藤には、百円玉と五百円玉が多かった。

「……お賽銭……そうだったのか」

と、比奈子はうなった。

「なんですか？」

「その群雲神社ってどこですか？　教えて下さい。あと、ええと、念のために宮司さんのお名前も教えていただいていいでしょうか」

嶋田に道を教えてもらい、比奈子はすぐに群雲神社へ向かった。

(やったやった。やったわよ、三木捜査官。カオスな指紋抽出作業は、たぶん無駄じゃなかったわ)

そう思うと、比奈子は自分のことのように嬉しかった。

群雲神社は交番のすぐ裏にあり、巨大な欅《けやき》の木が目印だった。宮司が住む松井家もまた、境内の奥にあるという。すっかり葉を落とした枝の先には宿り木が丸く茂っており、何羽かのカラスが胡乱《うろん》な目で見下ろしている。参拝に来たわけではないものの、比奈子は鳥居の前で一礼してから境内へ入った。

本殿まで延びる石畳はきれいに掃き清められており、砂利敷きの境内もまた清浄に保たれていて、参拝者の多い神社であることが窺《うかが》えた。群雲神社の祭神は商工業や商売繁盛に御利益があるとのことで、小さな神社ながらも相応の手水舎《ちょうずや》や授与所を備えており、絵馬掛所には大小様々な絵馬が奉納されている。

数分後。比奈子は松井家の玄関で、宮司から賽銭泥棒の話を聞いていた。

「交番へ電話したのは私ですが、罪を問わないと決めたのは義父なんです」

と、六十がらみの宮司は言った。

「義父にそう言われてしまいますとねえ。まあ、こちらも忙しい時期でしたし。浄財が戻って、本人も二度としないと反省しているとなれば、引き下がる他はなかったんですが。実際その後も被害に遭うようなことはありませんでしたから」

「それでは、被害に遭ったのはその時だけですか？　その後も何度かお賽銭を盗まれたというようなことは」

「ありませんよ。もっとも、年の後半はえびす講や大祓《おおはらい》などの神事が集中する時期ですからね。人出もそれなりに多くなるので、境内にもずっと明かりが灯《とも》るようになりますから」

「では、その後、賽銭泥棒の男を見たことは」

「ないですねえ」

柴田彦成のその後の消息はわかっていない。けれども拝島町で起きた殺人に、この神社の硬貨が使われたことは確かなのだ。もしや、他の被害者の体内にあった硬貨にも、ここの賽銭が使われたというようなことはあるのだろうか。だとすれば、関係者の指紋が付いているのではないか。

比奈子は思いを巡らせて、松井宮司に訊《き》いてみた。

「ちょっとお聞きしますけど、お賽銭箱のお賽銭って、どうするんですか？」

「どうするといいますと？」

「もちろん銀行に預けたりされると思うんですけれど、そういう場合は、神社関係者が中身を選別したり、数えたりするのでしょうか」

「ああ」

と、宮司は頷《うなず》いた。

「本来ならば、毎日お賽銭箱を開けるべきなんでしょうが、私どものような神社では、金額もたいしたことがありませんので、週に一度とか、月に一度とか、まとめて銀行へ預けることが多いです。お祭りなどで氏子さんが大挙してお参りされる場合は別ですが、そういう時はむしろ神職は忙しくて、金勘定などしておられませんから、銀行の方もよく心得ていて、奉職さんの立ち会いで機械に掛けてサインして、そのまま持っていっていただくことになりますか。私どもが直接お金を数えることはほとんどありません」

「それなら両替する場合はありますか？　誰かに頼まれて、小銭をお札に換えるとか」

なぜそんな必要があるのかと、宮司は首を傾けた。

「ありませんなあ」

「そうですか……」

比奈子はせっかく繋《つな》がり掛けた点と点が、またほどけてしまったような気持ちになった。宮司に礼を言って神社を出ると、いつのまにか日はとっぷりと暮れていた。捜査会議が始まるまで、あと三十分程度しかない。本庁に独り残ったガンさんの顔を思い浮かべ、比奈子はダッシュで境内を出た。

ようやく本庁にたどり着いた時、すでに捜査会議は始まっていた。昨夜から今日にかけて事件が大きく動いたために、この会議は重要な意味を持つ。ドアの前で呼吸を整えていると、比奈子は授業に遅刻した学生時代のことを思い出した。あの頃は音を立てないようにドアを開け、体をかがめて教室へ滑り込みながら、点呼に応《こた》えたものだった。捜査会議の席では、そうしたからといって雛壇《ひなだん》にいるお偉方には丸見えなのだが、厚田班が最後尾に席を与えられているのを幸いに、比奈子は腰をかがめて室内に入ると、水中から浮かぶようにして東海林の隣に座りこんだ。

「ちこくだアホ」

顔色一つ変えないで、東海林は口だけ動かした。

会議には、新たに捜査四課が加わっていた。雛壇に設《しつら》えられたボードには、被害者の顔写真が増えており、拝島町で死亡していた金歯の男に、『荒神会浦沢清志会長』という新たな名前が書き加えられている。石神井公園で見つかった太田晴美の名前は×印をされて山嵜ちづるに書き換えられ、さらに若洲の首藤泰造と山嵜ちづる、浦沢会長が赤い線でつながれて、地面師、詐欺師、荒神会会長と、それぞれの役割がメモされていた。

やはり山嵜と首藤は不動産の売買を通じて繋がりがあったということなのだ。身元不明だったアキバの青年にも、阿部仁志《あべひとし》三十二歳と新たな素性が付け加えられ、首藤と線がつながれて、派遣社員・情報漏洩《ろうえい》と役割が明記されていた。

「全員の身元がわかったんですね」

小さな声で比奈子が訊くと、

「浦沢会長の金歯と、リッチマンが残していった携帯電話のおかげだな。携帯履歴にあった電話番号を調べたら、ぞろんぞろんと詐欺の被害者が出て来たってさ。んで、死亡者全員が一本の線でつながった。四人とも荒神会の詐欺グループに関わっていたらしいや」

と、東海林が答えた。

雛壇では、新たに捜査に加わってきた捜査四課長が話をしている最中だった。

「荒神会内部では、浦沢会長を仰ぐ拝金主義のグループと、現代表である浦沢直之《なおゆき》総長を仰ぐ武闘派グループとの間に確執がある。浦沢直之は浦沢会長の実子だが、頭脳派の父親とは違って経営学的な頭は持っておらず、浦沢会長は子飼いの西内正《にしうちただし》専務を有用して、実子から恨まれていた形跡がある。荒神会内部では、すでに浦沢会長の行方不明事件が双方の間に微妙な空気を生んでおり、浦沢会長が殺害されていたことが公になれば、内部抗争の起爆剤となるのは必至である。そのため、四課の体制が整うまでの数日間。浦沢会長及び首藤泰造の氏名公表を控えることとする」

四課長の顔は高揚していた。以前片岡が話してくれたことによると、荒神会は長いこと法の目を潜り抜け、容易にしっぽを摑《つか》ませなかった組織だという。浦沢会長にはその才があったが、現在の代表に家督を譲ってからは、ポロポロと拙《つたな》い傷害事件を起こすようになり、四課の内偵が進んでいるところだったのだそうだ。片岡の弁によれば、暴力団組織そのものの壊滅は難しいとしても、組織を弱体化させていくことで見えてくることが必ずあり、また、その功績を挙げることがマル暴刑事の醍醐味《だいごみ》であると。四課長から管理官へ指揮のバトンが渡ったのを見計らって、比奈子は東海林の隣から、一つ前のガンさんの隣へ席を移し、小さな声で囁いた。

「遅れてすみません。でも、少なくとも浦沢会長の体内に詰め込まれていた硬貨に関しては、神社の賽銭《さいせん》箱にあったものだということがわかりました」

「賽銭箱?」

「はい。硬貨に柴田と嶋田巡査部長の指紋があったのは、柴田が賽銭泥棒をして、それを嶋田巡査部長が捕まえたからでした。念のため、神社へ寄って話を聞いてきたので、遅くなってしまいました」

「なるほど賽銭ねえ。つーか、でも、賽銭って、そんな何十万円にもなるものなんか」

頭の後ろで東海林が呟《つぶや》く。

「酉《とり》の市の人出は毎年約七、八十万人。有名な神社なら、一人頭のお賽銭を十円としても、充分な金額が集まりそうですが」

横から清水が解説したとき、

「最後列の資料整理係！」

と、雛壇から川本課長が怒鳴ってきた。

本庁と所轄の刑事たちも一斉に振り向いたので、比奈子は思わず立ち上がって、

「申し訳ありません」と、頭を下げた。

「捜査会議に遅刻してくるとは、いいご身分だな」

加藤が唇を歪《ゆが》めて非難する。

「ぽたぽた幸せそうな顔しやがって。藤堂さんよ。あんた、リッチマンと通じているんじゃねえのかよ？」

「はあ？　うちの藤堂が、んだと、この」

立ち上がりそうになった東海林をガンさんが制すると、

「藤堂刑事だったね。昨夜、犯人からきみを名指しで電話が入ったのはどういう理由かな」

田中管理官が、思い出したように比奈子に訊《き》いた。

「理由は、わかりません」

「暴走する女刑事ってんで、バッテン界隈《かいわい》で有名になってるからじゃねえのかよ」

加藤のヤジで何人かが笑い声を立てた。東海林がぐっと拳《こぶし》を握る。

「あのぅ。でも」

比奈子はおずおずと切り出した。もう立ち上がってしまったのだし、全員の視線が、今は自分に向いている。比奈子は呼吸を整えて、捜査本部を見渡した。

会議の席には鑑識課員も出ているが、やっぱり三木の姿はない。こちらに全身を傾けてニヤニヤしている加藤を無視して、比奈子はまっすぐ雛壇を見た。

「資料整理係の立場で、気がついたことがあるんですけど」

「資料整理係の立場でねえ」

加藤の嫌みも聞こえたはずだが、管理官らは互いに顔を見合わせた。

「なんだ。言ってみろ」

川本課長が代表で訊く。比奈子はポケットに手をやって、七味缶の形を確かめた。

「遺体の内部に詰め込まれた現金ですが、それぞれ特徴があったように思うんです」

「特徴？」

「最初に殺害されたと思われる浦沢会長の体内からは、窃盗の前科がある柴田彦成という男の指紋がついた硬貨が発見されたと聞いています。調べたところ、この硬貨は昨年十月に板橋区の群雲神社の賽銭箱から盗まれたものであることがわかりました。その次に殺害された山嵜ちづるの体内からは、五円、一円、十円玉が多く検出されており、年末に殺害された阿部仁志の体内からは、平均していろいろな硬貨が出ています。ところが、新年に殺害された首藤の場合は、百円玉と五百円玉が多かった。これって、使われた硬貨が、お賽銭だったからじゃないかと思うんです」

「は？　何いってんだ」

誰かがぷっと噴き出して、比奈子は顔が真っ赤になった。

「資料係がなんで聞き込みしてんだよ」

ガラの悪い加藤はすっかり比奈子のほうへ体を向けて足を組んだ。隣に座る刑事の背中に手を置いて、ヤジを飛ばすようにけしかけている。

「お賽銭だから、硬貨の種類が違ったのだと思うんです。平時のお賽銭って、いくら入れますか？　五円とか十円とかが多くないですか？　でも、年末の大祓《おおはらい》祭や二年参りの時だと、百円くらい入れることがあるし、首藤は新年に殺されたから、五百円硬貨が多かったんじゃないかと思うんです」

「はいはい」

と、茶々を入れる声がして、刑事たちは鼻で嗤《わら》った。さっきまで、暴力団の内部抗争が一触即発だという話をしていた。それが突然賽銭談義になったので、手柄を挙げたい加藤らも、気力を削《そ》がれた形になったのだ。

「まあまあ」

と、田中管理官が立ち上がる。

「なるほど。さすが猟奇犯罪に実績のあるチームは、我々には思いもよらない発想をしてくるね。確かに、賽銭ならば小銭の調達は容易《たやす》いかもしれん。だが、神社と暴力団の詐欺グループに、どんな繋《つな》がりがあるのかな？」

「それは……」

川本課長が呆《あき》れたように手を振って、比奈子を席に座らせた。ばぁか。と、加藤が比奈子を嗤う。

「では、いいかな、次だ。昨夜の廃工場からは、総額で百万円の現金が見つかった。この現場は人の立ち入りがなかったと思われるため、ほか三名の遺体にも、同様に百万円の現金が挿入されていたのかもしれない。四人の遺体に使われた総額は四百万円。たかが神社が二ヶ月足らずの間に集められる金額とも思えない」

「神社が犯人だなんて言ってないのに……」

比奈子は小声で文句を言ったが、川本課長は、続けてボードに新しい写真を貼りだした。

東海林と倉島が見つけてきた防犯カメラの画像だった。

「昨夜、第四の殺人現場をリークしてきた人物の写真だ。顔は白塗りしているために特徴が不鮮明だが、映像を解析した結果、犯人の身長は、百五十センチから百五十三センチ程度であることが判明している」

「百五十……」

「子供じゃないか」

「そんな体で、大柄な首藤や阿部を拉致《らち》できんだろう」

刑事たちはざわめいた。

「偶然にも、所轄の女刑事さんと同じくらいの身長だなあ。あ？」

加藤が嫌みにそういうと、東海林が、

「ガンさん、あいつ殴っていいっすか」と訊いた。

東海林が今にも飛び出しそうで、比奈子は思わず立ち上がり、

「参考までに、私の身長が百五十四センチです」と告げて、また座った。

「もちろん共犯者がいる可能性がある。荒神会は大きな組織だ」

川本課長の言葉に、

「気にいらねえな」と、ガンさんは呟いた。

「っすよね。あの加藤ってトンカチ野郎」

「そうじゃねえよ。先入観を持つことがだ」

ガンさんのつぶやきを気に留めることもなく、管理官が指示を出す。

「明日《あした》から、荒神会を中心に徹底した地取り捜査にかかる。まず、殺人に使われた現金四百万円の出所を、大澤《おおさわ》班が追ってくれ。金の一部が板橋区の神社から出たようだから、神社周辺に荒神会のテキ屋が出店していた可能性もある。それと同時に銀行をしらみつぶしに当たるんだ。特に預金の引き出し、小銭への両替、これらも同様に調べてくれ。梅田《うめだ》班は日比谷公園で地取り。白塗りの人物についてホームレスが何か見ているかもしれん。加藤班は……」

次々に任務を与えられていく班の中に、厚田班の名前はない。

首藤とちづるの繋がりがわかったきっかけは、東海林が携帯電話を見つけたからだ

し、二人の出会いがちづるの配偶者の不動産処理だったということも、真紀が調べてくれたからだ。防犯カメラの映像だって、東海林と倉島が手に入れてきたのに。それに……と、比奈子は考えた。

野比先生が言うように、アキバの防災公園と拝島町の廃工場。この二つの共通点は考えなくてもいいのだろうか。山嵜ちづるが犯したかもしれない保険金殺人は？　事件とは無関係なのだろうか。

「明日も早朝から動いてもらう。各自英気を養うように。本日は解散！」

「あのー」

川本課長の号令で全員が立ち上がりかけたとき、東海林がぼんやり手を挙げた。

「俺たちにも指示をもらえませんかね。厚田班は、また資料整理係っすか」

「八王子くんだりから出て来てよく言うよ」

度重なる加藤の暴言に、東海林が色めき立ったとき、

「そうだった。すまんな。どうでしょう。田中管理官」

川本課長は目を伏せながら、チラリと管理官らの顔色を窺《うかが》った。

田中管理官はガンさんに向かって目を細めると、曰《いわ》くありげに笑ってみせた。

「猟奇事件に実績のある厚田班には、引き続き独自の視点で資料の解析をお願いした

い。我々は荒神会の内部抗争という視点で動くつもりですが、厚田班の助言は歓迎します」

「こっちの手は足りてるんだよ」

「んだと、このトンカチ野郎。俺たちは呼ばれて捜査に来てやってんだ」

「東海林」

ガンさんの一声で引き下がったものの、東海林は腹の虫が治まらない。

「落ち着け」

倉島に言われて振り上げた手を背広のポケットに収めたものの、突然、東海林はニヤリと笑った。

「はいはい。わかりましたっす。そういや、浦沢会長の鑑取り捜査は、加藤刑事の班だったっすね」

肩に置かれた倉島の手を振り払い、東海林はつかつかと加藤の前に寄っていく。加藤班の刑事たちが席を立って身構えたとき、東海林はでかい体を二つに折って、深々と加藤に頭を下げた。

「さーせん！　俺、現場から代紋を持ち帰っちゃって」

「は？　大事な証拠品をか？　てめえはいったい、なにやってんだ」

いきり立つ加藤に折りたたんだハンカチを差し出すと、加藤が思わず出した手の中に、東海林は中身を振り出した。

「いぎぁっ」

加藤が悲鳴を上げたのも無理はない。その手には、白骨化した浦沢の指が載せられていた。


「なんか、すっとしましたねえ」

背中で倉島たちが話すのを聞きながら、比奈子は佐和に電話していた。明日からの捜査に備えて、今日は厚田班全員が家に帰れる。余命幾ばくもない坂田のことを思えば、捜査が本格化する前に、太鼓屋のお婆ちゃんと話をしておくべきではないかと思ったのだ。

しばし着メロを聞いた後、佐和が出た。バックでアニメの音がしているから、すでにアパートに戻っているのだ。比奈子は、ホスピスに坂田健太なる人物が入院していることを確かめたと佐和に告げた。

「色々考えたんだけど、ありのままを絹さんに伝えるべきじゃないかと思うんです」

比奈子が言うと、佐和は微笑んだようだった。

「うん。ありがとう。実はね、あたしもそう考えていたの」

「浄土苑のケアワーカーさんに訊《き》いたところ、入院されている方との面会は、入院者ご本人が了承する限り、何時であっても受け付けてもらえるようなんです」

「その、お婆ちゃんの息子っていう人の容態は、どんななの？」

「お会いすることはできなかったの。そもそも私は家族じゃないから、会ってもなんと話していいかわからないし」

「そりゃそうか」

と、佐和は笑った。

「でも、坂田健太さんという人が入院中で、その方が末期の癌患者であることは間違いありませんでした」

「お婆ちゃんの本当の息子かどうかはわからないんでしょ？」

「それは……でも」

比奈子は保の言葉を思い出していた。

「その人が本当の息子さんであるかどうかは、あまり関係がないように思います」

「なんで？　孫を騙《かた》った人に会っただけでも、お婆ちゃんはあんなに落ち込んじゃったんだよ。それなのに息子も偽物だったとわかったら、もっと傷ついちゃうよ」

「私には、末期癌でホスピスにいる人が嘘をつく理由がわからないんです。それに、絹さんは自発的にお金をおろして持っていっただけで、孫だっていう男の人からは、一度も金銭の要求はないんですよね？」

電話の向こうで、佐和は考えているようだった。

「んー。父親に会って欲しいって言われて、ホスピスの場所と古い写真を置いて行ったのはその通りだけど。でも、もしも、会いに行っちゃったら、その時にその先があるかもしれないじゃない」

そうかもしれない。そうじゃないかも。比奈子はそう考えていた。人が持つ様々な面を、人は全て知っているわけではないということを。

「それなんですけれど、もしも絹さんを騙《だま》してお金を取るつもりでいたならば、東京駅で偽名を使っているのがばれたとき、その後にまた接触してきたのがおかしいと思うんです。その人は坂田祐馬と名乗ったんですよね？　偽名であやしい商売をしていたのも、死期の近いお父さんを母親に会わせてあげたいと思うのも、どっちもその人の、本当の姿なのかもしれないし」

「うん……」

「もしも坂田健太が絹さんの本当の息子さんで、絹さんと会う前に亡くなってしまったら、どうします？」

「そんなの、あたしに訊かれてもわかんない」

佐和は拗《す》ねたような声を出した。

「そこは、絹さんが自分で決めるべきじゃないのかな。大切なのは、絹さんが後悔しないようにすることなんじゃないのかなって、私、そんなふうに思うんですけど」

帰り支度を済ませた東海林たちが、比奈子の後ろに立っている。忍で来ている倉島はともかく、他の仲間は途中まで同じルートを帰るのだ。比奈子はコートとバッグを引き寄せて、ブースを出る準備をした。

「わかった。あたし、今から太鼓屋へ行ってくる。それで、もし、お婆ちゃんがその人に会いたいって言ったなら、一緒に会いに行ってくる」

「何かあったら連絡してくださいね」

「うん。比奈子さん、ありがとう。どっちの場合でも電話するね」

通話を終えると、比奈子は仲間に頭を下げた。

「お待たせしてすみませんでした。佐和さんと話していたもので」

「婆ちゃん、どうかしたのかよ？」

東海林にそう訊かれると、あれほど絹さんの子供のことを隠しておかねばと思っていたのに、比奈子は素直にこう応《こた》えた。

「絹さんの息子さんが末期癌で長くないそうで、お母さんに会いたがっているんです」

「え？　婆ちゃん、家族がいたのかよ」

「芸者さんだった頃に産んだ息子さんが一人。ご亭主が引き取っていかれたそうです」

「そうなんか。婆ちゃんも苦労してんだなあ」

東海林がしみじみ言う横で、ガンさんはわずかに表情を和らげた。

「お前がずっと隠していたのは、そのことか」

「え……隠してなんか」

「いいっていいって。藤堂はさ、何でもハッキリと顔に出ちゃうタイプなんだよね。ここ数日、太鼓屋の話になると顔が引きつっていたもんね」

パソコンを片付けながら清水が言う。片岡はブースの明かりを消した。

「とにかく、今夜は帰って風呂《ふろ》に入れや。埃《ほこり》まみれの屍臭《ししゅう》付きじゃ、藤堂は、いつまで経っても嫁には行けねえ」

「え、私、匂いますか？」

「冗談ですよ」

倉島がそう言ったとき、捜査本部で内線の鳴る音がした。本庁の当番刑事が受話器を上げて、ちょうどブースを出かけた厚田班の面々を視線で止めた。

「藤堂比奈子刑事ですか？　で、あんたは誰？」

一瞬で、その場の空気が張り詰めた。

比奈子は拝島町に向かうタクシーの中で受けた真紀の電話を思い出した。警察病院から連絡があって、本庁の番号を伝えたというのだ。けれど、その後一度も警察病院から電話を受けていない。

夕食を取っていた当番刑事らが休憩用ソファから立ち上がる。彼らは目配《めくば》せで比奈子を呼ぶと、受話器を渡しざまスピーカーのスイッチを入れた。

「はい。藤堂」

「アスゴゴロクジハンシブヤエキハチコウマエ」

あの声だった。無機質で感情のない、気味の悪い声。比奈子はごくりと唾《つば》を飲み込んだ。

脳裏に死神女史のモニターが浮かび、保の言葉が語りかけてくる。

――相手の要求を訊いて下さい。通報どおりに遺体を発見したと話すこともよいでしょう。……犯人は、謎かけのような犯行形態から、その刑事に何かを読み取らせようとしています。性急にならずに、相手に答えを喋《しゃべ》らせてください。会話させるのです――

「あなた、リッチマンね」

ともかく名前を呼んでみた。

だが、相手はなんの反応も示さなかった。

「サツジンヨコク」

電話が切れる。と、直感した。だから、

「昨夜の現場でっ――」

と、比奈子はたたみ掛けるように叫んでみた。そして勝負に出ようと決めた。

「あなたが教えてくれた廃工場から、荒神会の浦沢会長の遺体が出たわ」

本庁の刑事が、比奈子に向かって目を剝《む》いている。

犯人しか知らないことを、上司になんの承諾もなく、まだ犯人と断定できていない相手に喋ったのだ。しかもそれはついさっきの捜査会議で、数日間極秘にするよう命令された件でもあった。比奈子の心臓は激しく躍り、指先は、感覚が無くなるほどに冷えてきた。比奈子は視線を巡らせて、自分のチームがすぐそばに居ることを確認した。ガンさんも東海林も、倉島も清水も片岡もいる。彼らの顔を順繰りに見て、比奈子は呼吸を整える。

出来ることはすべて、やらねばならない。こいつは、この犯人は、まだ人を殺すと言っているのだ。

「浦沢は暴力団の会長よ。大変な人物なのよ」

リッチマンは電話を切らなかった。受話器の奥から息を吐く音が聞こえてくる。

「ダカラ死ンダノダ」

その声には、初めて微《かす》かに血が通っていた。

「ケイサツハ　サギグループヲ　カイメツサセロ　ソウスレバ　ワレワレハテヲヒク」

「彼が詐欺を働いていたから殺したの？　他の被害者も同じ理由で殺したの？　相手はその筋のプロなのよ。あなた……あなた、自分が危険だってことが、わからないの？」

ふっ、と、受話器に空気が当たった。相手は笑ったらしかった。

「イマサラ　コワイモノナド　アリマセンヨ」

そして突然、電話は切れた。

「携帯からです。発信地は渋谷《しぶや》駅西口付近。契約者は……」

本庁の刑事がパソコンに見入る。

「首藤泰造。殺された首藤の携帯電話を使っています」

比奈子は、握った受話器を置くことができなかった。頭から水をかぶせられたような気分だった。リッチマンは首藤の携帯をまた捨てる。山嵜ちづるの時と同様に、その場に置き捨てて行くとすれば、人通りの多い渋谷西口で無事に見つかるとは考えにくい。誰かが拾って交番に届けてくれるだろうか。それとも売られてしまうだろうか。

「よくやった」

ガンさんが比奈子の受話器を取り上げた時、比奈子は緊張が解けて腰が砕けた。


翌日は、早朝から捜査本部が召集された。リッチマンが殺人予告をしてきたことに、本部は混乱したのだった。荒神会新派のなかで内部分裂が起きているのだと加藤は言い、もしかすると、荒神会とは関係のない人物が犯人である可能性が出て来たのではないかと別の刑事が言った。

リッチマンから電話を受けた後、比奈子は真紀に連絡をして、警察病院から電話をしてきたのはどんな人物だったか訊《き》いてみた。真紀の話では、きわめて事務的で落ち着いた、男性の声だったという。通話は録音されておらず、声の主を洗い出す方法もない。それがリッチマンであったとしても、彼が男性である可能性と、その人物が藤堂比奈子を八王子西署の刑事と認識しているという、きわめて当たり前のことが予測できたに過ぎなかった。

さらに比奈子が懸念した通り、渋谷から首藤の携帯は見つからなかった。GPSで追跡したとき、携帯は動かずに渋谷駅にあったものの、最寄りの交番から警察官が駆けつけた時にはすでに電源が切られており、本体も行方不明になっていた。

「とりあえず、本日午後六時半、渋谷駅ハチ公前広場を張る。容疑者の風体、性別、年齢、一切が不明のため、見あたり捜査となる。渋谷駅周辺では現在、駅街区開発工事が進んでおり、リッチマンが被害者を工事現場へ連れ込む可能性は高い。ヤクザ風の男、身長百五十センチ程度の男女、及び複数人の不審者に注目。奴が何を考えているのかわからんが、ハチ公前広場は人通りも多く狭いため、マル被を発見した場合には、尾行して現場外で聞き込むように」

川本課長が班に役を割り当てていく。当然ながらその中に厚田班の名前はない。だが、この日は捜査会議が終わった後で、田中管理官と川本課長が資料室へやってきた。

「座っても？」

田中管理官は、資料だらけのテーブルを見て、誰にともなくそう訊いた。比奈子が慌ててパイプ椅子を引き出すと、管理官は椅子に掛け、川本課長はその横に立った。

「本当に、あの後、焼き肉を食べに行ったんですか？」

「は？」

なにを切り出されるかと身構えていた片岡が、間の抜けた声を出す。

「拝島町で検死した後ですよ。ぼくも石上博士から誘われたけど、あの時は最上級の嫌みを言われたのかと」

「行きましたよ」

と、ガンさんはすまして答えた。

「あの時間だと開いてる店は限られていて、結局、大阪ホルモンの店に連れて行かれたんですがね」

「ホルモン……」

田中管理官はハンカチを出して口を押さえた。隣で川本が何とも言えない顔をしている。比奈子でさえ、今以《も》って現場で内臓を見た衝撃を忘れられずにいるのだった。

「あの先生は、検死の後はいつも焼き肉なんですよ。別に管理官に意地悪したわけじゃありませんや」

「さすがは死神女史だなあ」

汗もかいていないのに、管理官はハンカチで額を拭《ふ》くと、椅子を引き寄せてテーブルに寄った。それから広げてある夥《おびただ》しい資料に目を落とし、

「厚田班の見解を聞かせてくれませんか」

と、静かに言った。

清水も倉島も片岡も、もちろん東海林にも、言いたいことは山ほどあった。が、彼らは決してガンさんを差し置いた行動をしない。先輩たちが無言でいるので、比奈子も窓際に立ったまま、その場の様子を見守っていた。

「資料整理係の我々は、昨日は資料の穴を埋める作業をしていたんですがね」

「資料の穴を埋める作業とは？」

「ゆんべの捜査会議で、うちの藤堂がちょっと話しましたが、先《ま》ずは被害者の体内にあった金の出所です。硬貨に付いていた指紋から、小竹向原にある群雲神社の賽銭《さいせん》であったことがわかっています。この神社の賽銭が、その後どういうルートで浦沢の体に入ったのか。こちらはそれを追うつもりでいます」

「なるほど。他には？」

「拝島町の廃工場と、アキバの防災公園の場所にあった町工場。この関係も調べていたんですがね」

「アキバの町工場とはなんのことだ」

川本が訊いた。

ガンさんが目配せしたので、ようやく倉島が口を開いた。秋葉原を調べていたのは東海林と倉島だが、倉島のほうが先輩のため、彼が説明義務を負ったのだ。

「阿部の遺体が見つかったアキバの防災公園ですが、あそこには、ピスリン工業といって、圧縮空気専用のシリンダーを作る若い町工場があったのです。社長はその道で知られた技術者で、義足や義手への応用が研究されていたそうです」

「それに何の関係がある」

「拝島町にあった昭和産業ってえメッキ工場なんですがね」

横から片岡が喋《しゃべ》りはじめた。彼は右手を頭に回して、ガリガリと首の裏を掻《か》いた。気分を落ち着かせるときに、片岡がよくやる癖だった。

「あのでっけえ工場には、そこを間借りしていた会社がありましてね。稲垣《いながき》義肢研究《しけんきゅう》所《じょ》っていうらしいんですよ」

「義肢研究所ねえ」

昨夜、帰りの電車の中で先輩たちから聞かされた話を、比奈子は再び聞いていた。ピスリン工業は大口融資を持ちかける事業資金詐欺に遭い、特許権を担保にして倒産。社長は自殺したという。

「跡地はハッピーホームが買い叩《たた》き、二年寝かせて、言い値で売却しています」

「昭和産業もピスリン工業と前後して廃業しているんですがね、こっちも経緯が怪しいんだなあ」

パソコンの奥から、清水が言った。

「昭和産業には清滝化成《きよたきかせい》っていう排水処理業者がくっついていたんですが、この業者に荒神会の資本が入ったようで、調べてみると、その頃からたびたび廃液の汚染問題を起こすようになっています」

「近所で聞いたら、廃液問題で事業が低迷していく中で、真面目一辺倒だった社長が女に狂ったってえ話が聞けました。この女が、山嵜ちづるじゃねえかと思うんですがね」

勝手に椅子を引き出して、川本もテーブルに着いてきた。彼は人差し指で鼻の下をこすると、

「山嵜ちづるは首藤の女だ。狙った相手にあてがっていた可能性はあるな」

と、呟《つぶや》いた。

「稲垣義肢研究所とピスリン工業は、圧縮空気シリンダーを義手や義足に応用する研究を合同でしていたそうです。そんな関係の中、稲垣所長からピスリン工業に融資話が行ったそうで、さらに許《もと》を探っていくと、稲垣所長に話を通したのが昭和産業で、荒神会の首藤へたどり着く。あのでっけえ工場跡地なんですが、荒神会グループがさる企業に頼まれて押さえているって噂まであるんです」

「首藤は浦沢の子飼いだ。なるほど」

「え？　え？　ややこしい話っすね」

東海林が両手で頭をかき回した。

「つまりは、こういうことっすか？　荒神会の浦沢会長は昭和産業の土地が欲しかった。んで、昭和産業に廃液問題を仕掛けて業績を悪化させ、弱った社長を山嵜ちづるに陥落させた。で、良い融資話がありますよってんで詐欺の話を昭和産業に持ちかけて、間借り人の義肢研究所もそれを聞き、お人好《よ》しにもピスリン工業に勧めちゃったと」

「そういうことだね」

と、清水が言った。

「結果として昭和産業は廃業。ピスリン工業は倒産。棚ぼた式にピスリンの跡地も手に入れて売却。詐欺の片棒を担がされた稲垣義肢研究所も業界から姿を消した。ちょっと調べてみたんだけど、ピスリンも稲垣も、若い経営者が情熱を持って立ち上げた会社だったみたいだよ。痛ましいことだ」

「警察は詐欺グループを壊滅させろ。そうすれば我々は手を引く。昨夜、リッチマンは、私にそう言ったんです」

比奈子の言葉に、東海林は激しく頷《うなず》いた。

「ひってえ奴らじゃないっすか。人の善意を逆手にとりやがって」

「いずれにしても、荒神会が絡んでいるのは間違いないか」

管理官は両腕を組んで天井を見上げた。

「だけど、内部抗争じゃないのかもしれないっすよ」

「もちろんだ。あらゆる角度からの検証が必要で、だから君たちに来てもらっている」

そう言って管理官が立ち上がったので、川本も同時に席を立った。

「で、結局俺たちは、まだここで資料係なんっすか。リッチマンは藤堂を名指ししてきてんのに」

東海林の言葉に、管理官はこう応《こた》えた。

「資料係は資料の穴を埋める。そうでしたよね、厚田警部補」

川本は何も言わずに、出て行く管理官の後を追った。


結局、ガンさんは厚田班の面々に更なる裏付け捜査を命じた。

昭和産業の廃業と同時に拝島町から撤退した稲垣義肢研究所のその後を、引き続き片岡と清水が調べ、群雲神社の賽銭の行方を東海林と倉島が追うことになった。万が一リッチマンが連絡してくることを考えて、比奈子はガンさんと捜査本部に残された。

昼近く。比奈子は佐和から電話を受けた。

「今ね、お婆ちゃんがお店に立ってる」

と、佐和は言った。

「自分で小豆《あずき》を炊いてるの」

昨夜比奈子と話した後、佐和は太鼓屋へ飛んで行き、お婆ちゃんの入院中に坂田祐馬を名乗る男性が訪れて、一枚の写真とホスピスのメモを置いて行ったこと、そして比奈子がその場所を訪ね、坂田健太なる人物が入院中であると確かめたことを告げたのだという。

「叱られるかと思ったんだけど、お婆ちゃんね、写真を胸に抱きしめて、ごめんなさいねえってあたしに謝ったの」

「謝った？　なんでですか」

「あたしにも比奈子さんにも、こんなに心配かけていたとは思わなかったって。でも、心配してもらえてうれしかったって」

「そんな……」

「写真の男の子、頑固そうな口元が、あの人そっくりって泣き出して」

比奈子は胸が詰まった。

「あたし、余計なことかなって思ったんだけど、会いに行って、その人が本物の息子じゃなかったらどうするのって訊《き》いてみたのね。だってほら、お婆ちゃんがまたショック受けたら困っちゃうから」

「ええ。それで？」

「うん。そうしたらお婆ちゃん。それでもいいって言うの。この歳で、今さら怖いものなんてないわって。騙《だま》されることよりも、生まれてはじめて自分を必要としてくれた息子に、また捨てたって思われることのほうが切ないわって。あたし、これにはぐっと来ちゃった。だからその人が赤の他人でも、そんなこと関係ないって、そう言うの。孫を騙《かた》られたと思った時にショックだったのは、子供を産み捨てた自分の過去を、お天道さまに叱られたような気がしたからなんだって」

「ショックというより、へこんでしまったんですね。わかるような気がします。絹さんは厳しくて優しい人だから、自分のことが許せなくなってしまったのかも」

「うん。でね、比奈子さん。びっくりしたのは、今朝お店に来たら、お婆ちゃん、お店も厨房《ちゅうぼう》もピッカピカにして、たすき掛けして小豆といでたの。太鼓焼きをね、息子さんに食べさせたいんだって。食欲がないかもしれないから、いつもよりちょっとだけ柔らかく炊いて、持っていってあげたいんだって。こんな母親に会いたいといってくれるなら、罵《ののし》られようが、怒鳴られようが、会いに行くって」

その思いは如何《いか》ほどか、考えて比奈子は震える気がした。絹さんが心を込めて焼く太鼓焼きなら、それは絶品に違いない。

比奈子の脳裏を一瞬だけ、太鼓焼きが大好物だった先輩警官の笑顔がかすめた。

「だから私、お婆ちゃんの太鼓焼きが焼き上がったら、一緒に病院へ行ってくる。受付に電話してみたら、坂田さんはまだ意識もしっかりしていて、話が出来るみたいなの」

「よかった。佐和さん、どうかよろしくお願いします」

比奈子がスマホに頭を下げると、

「なんか変なの。比奈子さん」

と、佐和は笑った。その声は、明るく元気ないつもの佐和のものだった。

――お婆ちゃん。それでもいいって言うの。この歳で、今さら怖いものなんてないわって――

電話を切った時、佐和の言葉が頭に残った。

――今さら怖いものなんてないわって――イマサラ　コワイモノナド　アリマセンヨ――

それはリッチマンが言った言葉だ。今さらって、いったいどういう意味だろう。事務的に時間と場所を告げてきた時とは違い、そこだけは、声のトーンが違っていたようにも思う。保がアドバイスしてくれたように、あれはシナリオにない、本人の言葉だったのではないだろうか。だとすると……。

比奈子はポケットに手を入れて、七味缶をまさぐりながら、リッチマンの電話をもう一度頭の中に蘇《よみがえ》らせた。

――ケイサツハ　サギグループヲ　カイメツサセロ　ソウスレバ　ワレワレハテヲヒク――

そうだった。あの時、確かに奴は、自分を『我々』と称していたのだ。

つまりリッチマンは一人ではなく、さらに、

「いまさらこわいものなどない人物……？」

それはどういう人物だろう。どういう状況に置かれたら、今さら怖いものなどなくなるのだろう。

保の意見が聞きたくて、比奈子は女史にメールした。しかし、女史は自分のラボにはいないらしく、返事はなかった。


午後五時過ぎ。捜査本部から、ほぼ全ての人材が出払った。

山嵜ちづるの写真を持って再び拝島町界隈《かいわい》へ聞き込みにいった清水と片岡は戻ってきたが、賽銭《さいせん》の行方を追って群雲神社周辺へ向かった東海林と倉島は戻ってこなかった。電話連絡があってわかったのは、東海林らはそのまま渋谷へ向かい、近隣ビルからハチ公前広場の様子を窺《うかが》っているということだった。

「さーせん。でも、なんか除《の》け者にされたみたいで腹立つんっすよね。一応、動きを見てから戻りますんで」

東海林は電話でそう言った。

「あと、賽銭のことなんすけど。よくよく訊いてみたら、群雲神社の賽銭は、経理をやってる宮司の親っさんが管理していたみたいなんっす。んで、この親っさんはもう神職を引退してるんすけど、祭事なんかのときは手伝いに来るようで」

「あの神社は境内に住居がありました。先代さんは、そこに住んでいないんですか？」

スピーカーに向かって比奈子が訊くと、

「あの宮司さんは娘婿だってよ」

と、東海林は答えた。

「舅《しゅうと》がいると婿が気兼ねだろうってんで、近くにアパートを借りているんだと」

「そりゃまた出来た親っさんで」

片岡が茶々を入れる。

比奈子は、賽銭泥棒を逃がしたとき、『義父にそう言われれば逆らえなかった』と松井宮司が言っていたことを思いだした。あれは婿養子だったからなのか。

「んで、賽銭についてなんですが、親っさんが夜間金庫に預け入れているそうです」

「本当に預け入れていたのか？」

「一応群雲神社の預金先の銀行へ行って調べてきましたが、婿さんの帳簿と入金履歴は合致してました。んで、その金なんっすが、一切合切まとめて本店へ送られるそうで、十円玉がいくつとか、千円札が何枚とか、やっぱり、そういう履歴は残ってねえんっすよ。今はみんなコンピューターで、数字だけで管理されちゃっていて」

「くそ。役に立たねえな」

片岡に言われると、東海林は、「すんません」と、謝った。

「東海林」

電話の奥で倉島の呼ぶ声がして、

「なんか始まりそうなんで、また電話します」

と、通話は切れた。

片岡は忌ま忌ましそうに舌打ちした。

「いったん銀行へ入っちまうと、その後のことはわかりそうにないですね」

「いえ。そうじゃないわ。あのお金はやっぱり、群雲神社から出ているのよ」

じっと報告を聞いていた比奈子は、閃《ひらめ》きを得て顔を上げた。

「だって、浦沢会長の体内からは、賽銭泥棒の指紋がついた硬貨が複数枚発見されているんです。銀行で機械で仕分けされたなら、泥棒と警官の指紋がついた様々な硬貨が、まとまって見つかるはずがありません」

「そう言われればそうだねえ……宮司の親っさんに、会ってみる必要があるかもね」

清水がそういってガンさんを見ると、ガンさんは、再び東海林に電話した。

「今の話だが、先代の宮司の所在はわかっているのか」

「うす。つか、えーと……」

電話は突然倉島に変わった。

「ハチ公前広場、大きな動きはまだありません。それで先代宮司の所在ですが、板橋区小茂根《こもね》一丁目……」

「神社の近くですね」

即座にマップを検索して清水が言うので、比奈子は清水のパソコンを見に行った。群雲神社から要町通りを渡った反対側。浄土苑グループの病院や施設があるあたりだ。

「この住所って……」

清水に頼んでマップを拡大してもらうと、そこはどうやらネギを運んだ十八家の近くらしかった。

「先代からは直接話を訊《き》けたのか」

「まだです。アパートを探したんですが見つからなくて。東海林が、張り込みの時間になると言うものですから」

「ばか。そっちは本庁に任せておけばいいんだよ。俺たちは俺たちの仕事をだな」

「あっ」

と声がして、どうやら今度は東海林が倉島の電話を奪い取ったらしかった。

「被疑者、発見したようっすよ。渋谷駅方面で約二名、捜査員が確保して連れて行きます」

ガンさんたちは顔を見合わせた。

「他の署員はまだ張り込みを続けてます。別件だったのかな。や。そんなこたぁないっすよね」

「仲間の動向をリークしている暇があったら、小茂根へもどって証言を取ってこい。ばかたれめが」

ガンさんが一喝して電話を切った時、比奈子は思い出したことがあった。

十八家の表札だ。

手作り感満載の表札は、家形に切った白木の板を三枚つなげて作られていた。あの時は、ただかわいいと思って見ていたのだが、今にして思うと、あれは絵馬ではなかったろうか。群雲神社へ行ったとき、絵馬掛所の上段に大きなサイズの絵馬があった。たぶん、十八家の表札と同じものだ。

比奈子は東海林に電話しようとして、思い直して倉島に掛けた。

「倉島先輩。今ほど話にあった先代宮司さんのアパートですが。アパートではなくシェアハウスかもしれません。入口に十八家っていう看板が出ています。絵馬を三枚つなげたやつです」

「なぜそんなことを知っているの」

と、倉島は訊いた。

「たまたまコンビニで知り合ったお婆さんがそこに住んでいて。この前先輩たちが食べたおでんや金平ゴボウは、そのお家《うち》でご馳走《ちそう》になったものなんです」

「どうりで年季の入った味だと思った。藤堂が作ったと思って驚愕《きょうがく》だったんだけどね」

倉島は笑い、ごく嬉《うれ》しそうに、

「今から当たってみるよ」

と答えてくれた。

「行くぞ東海林」「げ、また忍っすか」

と、会話の途中で電話は切れた。

「藤堂は一体どうなってんだ。どうやってネタを拾ってくるんだ。普通いないぞ、そんな奴」

片岡が訊いてくる。どうやってネタを拾うと言われても……。

「お婆さんがコンビニで買ったおネギが、あまりに新鮮で重そうだったので、運んであげただけなんですけど」

「こいつの武器はそこなんだよ」

いつのまにか、一緒にグーグルマップを覗《のぞ》き込んでいたガンさんが言う。

「まったく刑事らしくないからな。聞き込みのノウハウがなくても、するすると相手の胸の内に入ってっちまう。恐ろしいことだ」

「恐ろしいって……」

「む？」

ガンさんが唸《うな》ったので、片岡までが寄ってきた。

「どうかしましたか」

「その、なんとかハウスってえのは、この建物か」

「シェアハウスです。多分そうだと思います。コンビニがこれで、こう出て、こう曲がって行ったんだから」

「普通の家じゃねえな」

「ええ。もともとは町工場で……あれ？」

比奈子は自分の言葉にぞっとした。

「また、町工場か」

片岡が厭《いや》な言い方をする。なんだろう。比奈子は体の芯《しん》に、沸々と何かが滾《たぎ》る思いがした。あの家に住んでいたのは五人の老人。町工場の持ち主と、杖《つえ》を突いた大吉っちゃんと、優しい二人のお婆さん。そして、うどんを打っていたもう一人……。

「あれ、そういえば。あれ」

「どうしたんだよ」

と、片岡が訊くのもかまわずに、比奈子はさっとテーブルについて、自分の手帳を取り出した。見たかったページは真っ白だ。

そうだった。あの晩はすぐに呼び戻されてしまったから、手帳になんのイラストも描かなかった。

比奈子はギュッと目を閉じて、それから、二束のネギを手帳に描いた。何カ所かを紐《ひも》で結わえたとき、頭の中に、ようやく老人たちの会話が浮かんできた。

——若い頃は想像もしなかったことが、年を取ったら出てくるの。自分が若い頃は、年寄りが、あそこが痛い、ここが悪いって愚痴ばっかり言うのを情けないって思っていたのに、自分がその年になったら、ああ、こういうことだったのかって、思い知らされたりして——.

あれは三つ編みのお婆さん。たしか、なっちゃんの言葉だった。

——たまたまね、私と芙巳子さん、それと松井君は小学校が一緒で、よく遊んだ仲だったのよ。それで、入居者説明会で何度か会っているうちに、体が動く間は稲垣さんの工場をみんなで借りて、住んでみるのはどうだろうって——

比奈子はハッと顔を上げ、高揚した声でガンさんに叫んだ。

「思い出しました。確かにあそこにいたんです！　住人の中に、松井君という、八十歳のお爺《じい》さんがいました。これって、もしや、松井宮司のことなんじゃ……あのシェアハウスには、芙巳子さんとなっちゃんというお婆さんが二人と、お爺さんが三人住んでいて、一番歳を取っているのが大吉さん。次が松井さんというお爺さんで、家の持ち主が六十九歳の稲垣さん」

「稲垣だと？」

ガンさんが目を剝《む》いた。

「どうしたんです」

「アキバのシリンダー工場か、拝島町の義肢研究所だったか、どっちかに稲垣という名前がなかったか」

片岡はポンと膝《ひざ》を打った。

「そうだ。稲垣義肢研究所ですよ。所長はまだ若かった。まさか、なんか関係がありますかねえ」

「いやいや、そんな偶然が？」

「偶然じゃないのかも」

比奈子は清水の言葉を否定した。

「あのシェアハウスは、もともと稲垣さんの町工場だったんです。でも、奥さんが亡くなって、独りになって。工場を売って田舎に引き籠《こ》もろうか、そのお金で終末施設に入ろうかと考えていたとき、施設の説明会でみんなに会って、一緒に暮らすことにしたそうです。もしも……もしも、ですよ。義肢研究所をやっていたのが稲垣さんの息子さんだったとして、拝島町の昭和産業から立ち退かなければならなかったのなら、実家の町工場へ戻って商売を続ければよかったわけで……」

「稲垣の父親が工場を売る必要はなかったってことか。そういえば稲垣義肢研究所の所長は、その後どうなったんだ？」

清水はパソコンのキーを叩《たた》いた。

「だから、調べてもよくわからなかったんですよ。ホームページはすでに閉鎖されているし……が、お。古い口コミが残っているな。所長の名前は稲垣太朗《たろう》。あ、キャッシュも残ってる。ええっと、昭和産業が廃業したのは二年前だから、この当時で稲垣所長は三十五歳ですね。そんな若くもなかったか……で、今は三十七歳。やっぱりこの研究所、すこぶる評判いいですよ。なのに、どこへ行っちゃったのかなあ」

「藤堂、すぐに三木を呼べ」

ガンさんに命令されて、比奈子は三木に電話を掛けた。出るなり、ガンさんがスマホを奪う。

「調べてくれ。過去二年間に都内で起きた不審死、捜索願、及び自死者の名簿をだ。ターゲットは稲垣太朗。年齢は三十五歳から三十七歳。至急頼む」

「かしこまりました」

三木の声が聞こえる気がした。

「稲垣義肢研究所ですが、けっこう手広く仕事をしていたみたいですよ」

ネットで検索を続けていた清水がそういったので、比奈子らは再びパソコンの前に集まった。清水がモニターに呼び出していたのは二〇一四年のツイッター履歴で、そこにはこんなコメントが寄せられていた。

——補助装置としての義手について、当院リハビリでは顕著な効果をみています——


発信元は板橋西沢《にしざわ》病院とあり、すぐ後、稲垣太朗が礼を言うと、数日後に、

——さらなる研究成果の如何《いかん》によっては、資金面ご相談されたし——

と、コメントがある。

「資金繰りは、こっちへ相談した方がよかったんじゃねえのかよ」

片岡が唸ると、清水も、

「ですねえ。でも、金が欲しかったのはピスリン工業のほうですからね」

と、カーソルを動かした。

「日付を見ると、ツイートされたのは昭和産業が廃業する前後です。荒神会の手はその前に入っていますから、時すでに遅し。だったのかも。っていうか、ツイッターに本名を書き込んじゃうなんて、稲垣太朗も律儀というかなんというか。実直すぎませんかねえ」

「普通、本名は書かないものか？」

「ネットですからね。書き込みは匿名ですよ普通」

清水はそう言ってから、

「まさかガンさん。本名でツイートしてないでしょうね」

と、付け足した。

「必要最低限のメールしかやらん。よくわからんし、めんどくさい」

日が暮れた頃、十八家へ飛んだ東海林と倉島から連絡が入った。

「藤堂刑事の言った場所がシェアハウスであることは確認できたのですが、住人全員の年齢氏名は、残念ながら確認できませんでした。支所で調べてもらったんですが、あの場所に転入届が出されているのは今のところ二人だけで、届け出もわずか二ヶ月ほど前でした。一人は橋本芙巳子《はしもと》七十七歳。もう一名が大崎奈津子《おおさきなつこ》七十七歳。ちなみに、地権者は稲垣伸吾《しんご》六十九歳となっています。この場所は、もとは稲垣鉄工所という町工場で、機械部品の製造や開発を手がけていたようです」

「やっぱり、稲垣太朗の父親なんじゃねえのかよ」

報告を聞いて片岡が唸《うな》った。

「っていうか、本人たちの話は聞けたのかな?」

身を乗り出して清水が訊《き》くと、倉島は、落胆したように返して来た。

「それが。残念なことに留守なんですよ。電気も点《つ》いていないし、メーターの回り方を見てもそのようです。誰もいません」

比奈子も思わず背伸びして、ガンさんのスマホに話しかけた。

「前にそこへ行ったとき、庭に軽自動車が一台と、三輪自転車が二台ありましたけど」

「ああ。じゃ、やっぱり出かけているな。自転車二台はありますが、軽自動車がありません。まって、東海林が戻って来た」

電話は倉島から東海林に変わった。

「うす。お疲れ様っす。爺さん婆さんいませんね。近所で話を訊いてきたら、どうも温泉に行ったみたいっす。寒いと腰が痛いとかで、しょっちゅう温泉行くらしいんっすよね。いいご身分つーか、なんっつーか」

片岡とガンさんが顔を見合わせると、

「呑気《のんき》にまったり温泉巡り？」

と、清水が二人の気持ちを代弁した。

「どうしますか？　行き先まではわからないけど、たいてい一泊程度の旅行だっつーんで、いったんそっちへ戻って、出直してもいいっすか」

「わかった。戻って来い」

「あ、俺、俺だけ電車で帰りますから」

東海林が電話を切った後、比奈子はなんだかホッとした。

腰が痛い、肩が痛いといいながら、わいわいと温泉へ行くほうが、ずっとあの人たちに似合っている。あの優しいお婆ちゃんたちが事件の関係者であるはずがない。

(手打ちうどん、おいしかったな……)

事件が解決から遠ざかるとしても、その方がずっと嬉《うれ》しいと比奈子は思った。

そういえば、ハチ公前広場の張り込みはどうなったのだろう。比奈子は窓の外を見下ろした。

いやいや。それよりも、佐和はどうしただろう。お婆ちゃんは坂田健太に会えただろうか。彼は本当の息子だったのだろうか。

下の道路を車が行き交い、街灯の下には人影が動く。目を上げれば、遠くまで街の明かりがきらめいて、人々の息吹が聞こえるようだ。これほど沢山の人々の、これほど雑多な営みが、それぞれのドラマを持っていると思うと、比奈子はただ、ただ、(すごいな)と、思う。

「失礼します」

声がして、資料室に三木が現れた。鼻の穴が膨らんでいるから、なにか成果があったのだ。

「捜査本部は全員出払っていると聞きましたが。案の定。厚田班は留守番に残されたようですな」

「いいから早く結果を言え」

片岡がすごい目で睨《にら》んだが、三木はまったく平気な顔で、背中から一枚のプリントを引き出した。

「お問い合わせの件ですが、ビッグデータにアクセスしましたら、拍子抜けするほど簡単にヒットしてきました」

三木がテーブルに載せたプリントを、全員が覗《のぞ》き込む。

それは変死事件の顚末《てんまつ》を記録したファイルだった。

「二〇一四年一月一九日。この日は日曜日で、新年度初めての公園掃除がありました。で、その折りに、閉まったままの女子トイレから、男性の変死体が発見されたようですなあ。死因は縊死《いし》で、換気用の窓枠にトレーナーを引っかけ、便器に腰掛ける形で死亡しておったようです」

プリントには遺体写真もあった。

「死亡者は稲垣太朗三十五歳。二〇一三年の十二月、家族から捜索願が出されていました」

「ちょっとまって。稲垣太朗の家族というのは？」

心臓が、ドキドキしてきた。比奈子の問いに、三木は答える。

「捜索願の届け出をしているのは稲垣伸吾六十六歳。父親でしょうな。住所は板橋区になっております」

目の前が、ぐらりと歪《ゆが》む。やはり十八家の稲垣さんは、稲垣義肢研究所の所長の父親だったのだ。その衝撃とは裏腹に、比奈子の中では何かが燃え上がり始めてもいた。事件の核心に手が届いたという実感だ。それは強い使命感を持って、倒れそうな比奈子の心を裏側からぐっと押し上げてきた。

三木は遺体写真のプリントを、ガンさんのほうへ広げて見せた。

「ご覧のように、発見時、すでにひと月以上が経過しており、遺体の状況はすこぶる悪かったものの、稲垣太朗は失踪《しっそう》の二ヶ月前に、仕事仲間のピスリン工業の倒産に関係して社長を自殺させておったことから、それを苦にした自死事件として処理されたようです」

「稲垣太朗も自殺していたのか」

ガンさんは苦虫を嚙《か》み潰《つぶ》したような顔をした。

「自殺に見せかけた殺しってことは？」

「荒神会がか？」

「わかりませんが、念のため月岡君に調べてもらったところ、契約後五年以上が経過していたために、稲垣太朗の遺族には死亡保険金が支払われておるようで、事件性は薄いのかと思われます。ま、これは、鑑識課のブンザィの推測に過ぎませんが。保険金額は約一千万円。今回の一件で、月岡君は保険調査会社とパイプが出来たようで、すぐに調べてくれました。こういうことは保険調査会社の調べの方が綿密だったりしますからなあ」

そういって、三木は厚田班の面々を順繰りに見渡した。

「で？　厚田班は、何か情報をつかんだのですかな？」

「三木捜査官が見つけてくれた指紋から、板橋区の群雲神社が浮かんだんです。それで、被害者に使われた硬貨はお賽銭《さいせん》だったのじゃないかと思って」

自分の声がほんの微《かす》かに震えている。比奈子はそれに戸惑って、七味の缶をぐっと摑《つか》んだ。

「なるほど。若洲の被害者の場合は、初詣《はつもうで》の大盤振る舞いだったから、百円や五百円硬貨が多かったんですな」

「でも、今のところ神社の経理にあやしいところはないの。現金の行方がどうしてもたどれなくて、今、東海林先輩たちが宮司さんのところへ向かっているんだけど」

「スポンサーがいたのではないですかな」

と、三木は言った。

「すでに四百万円前後を使っている殺人ですからな。最初にそれなりの軍資金があったとするならば、紙幣と硬貨を差し替えて、数字上の経理には落ち度がなくできるのではないかと」

「軍資金って……たとえば保険金の一千万とかか？」

ガンさんが呟《つぶや》いた言葉に、片岡は色めき立った。

「動機は復讐《ふくしゅう》だったってか。稲垣太朗、それともピスリン工業の社長の遺族、昭和産業の関係者の、復讐だったらどうなんだ。ターゲットは彼らを騙《だま》し、結果的に死へ追いやった荒神会の関係者」

片岡の声にも震えを感じる。ああ。我々は刑事なんだ。比奈子は初めて、自分がここにいることの意味を知ったように思った。

「それなら犯人がリスクを冒してアキバの防災公園を使ったわけも、浦沢会長が廃工場で殺されていたわけもわかりますね」

比奈子は手帳をパラパラめくった。野比先生はなんと言っていただろうか。まだなにか、気になる事を言っていたような気がするのだが。

——本件に於《お》いて、ぼくはむしろ、犯人が敢《あ》えてそうしているのではないかという気さえします。犯人独自のルールに則《のっと》って、殺人という行為を完成させる意志の表れということですが——

保の考察のこの部分は、片岡の推測と反目しない。

でも、何か。まだなにか、腑《ふ》に落ちないことがある。

——四体の遺体はどれも、拘束された形跡がありません——

そうだ。と、比奈子は自分に言った。

「もしも復讐だったとしても、こんな残忍で手の込んだ殺し方をしたのはなぜでしょう」

「復讐だからこそだと思いますが？」

三木はそう言って鼻を鳴らした。

「ブラックツヨシを自称するわたくしが顰蹙《ひんしゅく》覚悟で申すなら、金の亡者を殺すのに、腹に現金をぶち込むなんざ、よく考えられた手だと思いますが」

「どういう基準で」

清水が訊《き》くと、「つまりですな」と、三木は軽く咳払《せきばら》いした。「そんなに金が好きならば、金持ってあの世へ逝きやがれ！　と、まあ、こういった発想でしょうか」

「なーるほど」

と、清水は大きく頷《うなず》いた。

「そんな漫画チックな現場じゃなかったわ。三木捜査官は、あれを見ていないからそんなことが言えるのよ」

「見ています。元旦《がんたん》早々、アキバの現場に出くわしたのは私ですからな」

そうだった。この事件はそもそも、三木の電話で始まったのだ。

「あの光景は衝撃的でしたからなあ。なんというか、バーチャルゲームが現実世界に出現したかのような、激しく不遜《ふそん》な光景でした」

――状況からは、被害者の体を下方に置き、下半身の動きを封じて口腔《こうこう》を広げ、どういう方法でかそこから硬貨を体内に挿入しているようです。この体勢に犯人は強いこだわりがあるようですが、現時点ではそれが効率の問題なのか、それとも何らかのトラウマが原因なのか、わかりません――

保の言葉が蘇《よみがえ》る。そうなのだ。比奈子は違和感の意味がわかった気がした。犯人は、ただ殺しているのではない。三木がバーチャルゲームと称したように、切実さとはかけ離れた何か。ゲームのような面白半分を感じたのだ。犯人は回を重ねるごとに殺し方に慣れていっていると死神女史は言った。復讐のための殺人に、慣れていくなどということがあり得るのだろうか。

「藤堂。それでどうなんだ。おまえは宮司の親っさんと、稲垣太朗の親父に会ったんだろうが。そいつらは身長百五十センチ程度のふざけたピエロ野郎だったのか？」

改めて片岡に訊かれると、比奈子は世界がひっくり返ったような感じがした。十八家で出会った人たちはみな、人の好《よ》さそうなお年寄りだった。手作りの家具。温かな食事。あの晩のことは幸運な思い出だったのに。それなのに、彼らが容疑者としてどうかと訊かれたら、どう考えればいいのだろう。

比奈子はあの晩のことを、せめてビジョンとして正確に思い出そうと奮闘した。

「松井君と呼ばれていた男性は、身長が百八十センチくらいの、痩《や》せてひょろ長い体型でした。大家の稲垣さんはガッチリとした体格で、お寿司《すし》屋の板前さんのような感じでした……身長は……」

だるまストーブの横に立ち、手打ちうどんを給仕していた姿を思い出してみる。廃タイヤを四本重ねたテーブルの高さは七十センチ強。その横にいた稲垣の身長は、

「清水刑事と同じくらいだったような」

「ぼくは男としては大きい方じゃないからね。でも、一六八センチはあるよ」

「くっそ。全然違うじゃねえか」

「本人たちが直接手を下したとも限りませんな。金で殺し屋を雇うとか」

「工場をたたんで隠居しようって老人に、そんな金はねえだろう」

「保険金がありますからなあ。殺人に四百万円を使ったとしても、残りはまだ六百万」

「そうか……」

一瞬の沈黙のあと、資料室の周囲はにわかに慌ただしくなった。どうやら、何個班かが張り込み現場から戻ったらしい。

「では、私はこれにて」

三木はこそっと頭を下げると、反対側の出入り口から出て行った。同時に捜査本部へ所轄の捜査員がなだれ込んできた。城東署、石神井署、上野署の捜査員たちだ。張り込みに出ていたために、みな、とてもラフな服装をしている。

疲れた顔の彼らを見ると、比奈子は反射的に体が動いて、給茶機のお茶を淹《い》れはじめた。お盆に載せたお茶を配ると、所轄同士の気安さからか、彼らは口々にこんなことを言った。

「本庁でお茶を出してもらったのは初めてだな」

「やっぱ、同じお茶でも、淹れてもらうのと自分で飲むのは全然違うよ」

「それはよかったです。お疲れ様でした」

お盆を持って回るうち、比奈子は、首藤泰造の司法解剖に立ち会っていた若い刑事と出くわした。比奈子より先に廊下へ逃げ出して行った刑事だ。彼は、

「あの時はどうも。城東署の毛利《もうり》です」と、名乗った。

「八王子西署の藤堂です。お茶をどうぞ」

毛利は恐縮してお茶を取った。ラフなジャンパーにジーパン姿の彼は、街でよく見る普通の兄ちゃんと変わらない。

「ところで、捜査の首尾はどうだったんですか？　リッチマンは現れましたか」

「いや」

毛利は紙コップのお茶を一口すすり、大儀そうに首を回した。

「殺人予告してその通りってのも、あり得ないとは思ったんですが、結局なんのために張り込みをしたのかよくわからない顚末《てんまつ》でしたね」

「というと？」

「渋谷ハチ公前広場は、いつも通りに平和でした」

それでも東海林は、捜査に動きがあったと伝えてきたのではなかったか。

「まったく何もなしですか？」

「ついでというかなんというか、特殊詐欺らしき事案が一件。たまたま目についたので話を訊いているくらいですか」

「あら」

「渋谷署のほうで事情を聞いて、お婆さんのほうは、もう帰したんじゃないですかね。受け子はたぶん、こっちへ引っ張られて来るかと思います」

「大変でしたね」

「藤堂刑事こそ」

そういって、毛利は空になったお茶のカップをギュッと潰《つぶ》した。

「八王子西署の藤堂刑事って、俺、噂には訊いていたんですよ。でもまさか、あの時一緒に廊下に出たのが藤堂刑事だったとは。ちょっと安心しましたよ。でもやっぱ、あれですよね。藤堂刑事くらいになると、犯人から直接電話がかかって来ちゃうんですね」

同年代と思《おぼ》しき毛利にそう言われ、比奈子は穴があったら入りたくなった。八王子西署には、やり手の女刑事がいる。根も葉もない噂の噂を何度聞かされたことだろう。たまたま現場に出た最初に猟奇事件に遭遇したというだけで、自分は新米刑事以外の何者でもない。

ちょうどスマホに着信があったので、比奈子は毛利のそばから逃げ出した。電話の相手は佐和だった。

「今、大丈夫？　比奈子さん」

と、佐和は訊いた。

「少しなら大丈夫。ちょうど休憩時間みたいになっているから」

刑事さんって大変ね。といいながら、佐和は、浄土苑へ行って来ましたと報告してきた。

「結論から言うと、やっぱり行ってよかったよ」

「それじゃ坂田さんは」

「うん。本当にお婆ちゃんの息子さんだったよ。ずいぶん痩せて具合も悪そうだったのに、お婆ちゃんが焼いた太鼓焼きをね、おいしいおいしいって食べてくれて。それで、子供の頃の話も聞かせてくれた。育てのお母さんのところでも、健太さんは虐待とかはされていなくて、それなりに幸せに育ったんだけど、お母さんにはどこか、なにか、ほんのちょっとだけ違うって思うところがあったんだって。それでね、そのお母さんが亡くなったとき、お父さんから本当のお母さんのことを聞かされて、ああ、そうだったのかって思ったって。でも、育てのお母さんに義理立てて、ずっとそのことは胸にしまっておいたんだって」

比奈子はスマホを持って廊下に出た。日勤の職員たちが、頭を下げて通り過ぎていく。興奮した佐和の話しぶりから、半世紀以上経った母子《おやこ》の再会が温かなものだったことが窺《うかが》えた。

「よくさ。血は水より濃いっていうじゃない？　なんか、そういうことなのかなあ。健太さんは死期が近いと知らされたとき、どうしても、生んでくれたお母さんに会わなければと思ったんだって。自分は生まれてくる前の世界へ行くんだなって、そんなことを考えるようになって、そうしたら、どうしても、自分のルーツが知りたくなって、そうしないと真っ直ぐあの世へいけないんじゃないかと思うようになったんだって。健太さんの奥さんとも会ったんだけど。よく会いに来てくれましたって、奥さんが泣くから、あたしもつられて泣いちゃったよ」

比奈子は佐和の話を興味深く聞いた。命を終える時の気持ちなど、若くて健康な比奈子は考えたことも無かったけれど、人は自分の人生と対話しながら、その時を迎えるものなのだろうか。

「坂田祐馬という人は、やっぱりお婆ちゃんのお孫さんだったんですね。私、疑ってしまって悪かったなあ」

「そこなのよ。比奈子さん」

と、佐和は言った。

「もうひとつ悲しい話があったの。あの人、お婆ちゃんの孫じゃなくって、ひ孫だったの」

「どういうことですか」

「うん。あのね、坂田健太さんは大きなお家《うち》に引き取られていったけど、もともと奥さんに赤ちゃんができないから養子に行ったでしょ？　だから妹弟《きょうだい》がいなかったわけ」

「はい」

「それで坂田家を継いで、今の奥さんと結婚して、息子さんが一人生まれたのね。で、その息子さんが十六だったかの時に子供作って。まあ、私も高校で遥人を生んだから、他人のことは言えないんだけど」

「じゃあ、祐馬さんはその？」

「そうなんだって。祐馬さんのお父さんは、二十歳だったかの時にバイク事故を起こして死んじゃって、そしたら母親は、祐馬さんを坂田家に残してどっかへ行ってしまったらしいの。だから祐馬さんの本当のお父さんは、戸籍上はお兄さんになっているんだって。そんなだからっていうか、ちょっとグレたりした時があって、だから、もしかしたら、やっぱり悪いこともしていたのかもしれないって」

「でも、祐馬さんは健太さんのために、一生懸命、絹さんを捜してくれたんですよね」

「それをね、健太さんは知らなかったんだって。もっというと、祐馬さんが今、どこで何をしているのかも知らないんだって。だから、これこれこういうわけでここに来ましたって伝えたら、夫婦で号泣しちゃってね」

「そうだったんですか」

「でも。あの人はホスピスの場所を知っていたわけだから、きっと、こっそり様子を見に来ていたと思うのね。健太さん、今日は元気にしていたけれど、それは強い痛み止めとかをガンガン打ってるからなのよ。そして祐馬さんのことを、ホントに心配しているの。考えてみれば、あの人、自分の連絡先は何も教えていってないのよね。もしも健太さんが死んでしまったら、奥さんが独りで残されるわけでしょう？　なんか、あたし、今度はそっちの方が気になっちゃって……」

佐和の話に耳を傾けているまさにその時、本庁の刑事たちが戻って来た。毛利が言っていたとおり、受け子らしき男を連れている。その項垂《うなだ》れた顔を見たとたん、比奈子は、

「あっ」と、声を上げた。

たった今話題にしていた本人が、目の前を通過していったのだ。間違いない。

「比奈子さん？」

「佐和さん、またあとで連絡する。ごめんね」

通話を切って、比奈子は刑事たちの最後尾についた。取調室へ向かう刑事と、捜査本部へ戻る刑事。彼らの隊列が乱れたとき、一番後ろにいる刑事に声を掛けようと思ったら、それはあの加藤だった。所轄の厚田班が本庁へ出張ってきたことが許せずに、何かと難癖をつけてきた刑事。閉鎖思考で疑り深く、傲慢《ごうまん》で陰険で、高圧的な態度のベテラン刑事。でも……彼もまた自分と同じ刑事なのだ。刑事という仕事に、自分の何倍もの時間、関わってきた人なのだ。

比奈子はポケットに手を入れて、七味の缶を握りしめ、

「すすめ、比奈ちゃん」

と、自分に言った。

「お疲れ様です、加藤刑事。今の人は誰ですか？」

「ああ？」

激しく不機嫌そうな顔で、加藤は比奈子を一瞥《いちべつ》すると、そのまま歩調をゆるめることなく、どんどん廊下を歩いて行った。捜査本部を通り過ぎても、比奈子を振り払おうとするかのように歩みを止めない。比奈子は同じ速度で加藤の後ろをついていった。

「っせーな。所轄の資料係には関係ねえだろうがよ」

「あの人、老楽コーポレーションの橋詰っていう営業マンじゃないですか？　それとも、坂田祐馬と名乗りましたか？」

「なぁんだとぉう？」

加藤は初めて立ち止まった。

「おい。所轄の資料整理係の藤堂」

「はい」

「おまえ、あいつを知っているのか」

数分後、比奈子は加藤に連れられて取調室の前に立っていた。ノックで室内から出て来た取調官に加藤が何事か耳打ちすると、彼は値踏みするような目で比奈子を見下ろした。

「あの男を知っているのか」

「はい。おそらくですが、坂田祐馬という人物です」

「本人は老楽コーポレーションの橋詰孝太郎《こうたろう》と名乗っている。特殊詐欺の金品受け渡し現場にて現逮した人物だ」

「所轄の資料整理係が、なんであいつを知っているんだ」

「私、彼のお婆ちゃんと知り合いなんです。坂田祐馬の父親は末期癌で、彼の行方を捜していて」

「話をしてみるか」

取調官と加藤は視線を交わした。

「いいんですか？」

二人は取調室のほうへ顎《あご》をしゃくり、自分たちは隣の部屋へ入った。中から聴取の様子を見るつもりなのだ。勢い余って、いいんですか？　などと言ってはみたが、比奈子は事情聴取に挑んだ経験がない。ましてここにはガンさんも、東海林もいない。それどころか、捜査本部でお茶くみをしていた流れのままに、黙ってここへ来てしま

「でも」

と、比奈子は取調室のドアを見た。

「すすめ、比奈ちゃん、がんばれ比奈子」

呼吸を整え、ドアノブを握る。

自分らしく、そのままに。保に言われた言葉を胸に、比奈子は静かにドアを開けた。

狭い室内にはテーブルが二つあって、ひとつがドアの裏側に配置されていた。警察官がひとり、調書を取るためそこにいる。明かり取りの窓を背中に、殺風景なテーブルが置かれ、座り心地の悪そうなパイプ椅子に三十前後の男が座っていた。東京駅で会ったときと同じビジネススーツを着て、居心地が悪そうに両手を足の間に垂らしている。彼は横目で比奈子を見上げたが、その仕草にふてぶてしさはなく、むしろ叱られた子供のような感じがした。彼の前にはお茶の入った湯飲みがひとつ。手つかずのまま載せられている。

「あのぅ……私のこと、覚えていますか？」

本来ならば、相手に対して先《ま》ず、出自氏名を明らかにするべきなのだろうが、比奈

は、
いきなりそう訊《き》いてみた。彼は不意を突かれたように顔を上げ、目の前にいる若い女刑事をまじまじ見上げた。結局誰かわからないように目を逸《そ》らしたので、比奈子は
「東京駅の、銀の鈴広場で」

と言ってみた。

彼は、「ああ」という形に口を動かした。

「あの時のお婆ちゃん、今日、坂田健太さんの病院へ行きましたよ。本人とお会いになって、お話しされたみたいです。自慢の太鼓焼きも持っていって、健太さんに食べてもらったって。よかったですね」

「親父、食べたんですか?」

「はい。おいしいって仰《おつしや》ったそうです。泣きながら召し上がったって。お婆ちゃん、一日掛けて小豆《あずき》を炊いて、食欲がなくても食べられるように、工夫して持っていったんですよ」

「そうですか……」

彼の全身から、力が抜けていくのがわかった。比奈子は静かに、向かい合っている椅子に座った。

「私、八王子西署の藤堂といいます。太鼓屋のすぐ近くに署があって、あそこの太鼓焼きは、署員がみんな大好きなんです」

彼は両足の間に手を入れたまま、俯《うつむ》いて、頷《うなず》いた。

そうか。間に合ったのか。よかった……よかった。

比奈子は彼の心の声が聞こえた気がした。

「食べてみました？　絹さんの太鼓焼き」

「え？　いえ……」

「残念。すっごくおいしいのに。あんこと野菜があるんですけど、どっちもお薦めなんですよ。あ、でも、今は佐和さんっていう若い女の人が焼いていて、でも、彼女も最近腕を上げて、絹さんのと遜色《そんしょく》ないくらいおいしい太鼓焼きが焼けるようになったんです。一度、お店で会ってますよね？　茶髪の美人さん。ほら、お父さんの写真とホスピスの住所を置いて行ったでしょ。その時に」

たたみ掛けられて戸惑う彼に、比奈子はテーブルのお茶を勧めた。

「今日はお茶しかなくてごめんなさい。でもね、いつか食べに行ってあげてくださいね」

「はあ……」

彼は両手をだらりと下げたまま、湯飲み茶碗《ぢゃわん》に目をやって、冷笑した。

「知ってますよ。これ飲むと、指紋とか取られちゃうんでしょ」

「ご明察」

と、比奈子は笑った。

「でも、指紋は任意で提出してもらってもいいんですよ」

「言っておくけど、俺はなにもやってない」

「特殊詐欺の受け渡し現場で現行犯逮捕されたと聞きましたけど。それとも、任意同行だったのかしら」

「やってない。喋《しゃべ》らないし、お茶も飲まない」

「ご両親はあなたのことをとても心配してらして、あなたが一生懸命にお婆ちゃんを捜してくれたって話を聞いて、号泣していらしたそうです。私はあなたが特殊詐欺に関わった事情は知らないけれど、健太さんに残された時間がほとんどないのは知っています。こんなところにいて、いいんですか？　早くお父さんに会ってあげないと、お父さんも悲しいし、あなただって、きっと後悔すると思うんです」

「は？　なんの話をしてんだよ」

「なんの話って……あなたのお父さんの話です」

彼は体を横向けて片足を組むと、ぷいっと比奈子から顔を背けた。

「バッカじゃねえの？　これ、特殊詐欺の取り調べですよね」

「そうだけど、お父さんのほうが大切なことじゃないですか？　お父さんには時間がないんです。あなたのことを心配したまま逝くなんて、あんまり心残りじゃないですか」

「それがあんたと、なんの関係があるんだよ」

「あなたは健太さんの息子さんで、健太さんはお婆ちゃんの息子さんで、お婆ちゃんは私の大切な人だから、すごく関係があるんです。あなただって、お父さんを喜ばせたくてお婆ちゃんの行方を捜していたわけでしょう？　そのあなたにも、お父さんは会いたがっている。私、どうしても、それをあなたに伝えなくっちゃと思って」

比奈子の声に熱がこもった。世の中には、どうにもならないことがたくさんあるけど、どうにかなるのに腰が引け、やっぱり後悔するなんて、それはあまりに切なすぎる。今ならまだ、間に合うのだ。今ならまだ坂田健太は、息子の手の温かさを感じることができるのだ。

「ガキか。お人好《よ》しにも程があるだろ」

彼はそう吐き捨てた。

「あの、何もやっていないとしても、ちょっとお話してもいいですか？」

「だからなに」

「あなた本当は橋詰孝太郎さんではなくて、坂田祐馬さんなんですよね。年齢は」

「三十だよ。それがなにか」

「老楽コーポレーションは架空の会社ですよね？」

「ああそうですよ。もういいよ」

坂田祐馬はそういって、比奈子のほうへ向き直ると、おもむろに湯飲み茶碗をつかんだ。

「刑事さんさ。あんたは全部聞いて、知ってるんだろ？　まどろっこしい話はやめようや。西沢の親父、つか、西沢敬二郎《けいじろう》だろ？　あんたに事情を吹き込んだのは。だけど俺はやってない。今日はなんにもやってないんだ」

西沢の親父？　西沢敬二郎？　それっていったい誰のこと？

比奈子は一瞬目を瞬《しばたた》き、動揺を悟られまいと壁を見た。壁に設《しつら》えられたマジックミラーから、加藤らの視線をビシバシ感じる。比奈子は西沢の親父なる人物に心当たりはなかったが、祐馬は比奈子が事情を知っていると勘違いしているようなのだ。

こういうときは、どうしたらいいのだろう。

比奈子の脳裏に、ガンさんが聴取をするときの、とぼけてふてぶてしい顔が浮かんだ。間《ま》だ。何か喋らずにはいられなくなる絶妙の間。自分にそれが、できるだろうか。

「お茶、冷めますよ」

祐馬がつかんだ茶碗に目をやって、比奈子はにっこり微笑んだ。

「おかわりが必要なら、持って来ますから」

祐馬は比奈子を睨《にら》み付け、冷め切ったお茶を飲み干した。茶碗に指紋が残るのをわかった上での行動だった。記録係のテーブルには、急須《きゅうす》とポットが置いてある。比奈子は無言で席を立ち、（落ち着け、落ち着け）と、自分自身に言い聞かせつつ、ゆっくり丁寧におかわりを淹《い》れた。

「あの時は、俺もまさか。ホントの婆ちゃんと会うのまで邪魔されるとは思わなかったんだよ」

祐馬は二杯目のお茶をすする。比奈子は必死に銀の鈴広場の一件を思い出そうとしていた。

「絹さん、あのあと体調を崩してしまったんですよ」

「悪かったとは思ってる。でも、人混みであんな風に声を掛けられたら、『やべえ』って、体が勝手に反応しちゃったんだよな。つーか、あの親父も人が悪すぎなんだよ」

ゆっくり会話を続けながら、比奈子は頭をフル回転させる。祐馬がいう西沢は、あの時の紳士のことらしい。あの時は、偶然に詐欺被害を防いでもらったとばかり思っていた。それに、彼は自分も被害に遭うところだったと語っていたのではなかったか。

でも、まてよ。

比奈子は取り調べテーブルで隠れた自分の膝《ひざ》に、指で鈴の絵を描いた。

――老楽コーポレーションの橋詰君じゃないか――

紳士の声が、耳の奥に再生される。

――こんなところで会うとは奇遇だねえ。例の件はどうなった？　ほら、あの儲《もう》け話だよ――

ほら、あの儲け話だよ。と、紳士は言葉を付け足した。もしも純粋な被害者だったら、往来で、いきなり『儲け話』だなんて言うだろうか。

「西沢氏は」

と、言ってみる。祐馬が顔色を変えないので、思い切って先を続けた。

「あなたが絹さんを騙《だま》すところだと思ったのよ」

「ちがうよ」

「そうよ」

「俺がホントの婆ちゃんを騙すわけないだろ？　婆ちゃんの居所だって、メッタクソ苦労して調べたんだぞ」

「そのことでは、絹さんも私たちも感謝しているの。あなたが連絡をくれなかったら、絹さんは、息子さんに会うことはできなかったんだから」

祐馬は一瞬目を伏せて、もごもごロを動かした。

「それはさ、こんな俺を育ててくれた恩返しっていうかさ。当然だろう。親なんだから」

彼は『親』を強調した。

「ご両親はずっとあなたを捜しているって。健太さんは、残念だけど、ずいぶん悪いの」

握りしめた茶碗の中身を、祐馬はゆっくり飲み干した。

「わかってる。だから俺も焦って……ヘマやったよなあ……ホントはさ、あんたと婆ちゃんと会ったあの夜に、この商売からは足を洗うつもりだったんだよね」

「商売というのは、先物取引をネタにした特殊詐欺のことですね？」

祐馬は素直に頷《うなず》いた。

「調べはついているんだろ？　老楽コーポレーションってのはさ、バックがいるのよ」

「荒神会グループ？」

カマを掛けたつもりだったのに、祐馬は、

「やっぱりね。そこまで調べがついちゃってんだ」

と、言って、笑った。

「俺はさ、そんなヤバイ仕事だって知らなかったのよ。ネットでさ、割りのいいバイトだと思って飛びついたのが、詐欺グループの受け子だったの。そのうちに、ちょっとずつ割り増しもらってさ、役割も増えて。パンフレット持って爺《じい》ちゃん婆ちゃんのところへいって、一流企業の営業マンみたいにさ、話をするわけじゃない」

湯飲み茶碗《ぢゃわん》にすがりつき、彼は長いため息をついた。

「あれ……ちょっと気持ちがよかったんだよね。こんな俺でもさ、上等なスーツを支給してもらって、高い美容院へ行かされてさ、本当の仕事するみたいに、架空の取引話をするわけよ」

「東京駅で会ったときは、本物の営業マンだと思いましたよ」

「でしょ？」

祐馬はちょっと笑顔を見せた。

「うちの親父は厳格なタイプで、俺をそういう仕事に就かせたかった人なんだよね。だけど、俺は出来が悪くて、いっこも期待に応《こた》えられなくて。でも、老楽コーポレーションの名刺を宛《あて》がってもらった時は、なんか、ホントに、一流企業の社員になっちゃった気がしてさ。俺、その名刺使って、本名の名刺も作ったんだよね。そんで、その名刺持って親父に会いにいったらさ。そうしたら、めっさ喜んでくれちゃって……」

比奈子は何も言えなくなった。犯罪であることを差し引けば、祐馬の気持ちが痛いほどわかる気がしたからだった。

「刑事さんはいいよね。なんたって公務員だし、正義の味方なんだしさ」

「あんまり実感ないですけどね。私の場合は」

「でもさ。あの時。西沢の親父に声かけられたとき、あんた、すっげー形相で追ってきたよな？　あれって刑事丸出しだったし」

「え。私、そんなに怖い顔してましたか？」

「してたしてた」

そう言って、祐馬は笑った。比奈子も笑った。

「馬鹿か。あいつ、なにやってんだ」

取調室の隣の部屋で、加藤がついに舌打ちをした。


「祐馬さん」

比奈子は被疑者を名前で呼んでみた。

「特殊詐欺って、どうやって被害者を選ぶんですか？　やっぱり名簿とかで調べるの？　そういうデータが売り買いされてる？」

「そういう場合もあるみたいだけど、荒神会は金で情報を買ってたな」

「お金で、情報を？」

「そ。俺のいた部署は老人専門だったから、老人ホームとか福祉施設とさ、いろいろあるでしょ、そういうところ。そういうところのヘルパーは、いろんな情報持ってるわけよ。預貯金とか、投資が好きとか、ボケが来てるとか。そういうのを、一件数千円で買うわけですよ。で、事前に仕込みをして、俺が営業に行くという」

「西沢氏とも、そうやって知り合ったんですね？」

「や。西沢の親父はさ、もともとが、俺の親父の主治医なの」

「お医者さん？」

「そう。あんなに病院がでっかくなる前からね、うちは全員あそこでお世話になってさ。親父とも親友なんだよね。結局は、死ぬまでお世話になるっていうか」

「浄土苑グループ」

「そうだよ。西沢の親父は引退したけど、前身は板橋西沢病院っていって、何でも診《み》てくれる町医者だったのよ」

板橋西沢病院。比奈子はその名前に覚えがあった。稲垣太朗の義肢研究所に資金援助を申し入れていた病院の名前がそれだ。浄土苑グループはその当時すでに大きくなっていたのだから、ツイッターに町医者の名前で書き込みをしたわけは、稲垣太朗へのメッセージだと思われた。

西沢という人物は、浄土苑グループとしてではなく、長い付き合いの町医者として、個人で太朗に資金援助を申し出たのだ。借金に気兼ねすることなく、研究を続けて欲しいと。

結局その申し出は叶《かな》わなかったが、比奈子は西沢の人となりを改めて感じ取っていた。

「だから、彼はあなたに、足を洗わせようとしていたんですね」

「金づるになりそうな老人がいるっていわれて、喜び勇んで仕込みにいったら、そこにいたカモが西沢の親父で。こっちもビックリしたけど、向こうも、そりゃそうだよな。親父の末期癌がわかって、安心させたくて、偽の名刺持って会いに行ったその後に、向こうは俺の正体に気がついて、俺は大恥かいたうえに、まともに説教されちゃって」

「だから、ご両親の前から姿を消したんですね」

「だってそりゃ、かっこ悪いでしょ。その代わり、まとまった金を稼いだら、すっぱりやめて家に帰るつもりだった。だから西沢の親父には、もうやめましたって言ったんだよね。いや、本当に真面目にやろうと思ってたんだよ。ところがあの晩、東京駅で偶然西沢の親父に見られちまって、声かけられて。俺としたらさ、ちょっとは株を上げようと努力していたわけじゃんか？　なのに、ああ、まだ詐欺やってるって思われてんだな。どんだけ信用ねえんだよって。いや、実際、まだ、やっていたんだけど」

「祐馬さん」

テーブルに置いた祐馬の手を、比奈子は思わず両手で包んだ。百の言葉を費やすよりも、多くを語る温《ぬく》もりがある。病床の父親に届けるものは、それで充分なのではないか。

「そんな思いがあるのなら、先《ま》ず、ご両親に会ってあげて下さいよ。病気って、本当にわからないです。元気で『またね』って挨拶《あいさつ》を交わしたその夜に、急変することだってあるんです」

「そりゃ、こっちにだって都合ってものが」

祐馬が手を引っ込めようとすると、

「バカですかっ」

と、比奈子はその手を引き戻した。

「見栄張るばかりが親孝行ですか。こんなふうにお父さんの手を握ってあげて、そばにいてあげるだけで充分なんじゃないですか。お父さん、死んじゃうんですよ。死んじゃったらもう、絶対に会えなくなっちゃうんですよ。なのに、お父さん、残されるお母さんも、あなたは放っておくんですか？」

祐馬は比奈子に握られた左手を見つめ、ほんのかすかに微笑んだ。

「刑事さん。あったかい手をしているね」

急に恥ずかしくなってきて、比奈子は両手をパッと引っ込めた。

「俺……親に合わせる顔がないよ」

「太鼓屋のお婆ちゃんも、最初はそう思ったそうです。あなたから電話をもらった時に。赤ちゃんを産み捨てた自分には、母親面する権利がないと。健太さんの病気を聞いて、子供が親より先に亡くなるなんて、神さまの罰が当たったんだと、自分を責めたのも知ってます。

でも、やっぱり息子さんに会えてよかったって。それはあなたのおかげなんだし、健太さんもあなたを心配しています。自分の体が大変なのに、あなたのことを心配してる。それに比べたら、あなたの小《ち》っちゃいプライドなんか……」

比奈子は言葉を切って、考えを巡らせた。その小っちゃいプライドが、彼をとことん追い詰めたのだ。それを一刀両断することは、比奈子にはできなかった。

「……また、はじめから、構築したらどうなんですか？」

比奈子に優しく言われると、祐馬は何事か真剣に考えていたが、にわかに顔を上げて訴えた。

「でもさ。今日のはマジ詐欺じゃねえから。詐欺じゃねえっつーか、今日のは特別なバイトでさ、詐欺っていうのとちょっと違って……ああもうっ」

彼はそこで息継ぎをして、

「婆さんを案内して行くだけで、百万円もらえるバイトだったんだ。っていっても、どうせ信じてもらえないんだろうな。考えてみたら怪しいもんな。婆さん案内して百万円って」

と、肩を落とした。

「お婆さんを連れて行く？　どこに？」

「喫茶店」

「どこの？」

「渋谷駅の地下。二時間くらい足止めしてから、次は西口の工事現場へ」

比奈子は背筋がぞっとした。百万円がどんな形で支払われるのか、坂田祐馬は知らないのだ。

「その仕事も、荒神会の仕事ですか？」

「え。いや……」

「坂田さん。あなた、ピスリン工業って知ってます？　それとも昭和産業。稲垣義肢研究所という会社のことは？」

祐馬は首を傾けた。

「いや……さっきも言ったけど、俺は企業のほうじゃなく、年寄り専門だったんだし……」

「特殊詐欺に関わってどれくらいですか」

「ちょうど二年」

「大口の取引に関わったことは？」

「あのね、刑事さん。受け子なんて、紙袋にいくら入ってて、どこへどう流れていくかなんて、まったく知らされないんだよ。行って、受け取って、手渡して、ハイご苦労さん、次に仕事あったらまたメールするから。って、これだけ。でも、まてよ……稲垣義肢研究所って言った？」

「はい。知っていますか」

「そこってさ、リハビリ機械を作っていた会社じゃね？」

「そうです」

「ならわかった。稲垣鉄工所の息子がやってた会社でしょ。西沢の親父の病院が浄土苑グループになる前から、リハビリ機械を作ってた会社だ。俺、生まれも育ちもあのへんだからさ。稲垣鉄工所の息子とは児童館で一緒だったんだけど、あっちは出来がよくってさ。仕事も、なんか、世のため人のためって仕事をやっていて」

腕や背中がビリビリとする。比奈子は、事件の核心に近づいていく感覚に戦《おのの》いた。

「その稲垣太朗さんなんですが、二年前に亡くなっているんです」

「ほんと？　なんで？　病気？」

「自殺らしいです」

「太朗っちが……なんで？」

もしも一連の事件の動機が復讐《ふくしゅう》にあるとしても、祐馬は関係がなさそうだ。比奈子はそっと呼吸を整え、本題を切り出した。

「では、あなたに百万円のアルバイトを頼んだのは誰なんです？」

「そのバイト代でさ、もう、足を洗えって意味だったと思うんだよね」

「え？」

「親父だよ。西沢の親父」

稲垣親子と長年の付き合いがあり、義肢研究所を支援して、自身が医者でもある西沢という人物。心配りができ、制御が効いて、祐馬に足を洗わせようとしていた人物。彼は祐馬を通じて荒神会を知り、祐馬の詐欺を阻止しようとして、比奈子とも知り合った。

「名刺……そんな……」

その瞬間、比奈子はすべてが見えたように思った。彼女は黙って立ち上がり、取調室を飛び出した。

廊下に出ると、隣の部屋からぞろぞろと刑事が湧き出してきた。最初の取調官、加藤、川本課長に田中管理官。なぜか、ガンさんまでがいる。

「今日、彼と会っていたお婆ちゃんって誰ですか？」

先輩刑事らに比奈子は訊《き》いた。

「橋本芙巳子という女性だが」

取調官が答えると、

「あ？　橋本芙巳子。橋本芙巳子って、あの橋本芙巳子ですかね、ちがうか」

加藤がその名に食い付いた。

「その人、有名な人ですか？　その人はどうしました？」

「事情だけ聞いて、もう帰したが」

と、川本課長。加藤は自分の知識をひけらかしたくて、得意満面にこう言った。

「日活の女優だったろう？　あまり売れなかったけど、いい女だった。去年の暮れに、昭和《しょうわ》キネマに旧作がかかったのを観たところだ。『昭和元禄《げんろく》お色気節』ってやつ」

比奈子は両手で頭を抱えた。

「身長百五十センチ程度……白塗りの顔にパントマイムみたいな動き」

「なんだ、藤堂。どうしたんだ」

「荒神会の浦沢会長は昭和シネマのファンでした。そして映画館へ行くときだけは、護衛をつけることがなかったと聞いています。そんな浦沢会長が、キネマで往年の女優橋本芙巳子と会って、誘われたとしたらどうでしょう。そして拝島町の廃工場へ誘い出されたら……」

比奈子は泣きそうになっていた。あの晩の芙巳子さんの、親しげな笑顔ばかりが思い出される。

「ガンさん。板橋区の十八家です。被害者の体内に詰め込まれた現金は、稲垣太朗の保険金を群雲神社の松井宮司が両替したものだと思います。首謀者は太朗の父親稲垣伸吾。共犯者が橋本芙巳子、そしてリッチマンは、おそらく、浄土苑グループの西沢敬二郎」

「西沢敬二郎？」

「彼に会ったことがあるとわかって、その時のことを思い出してみたら、喋《しゃべ》り方が同じでした。リッチマンの仮面を剝《は》いだときの喋り方がです。彼がツイッターの『板橋西沢病院』だったんですよ。板橋西沢病院は、浄土苑グループの前身です。稲垣親子にリハビリ機械の開発を依頼していたようで、だから太朗の研究所にも資金提供を申し出ていたんです。私、彼に名刺を渡しました。特殊詐欺のことで相談されて、何かあったら連絡下さいと、その時名刺を渡したんです！」

「だからおまえを名指ししたのか」

「そうだと思います。坂田祐馬をハチ公前広場に呼び出したのも、やっぱり彼を殺害するためだったと思うんです。百万円のアルバイト料を、彼の体に詰め込んで」

「シェアハウスが留守だったのは、そのためか」

「彼らは月に一、二回温泉旅行をしていたと、東海林先輩が言っていました。もしかしたら、四つの殺人事件と日付が合うかもしれません」

「ちょっと待て。なんの話をしているんだ」

加藤が訊いた。

「おかしいだろう。あのチンピラを殺すためにハチ公前広場へ呼び出したなら、なんで殺害予告を警察にリークする」

「彼を助けるためです」

「はあ?」

加藤は大きく目を剝《む》いた。

「お前、今、奴を殺害するためって言ってたろうが」

「彼を救って、改心させて、父親の死に目に会わせてあげるためですってば！」

「さっぱりわけがわからねえ」

比奈子は地団駄を踏んで訴えた。

「もうっ。早く十八家へ行かないと！　あの殺人は老人一人じゃできません。それにリッチマンは、自分を我々と称しています。西沢は祐馬を救いたかった。他のメンバーは祐馬を殺したかった。祐馬と一緒にいた橋本芙巳子が保護されて、彼らは、西沢が計画をリークしたことを知ってしまった。次に殺されるのは西沢敬二郎かもしれないんです」

「資料整理係が何を言ってる。老人ってえのはなんのことだ。年寄りがよってたかって、ヤクザの親分を殺したってのか」

「『今さらこわいものなどありませんよ』リッチマンはそう言ったんです。浦沢会長や首藤は暴力団なのよって教えたときに、私にそう言ったんです。同じことを、八十五歳の絹さんも言いました。今さら何も怖いことなんかないと。あれは、死を覚悟した人の言葉です」

比奈子の必死の形相を、田中管理官はじっと見ていた。そして、

「その十八家とかいう場所を、知っているのか？」

と、比奈子に訊いた。

「はい！」

「厚田警部補。厚田班を現地へ急行させてください。ただし、現着後、その場の様子に緊急性がなかった場合は、待機して私の指示を待つように。川本課長は後方部隊を指揮してください。加藤係長は……」

その時だった。捜査本部の刑事が新聞を手にして走ってきた。

「管理官っ、やられました。『朝売報道《あさうりほうどう》』に、拝島町の件をすっぱ抜かれました。これを見てください」

田中管理官に手渡された夕刊には、

『衝撃！　リッチマン殺人事件　第四の被害者はリッチマン　金歯で嗤《わら》う白骨遺体の謎』と、大きな文字が躍っていた。

「荒神会にも動きがあります」

「なに」

川本が叫ぶのを訊きながら、比奈子とガンさんは、もう走りだしていた。

コート姿で忍の後ろに乗せられていても、比奈子はまったく寒くなかった。後発のガンさんらは本庁のパトカーを借りて飛んでくる。サイレンを鳴らして走るパトカーは速いが、忍に跨《また》った倉島はさらに速く、鬼神のように裏道を行った。結果としてガンさんたちを引き離し、比奈子と倉島はみるみる十八家へ近づいていた。浄土苑グループや十八家がある界隈《かいわい》は住宅地で、大きな建物は学校や病院くらいしかない。そのため空は広く、街は暗い。だが、忍が街に近づくに連れ、前方の夜空が赤く照っているのが見えた。遠くで消防車のサイレンが鳴る。器用に車体を傾けながら、

「火事のようですね」

と、倉島が言い、比奈子の心は戦《おのの》いた。

「そういえば、本部へ戻ったときに取り調べ中だったから、藤堂刑事には報告していないんだけど」

ヘルメットごしに倉島が言う。

「稲垣太朗の保険金。半分の五百万円が、ピスリン工業の社長の遺族へ渡っていたらしいよ」

「それはどういうことですか？」

「太朗の父親がそうしたんだそうだ。息子のせいで詐欺被害に遭ったことへの罪滅ぼ

しだったのかな。シェアハウスの聞き込みでわかったんだけど、稲垣鉄工所やその住人を悪く言う人は、ただの一人もいなかったよ」

そんな稲垣が、息子の復讐《ふくしゅう》のためとはいえ、本当に人を殺したのだろうか。比奈子の心を見透かしたように、倉島は続けた。

「それで思い出したのが原島巡査部長のことだ。ぼくは彼を敬愛していた」

「私もです」

「あんな人格者でさえ罪を犯すことがある。その境界は、わずかなのかもしれないね」

倉島は忍を傾けてエンジンを噴かした。比奈子は倉島にしがみつき、一緒に体を傾けた。保険金一千万円から五百万円を支払って、残りはやっぱり五百万。稲垣伸吾は、最初からターゲットを五人と決めていたのだろうか。詐欺に直接関わっていた山嵜ちづると、アキバで殺された阿部という青年。首謀者の首藤と、黒幕の浦沢。そして、坂田祐馬でちょうど五人。

でも、坂田祐馬の罪はなんだろう。直接聴取してみてわかったが、彼には憎めないところがあるし、祐馬と太朗は知り合いで、幼い頃は同じ児童館に通っていたという。稲垣伸吾は、祐馬の何を憎んだのだろうか。

前方奥、住宅地の空に火の粉が見える。近づけば近づくほど、それは比奈子の目的の場所で燃えさかっているようだ。

「まさか……」

と、比奈子は呟《つぶや》いた。両腕を回した倉島の腹が一瞬強く引き締まり、彼は、大通りからまた、脇道へ入った。

コンビニの先。住宅地の一角で、十八家は燃えていた。

一階倉庫部分から真っ赤な炎が吹き上がり、脇の鉄骨階段を舐《な》めて二階の住居に燃え広がっている。群がる野次馬の手前で倉島がバイクを止めるやいなや、比奈子は飛び降りてヘルメットを脱いだ。

誰かの叫ぶ声がする。サイレンの音が聞こえているが、消防車はまだ来ない。メットを倉島に押しつけて、比奈子は人垣に飛び込んだ。

コンビニで比奈子に話しかけてくれた芙巳子さん。玄関でネギを剝いていた三つ編みのなっちゃん。板前さんのような稲垣社長に、うどんをよそってくれた松井宮司。ビールケースに座ったままで、杖《つえ》で指図していた大吉爺《じい》さん。楽しい夜を一緒に過ごし、充分ご馳走《ちそう》になった後、比奈子にお土産まで持たせてくれた。歳を取るのも悪くない。友だちがいて、夢があり、それを叶《かな》える時間もあると笑っていた。温かで幸せだった十八家の夜が、比奈子の脳裏に蘇《よみがえ》る。捜査の結果がどうであれ、比奈子の記憶に住んでいるのは、やっぱり愛すべき人たちだ。

「中は？　中の人たちはどうなったんです？」

野次馬の一人をつかまえて訊いてみたが、答えはない。スマホで撮影している誰かの脇をすり抜けて、比奈子は最前列に飛び出した。二階の壁が剝《は》がれ落ち、火の粉が空に舞い上がる。

「離れてください。警察です！」

倉島の叫ぶ声を聞きながら、野次馬のひとりひとりを確認していく。そして比奈子は彼らの頭越しに、見知った顔をついに見つけた。

「芙巳子さんっ」

比奈子が呼ぶと、黒い塊が振り向いた。通りの反対側、向かいの住居の庭先に、数人の男女が固まっている。比奈子は再び野次馬の群れをかき分けて、向かいの庭へ飛び込んだ。

「ああ、ああ」

たった一度、長ネギが縁で知り合った比奈子を、芙巳子さんは覚えていないようだった。それでも彼女はうなり声を上げながら、差し出した比奈子の両腕にすがって来、腰を抜かしたみたいに地面に崩れた。

「芙巳子さん、大丈夫でしたか。いったい何があったんですか？」

芙巳子さんは、唇をガクガクと震わせていた。

「みんなは無事なんですか？　ケガは？」

「大吉っちゃんと、稲垣さんが、まだ中に」

芙巳子さんから比奈子へと、酷《ひど》い恐怖が滲《し》みてくる。比奈子は建物を振り返ったが、とても入っていける状態ではない。炎はすでに屋根を突き破り、二階の窓から噴き出して、夜空を真っ赤に染めている。時々物の破裂する音がして、パリンパリンとガラスが割れる。あの家は、事務所でストーブが燃えていた。雑多なものが置かれていたし、照明の笠《かさ》には竹ザルなんかが使われていた。

サイレンの音が近づいてくる。駆け寄ってきた倉島に要救助者がいると伝えると、彼は素早く踵《きびす》を返して、消防車の誘導に戻って行った。これでようやく消火が始まる。

「何があったんですか」

比奈子はもう一度訊《き》いてみた。

「わからないの。車が停まる音がして、そのうち、わめき声がして、大吉っちゃんが、みんな逃げろって叫んだの」

「黒塗りの車が停まったんだ。そのあと怒鳴り合う声がして、あっという間に炎が上がった」

そう答えたのは松井宮司だった。見れば隣になっちゃんもいる。向かいの家の住人が、庭のホースを引いてきて、松井宮司となっちゃんの腕に水をかけてくれていたのだ。

「火傷《やけど》したんですね」

「救急車を呼んだ時に、応急処置の方法を訊いたんですよ」

住人らしき人がそう答えた。

見たところ、二人の火傷は両手のひらに集中している。二階の部屋にいた三人は、「逃げろ」という大吉爺さんの声を聞き、外に出たとたんに爆発音がして、火の手が上がるのを見たそうだ。身軽な芙巳子さんは物置の屋根を伝って地面に下りたが、鉄骨の階段を使った他の二人は両手に火傷を負ったのだった。

「なっちゃんが逃げ遅れてしまって、松井君が助けたの。あ、あなた。あなた、いつかの、体に悪いものばかり食べていた人ね？」

ようやく比奈子に気がついたのか、芙巳子さんはそう言った。

ストーブが原因ならば、これほど速く火が回るとは考えられない。比奈子は火災現場を確認しようとしたが、消火活動の始まった現場は、煙と水蒸気でろくに見えなくなっていた。

「中にいるのは二人だけですか？　西沢敬二郎さんは」

十八家の三人は、それぞれに顔を見合わせた。

わずかに遅れてガンさんたちのパトカーが現着した。

厚田班は急遽《きゅうきょ》火災現場の交通整理をすることになり、芙巳子さんたち三人は、救急車に乗せられて行った。真っ白に水蒸気を噴き上げながら、十八家が崩れていくのを、比奈子らはなすすべもなく見守り続け、ようやく鎮火されたとき、焼け跡からは三人の遺体が見つかった。

「生存者三人から居住者の氏名と年齢を確認して来たんですが。生存しているのは橋本芙巳子、松井和秀《かずひで》、大﨑奈津子の三人で、一緒に居住していたのは、大家の稲垣伸吾、間借り人の小林《こばやし》大吉。それと、浄土苑グループの西沢敬二郎が、しょっちゅう遊びに来ていたようです」

城東署の毛利が、川本の言いつけで報告に来てくれていた。

「今夜もか？」

「それが、わからないそうです。黒塗りの車で来客があったのを松井が見ています。が、西沢は、普段は車を使わなかったそうで、彼が乗っていたのかどうかわからないと言っています。橋本芙巳子は一人で渋谷へ出かけており、松井和秀と大崎奈津子は一緒に食事に出ていたそうで」

「やっぱり、温泉じゃなかったんだな」

「温泉？　なんですか、それは」

「いや」

と、ガンさんは顎《あご》を揉《も》んだ。

十八家の駐車場には軽自動車が駐《と》まっていたが、焼けて骨組みだけになっている。黒塗りの車らしきものはない。

「それで、毛利刑事。芙巳子さんたちの容態はどうですか」

「あ、それはもう。軽い火傷程度で命に別状はないようです。もっとも、かなりなショックは受けているようで、二、三日入院して、様子をみるって言っていました」

「焼け跡から見つかったのは、その三人で間違いないんじゃないっすかね。小林大吉、稲垣伸吾、それと西沢敬二郎」

東海林はそう言って、ブルーシートを照らすスポットライトの明かりを見つめた。

焼け跡では火災調査が始まっており、調査員らの照らす懐中電灯の明かりと、大型の屋外照明とがひっきりなしに動いている。比奈子は、ビールケースに腰を掛け、両足の真ん中に杖をついていた大吉爺さんのことを思い起こした。稲垣の笑顔や、東京駅のカフェでコーヒーを奢《おご》ってくれた西沢敬二郎のダンヒルの香りも。

「ちょっと来てもらっていいですか」

ブルーシートの向こうから、ひとりの調査員がガンさんを呼んだ。遺体はまだ中にあるようで、待機車両に運び込まれた様子はない。

「どうも、ただの失火ではないようなんです」

調査員はそう言って眉《まゆ》をひそめた。何かを見て呼吸が荒くなったのか、マスクが鼻に吸い付いていく。

「遺体の一人は大腿骨《だいたいこつ》から下がありません。どうやら両足とも義足だったようです。それで、あとの二人なんですが、どうも、殺人の形跡が」

「なんだって」「足が？」

ほぼ同時に、ガンさんと比奈子は声を上げた。

両足が義足。ずっとそこが疑問だったのだ。殺人者が、被害者の両手を自由なままにしておいたことが、だ。その事実に、比奈子は背筋が凍る気がした。

——四体の遺体はどれも、拘束された形跡がありません。

状況からは、被害者の体を下方に置き、下半身の動きを封じて口腔《こうこう》を広げ、どういう方法でかそこから硬貨を体内に挿入しているようです。この体勢に犯人は強いこだわりがあるようですが、現時点ではそれが効率の問題なのか、それとも何らかのトラウマが原因なのか、わかりません——

効率の問題ではなく、トラウマだったのだと比奈子は思った。

ひとりは義足をつけていた。

比奈子は十八家を訪れた夜のことを思い出し、それが大吉爺《じい》さんだったと確信した。彼は杖《つえ》を持ってはいたが、一度もビールケースから立ち上がらなかった。あれは、両足が義足だったからなのだ。大吉爺さんは戦争体験者だと聞いた。両足は、戦地で失われたのだろうか。それともその後、事故か、病気で？

十八家の稲垣は、四肢を補う仕事を続けてきた。四肢を失った人々に、再び四肢を与えること。それが稲垣親子の人生だった。だからこそリッチマンは、両腕を自由にしておくことにこだわったのだ。指針となったのが大吉爺さん。稲垣は詐欺師らをトラップにかけ、両足を使えない状態にして、義肢研究所が無くなったことで、詐欺師らが患者たちから奪ったものを奪ってから、殺した。

直後。十八家の住人と面識がある比奈子がガンさんとともに現場へ入った。

ブルーシートの内側では、まだ所々で熾火《おきび》がくすぶり続けており、放水された水が湯気となって立ち上っている。二階の床はほぼ抜け落ちて、鉄骨の骨組みに真っ黒な梁《はり》が寄りかかり、あたり一面足の踏み場もないほどだ。雑多なあれこれが黒一色に焼け焦げている中に、時折、燃え残った布や家具の色彩が見え隠れする。それらの色は生々しく、ハッと胸に迫ってくる。

「どこにも触らないように気をつけてください。何が崩れてくるかわかりませんから」

すっかり屋根のなくなった十八家を内部から見上げると、湯気の隙間に細い月が懸かっている。比奈子は足下を確かめながら、わずか二メートルほどを慎重に進んだ。溶けた古タイヤの下に絨毯《じゅうたん》の燃えさしがのぞいていて、それが牛乳パックの椅子のカバーと揃いの色であったことに、比奈子は胸を衝《つ》かれる思いがした。

「大丈夫ですか」

と、調査員が訊《き》く。

「はい」

と、比奈子は気丈に答えた。

「そこです」

スポットライトが白々と照らす先には、生々しく血と肉の色があった。外部は真っ黒に焼け焦げて、かろうじて人の形だとわかる。生焼けで血を噴いているのは器具のおかげで焼け残った足だ。生前の大吉爺さんを思い出し、比奈子は思わず口を覆った。肉の下にはワイヤーと骨組みだけの義足があって、そのすぐ近くに二つの遺体が折り重なって倒れている。

「これなんですが」

調査員はガンさんを見た。彼らが遺体に手をかけて、わずかだけ慎重に体を離すと、生焼けの肌に深々と突き刺さった匕首《あいくち》らしき物が見えた。

この部屋で、一体何があったのだろう。殺人をリークした西沢を殺そうとして、稲垣は返り討ちにあったのだろうか。そして義足の大吉爺さんは、逃げ遅れてしまって焼死した。

「藤堂、床を見てみろ」

考えていると、ガンさんが言った。比奈子は泥と煤《すす》だらけの床に目を凝らした。瓦《が》礫《れき》の隙間に、無数の丸い物が落ちている。折り重なった炭を足先で払い、ついには屈《かが》んで拾い上げると、それは焼け焦げた硬貨だった。

「たくさん落ちています。無数にあります」

比奈子とガンさんは顔を見合わせた。

「警視庁から鑑識を呼ばせてください」

ガンさんの申し出に、火災調査員らもまったく異存はないようだった。


数十分後。現場に駆けつけた警視庁鑑識課員の中に三木がいた。田中管理官が、初めて猟奇犯罪捜査班の三木を本庁の現場に連れて来たのだ。間を開けずに、東海林が東大から死神女史を連れて戻った。夜になって周囲は冷え込み、検死作業が進む中、比奈子らは電柱の下でコートの襟をかき合わせていた。

「藤堂と倉島はもう上がったら？　全員がいる必要はないと思うんだけどね」

両手をポケットに突っ込んで、鼻水をすすりながら清水が言う。

「なんで私と倉島先輩なんですか」

「だって、きみたちは昨夜もろくに寝てないだろう？　ぼくらは一応帰らせてもらったからね。まだ体力に余裕がある」

「それをいうなら東海林先輩と、ガンさんだって……」

比奈子は、死神女史の検死に立ち会っているガンさんのほうへ目を向けた。

「東海林は筋肉バヵだから大丈夫。それに、ガンさんは仕方ねえだろう。なんたって死神バアサンのお守りがあるからな」

「まあ、たしかに」

と、倉島も言った。

三木が鑑識作業を、女史が検死をしているとなると、作業は夜通し続くだろう。でも、少なくとも、本庁のパトカーの中なら、仮眠と休憩が取れるかもしれない。

「わかりました。でも、今から帰っても、家に着いたらまた来るようになっちゃうので、私、ちょっとコンビニへ行って、なにか食べ物を買ってきます」

「コンビニなんて近くにあるの」

「ええ。向こうの角に。前に来たとき、そこで買い物をしたんです」

「ああ。板橋区のコンビニって、そのことか」

倉島は細かなことを覚えている。

「温かい飲み物と、あと、パンか何かでいいですね？」

いってきますと仲間に言って、比奈子は独りでコンビニへ向かった。

野次馬もすでにいなくなり、報道陣も画《え》を取り終わって、現場には、目隠しのためのブルーシートと、それを煌々《こうこう》と照らすライトと、静かにキビキビ動き回る捜査員だけが残された。目を上げれば家々の遠くに浄土苑のサインが光り、空には星が瞬いている。急いで現場に駆けつけたものの、結局、西沢敬二郎を救うことはできなかった。それどころか主犯の稲垣も死なせてしまい、大吉爺さんまで巻き添えにした。

比奈子はしばし足を止め、瞬く星を振り仰いだ。

コンビニへ曲がる角の手前には、住宅地へ入っていく細長い路地がある。家々の敷地の間に暗渠《あんきょ》があって、そこに路地が作られているのだ。奥に申し訳程度の明かりが灯《とも》り、それは華奢《きゃしゃ》な丸太の支柱から、うすぼんやりと路地の一角を照らしている。明かりはわずか一メートルほどの円を地面に描いているに過ぎず、それ以外はただの闇だ。その闇の奥から、

「トウドウヒナコサン」

と、あの声がした。ように思った。

比奈子はぞっとして、足を止めた。たった今、黒焦げ遺体を見てきたばかりなのに、

その男に、暗闇の向こうから呼ばれた気がしたからだった。暗がりに目を凝らしても、寝ぼけた明かりの他には何もない。火災現場の焼けた臭いが、夜気に混じって漂うばかりだ。

空耳か。

比奈子は肩の力を抜いた。すると、また。

「ヒナコサン」

癇《かん》に障るあの声が、闇の彼方から比奈子を呼んだ。

「誰？」

「リッチマン」

路地の奥。ねぼけた明かりの円のへりを、その時、真っ黒な影が横切った。何を考える暇もなく、反射的に比奈子は動いた。狭い小路へ走り込み、立ちすくむ影法師に飛びかかる。と、思う間もなく、比奈子の体は、フッ、と落ちた。しまった！　と、思った時には遅かった。地面に細長く開いた穴に、腰から下が挟まれている。殺《や》られると比奈子は直感し、両腕を地面に突いて抜け出そうとした。とたんに背後から首に腕を回され、ぐいと後ろに倒された。反動で開いた口に、スプレッダーが差し込まれる。そう思ったが、比奈子が見たのはスプレッダーではなく、逆光になった顔だった。

「装置は、もう、ありません」

黒い男はそう言った。

「十八家と一緒に燃えてしまった」

男は静かにそう言うと、首にかけた腕を解《ほど》き、比奈子の脇に両手をかけて、穴から引っ張り出してくれた。

「西沢敬二郎さんですね？」

立ち上がったとたんに身構えながら、比奈子は訊《き》いた。

「どうしてわかりましたかね」

首から上を闇に置き、下だけが明かりに浮かぶ西沢も訊いた。

「ダンヒルの匂いです。銀の鈴広場で会ったときも、同じコロンをつけていましたね」

相手は一歩、近づいた。比奈子はゆっくり後ずさる。街灯のおぼろな明かりに、微笑む老人の口元が浮かんだ。

「やっぱり、あなたに頼んで正解でした」

そう言うと、西沢敬二郎は光の下に進み出て、両腕を比奈子の前に差し出した。

「どういうことなの？　それじゃ、十八家で死んでいた人は……誰？」

温かい飲み物でもパンでもなく、比奈子は西沢を連れて戻った。現場は再び騒ぎになった。東海林がガンさんを呼びにいき、ガンさんは検死の立ち会いを田中管理官に押しつけて、火災現場を飛び出してきた。

パトカーの後部座席に西沢を乗せ、ガンさんはその横に、比奈子は助手席に、運転席には片岡が座る。ドアの外には東海林と倉島がボディガードのように立っており、清水は夜食を買いそびれた比奈子の代わりに、コンビニへ使いに出されて行った。

「おおむね、藤堂さんの推理が当たっています」

西沢は素直に答えた。

「稲垣鉄工所の稲垣社長は、実直で、いい仕事をする人でした。息子の太朗さんも同じです。ぼくらは圧縮空気を義肢に応用する研究に、ピスリン工業のシリンダーを使っていて、試作品は、うちの病院の患者さんたちに試用してもらっていたのです。もちろん大吉っちゃんの足もです」

「義足だったのは大吉さん。彼の両足も稲垣義肢の義足だったんですか？」

助手席から真後ろを向いて、比奈子は尋ねた。

「そうです。もともとは、大吉っちゃんがはじまりでした。彼は戦争で両足を失ったのですが、年寄りでも楽に使える義足が欲しいとぼくに言い、そこからぼくの病院では、お年寄りに使う補助用の義肢の研究を、稲垣さんを通して太朗君に依頼していたのです。大吉っちゃんは自身もなかなかの発明家で、稲垣さんの工場で、色々なものを試作していた。太朗君や稲垣さんと一緒にやる研究が、生き甲斐《がい》みたいなものだったんだ。ところが、ピスリン工業が詐欺に遭い、太朗君が亡くなって、二人とも、いえ、ぼくもだな。生きる気力を無くしてしまった」

「でも、そんなふうには見えませんでしたよ。私、たまたま偶然に、十八家で夜ごはんをご馳走《ちそう》になったことがあるんですけど。その時はみなさん、とっても幸せそうでした」

「ああ。あれがあなただったんですか。縁とは不思議なものですねえ。若いお嬢さんが来たと、芙巳子さんたちから訊いたことがありますよ。なんにもない野菜中心の年寄り料理を、本当においしそうに食べてくれたと」

「おいしかったです。本当に」

西沢は二度ほど頷《うなず》いてから、比奈子のほうに目を向けた。

「あの家に集まるようになってから、ぼくらは幸せでした。十八家の意味を？」

「体さえ動けば心は十八。たしか、そんな意味だったような。やっと自由に使える時間が出来て、だから、それぞれの夢を……」

バラバラだったピースがはまり込むように、比奈子は突然、腑《ふ》に落ちた。

「叶《かな》えるんだと……」

西沢は、比奈子の顔をじっと見ている。

「それぞれの夢って、なんだったんですか？」

訊かれると、西沢は観念したように微笑んだ。

「本当に、それぞれでした。恥ずかしくて他人に言えない夢であっても、荒唐無稽《こうとうむけい》なことであっても、叶えてから死のうと決めました。群雲神社から、白木の絵馬を持って来て、そこにそれぞれ願いを書いて、表札にして、あの家の軒に掛けました。老い先短いぼくらには、もう、怖いものなどないからね。怖いのは、やりたいことをやり残したまま、あの世へ逝くことでした」

「復讐ですか？」

「それは稲垣さんの夢でした」

「あんな残酷な方法で？」

「それは大吉っちゃんの夢でした。荒神会のやり方は本当に酷《ひど》かった。なのに、被害者が出ても事件にはならない。信頼しあっている仲間も、家族も、互いを喰い合うように仕組むんです。ピスリン工業と太朗君の研究所がそうでした。荒神会は阿部というスパイを従業員としてピスリン工業に送り込み、何ヶ月もかけて会社の内情を調べ上げた。従業員、愛人、パート。狙った会社の内部には、部下を送り込んでくるのです。ピスリン工業がすごい技術を持っていて、その技術がどれだけの人を幸福にするのかなんて、お構いなしだ。奴らの狙いは金だけで、しかもその詐欺の片棒を、稲垣社長の息子に担がせた」

思わず声を荒らげた西沢は、大きく息を吸い込んでから、

「警察はそれを知らない」

と言って、肩を落とした。

その詐欺グループの親玉は、何度か捜査線上に浮かんでいたと聞く。手先だった地面師も、そのまた手先の女詐欺師も。けれども彼らは司法によって裁かれることはなく、リッチマンの鉄拳《てっけん》を受けた。

西沢は言う。

「大吉っちゃんの夢は、もう一度戦争をすることでした。そして今度は勝つことだった。ぼくが思うに、彼が失った両足は、そのまま彼のプライドだった。彼はそれを取

り戻したかったのだと思います。詐欺師らを、自分があの世へ送ると言った。少しでも世の中の役に立ってから、三途《さんず》の川を渡りたいと」

「殺人装置を作ってですか」

「あれは彼一流のユーモアでした。性根の腐った詐欺師どもには、誰かの役に立ちたいという太朗君の夢も、誰にも迷惑を掛けずに死にたいという年寄りの願いも、全部が金に見えるのでしょう。欲しいのは金ばっかりだ。そんなに金が好きならば、金に溺《おぼ》れて死ぬのが本望だろうと、大吉っちゃんは言うわけです。ある日、酒を飲みながらそんな話になって、大吉っちゃんと、稲垣さんと、夜なべで装置を作りはじめた。もちろん私も手伝いました。酔っぱらって、冗談交じりに、それでも結構真剣に、どうやるのが効率がいいか、どうやったら、装置を軽くできるかと」

「人殺しの道具なんですよ」

「その時は、明確にそういう意識はありませんでした。弔い合戦だ。どうせやるならピスリン工業のシリンダーを使ってやろう、圧縮空気を応用しよう。そんなこんなで夢中になって、楽しかったというのが正直なところです」

　西沢はそこで言葉を切ると、比奈子の顔をじっと見た。

「……試作品が出来たとき、ぼくらはその威力にぞっとした。そうしてあの忌まわしい機械を、一度は捨てようとしたのです。人目に触れないよう箱に入れ、その上に大吉っちゃんのベッドを載せた。でもある日、太朗君の友だちだった祐馬君が、よりによって、荒神会の詐欺に手を染めているのを知ったんです」

西沢の顔に、パトカーの赤色灯が照っている。彼の静かな瞳《ひとみ》の奥に、激しい怒りがあるのを比奈子は感じた。

「体中の血が滾《たぎ》るというのは、ああいうことをいうのでしょう。なんてことだとぼくらは思った。このままではいけないと。祐馬君は、呑気《のんき》なところがあるけれど、とてもいい子だったんです。それを、宅配のバイトを引き受けるような気安さで、たかだか数万円の駄賃のために、人の一生を左右しかねない犯罪を、簡単に引き受けさせられていたなんて。ぼくは彼をまっとうな道に戻したかった。大吉っちゃんは、そう簡単には戻れないだろうと言った。稲垣さんの心の内は、今となってはわからない」

「それで、あなたたちはどうしたんです？　芙巳子さんに頼んで、昭和産業の廃工場へ、浦沢会長をおびき出したんですか」

「その通りです。装置の威力を試しました」

「二人目の山嵜ちづるは？」

「彼女は役所の人間を騙《かた》り、首藤のために不動産登記書類のコピーを集めていた。ぼくは浄土苑の土地を餌に、彼女をおびき出しました」

「阿部は？」

「同じ手口です。特殊詐欺に引っかかった振りをして、ピスリン工業の跡地の公園で、マンホールトイレに落として、殺した。ちょうど大晦日《おおみそか》の花火が上がっていた頃です」

「首藤も」

「彼はよく釣りに行っていた。禁止区域に入り込んで釣るのが好きで、だから、一番楽でした」

「そうして、坂田祐馬も、殺そうとしていたんですか？」

西沢はふと顔を伏せ、頭《かぶり》を振った。

「刑事さんなら、普段から遺体を見慣れていますかねえ？　ぼくは医者だったから、死は割と身近にあった。稲垣さんは、真っ当で普通の職人でしたが、太朗君をあんなかたちで失った。大吉っちゃんは戦争を体験しているから、言葉にはしませんが、前線で、いろんな体験をしてきているのがわかります。ぼくらは正義を行う気ではいたけれど、殺人者になりたかったわけじゃない。そういうわけじゃないはずだった。ところが」

西沢の白髪に赤くライトが反射して、それが血のように光っている。比奈子は廃工場で見た浦沢会長の、叫ぶような口と金色の歯を、再び見ているような気持ちになった。

「阿部を殺《や》った頃からでした。大吉っちゃんの様子が変わっていった。彼の中で、殺人が、高揚をもたらすものに変わっていくのがわかったのです。彼は言った。命の限り自分は天誅《てんちゅう》を下したい。これは、自分が最後に上げる打ち上げ花火のようなものだと。ぼくと稲垣さんにとって、それは、復讐《ふくしゅう》の範疇《はんちゅう》でした。けれど大吉爺《じい》さんは、何か別のものに変わろうとしていた……ぼくは、困って、そんな時にあなたを知ったのです」

「やっぱり、名刺を見て私に電話をくれたんですね」

「そうです。この人ならと思いました。刑事らしくなくて、不器用で、そのくせ嘘のない人だと感じさせた。だから、あなたを傍聴人に選んだのです。あなたならきっと、どんな相手の言葉にも、耳を傾けてくれるだろう。ぼくらが何をしたかったのか、決して、殺すために殺したのではないことを、そして事件の背景にある大きな闇も、しっかり見つめてくれるだろうと。祐馬君はダミーでした。彼を殺《あや》める気はなかった。少なくともぼくはもう、終わりにするつもりだったんです。荒神会の手が回り、芙巳子さんたちを巻き添えにしてしまう前に」

「なんてことなの」

比奈子は思わず呟《つぶや》いた。

「芙巳子さんも殺人に手を貸していたんですか」

「いいえ。彼女は女優だったから、人生の最後に、誰も演技と見抜くことのできない最高の役を演じたいというのが夢でした。弁護士会館の前に携帯電話を置くときも、彼女はすごく面白がって、顔を白塗りにして出て行った。きっと誰かが防犯カメラの映像を見るから、その時に、ビックリしたら素敵だわと。芙巳子さんの役は、騙《だま》された振りをして詐欺師と会うところまでで、彼女は、オレオレ詐欺を未然に防ぐ役目をしていると思っていたはずです」

「それじゃ……あの家にいた全員が殺人に関与していたわけではないんですか」

「それは違います。松井君と奈津子さんは何も知らない」

「知らない？　でも、殺人に使ったお金は群雲神社から出た物でしょう」

「それはそうです。でも松井君は知らない。彼は宮司ですからね。神職にとって死は穢《けが》れ。遠ざかっていなくてはならない立場です。彼は神社の経理ですから、夜間金庫にお金を入れに行っていた。今は専用のバッグがあって、そこにお金を入れて収容口へ落とすんですよ。バッグは小さくて、小銭だと全部は入りきらない。それを知っていたから、病院で使う釣り銭用に両替して欲しいと頼んだのです。彼は疑いもしなかった。元々そういう男です。無頓着《むとんちゃく》で不器用で、奈津子さんへの想いも、子供の頃からずーっと、告げることも出来ずにいるんだ」

コツコツと、東海林が窓をノックした。ガンさんがドアを開けると、でかい東海林の背後から、死神女史が覗《のぞ》き込んできた。

「お取り込み中のところ、悪いねえ。一応、検死が終わったから」

女史は値踏みするような目で後部座席の西沢を眺め、

「焼死体のうち、足のない一人はかなり高齢の男性だった。刺されて死んだのが六十代から七十代の男性。もう片方は、三十代くらいの、ヤクザだった」

と、ガンさんに言った。

「ヤクザですって？」

「焼け残った胸部にきれいな紋々が残ってた。この男と、一番酷《ひど》いのが足のない爺さんね。可燃物を被《かぶ》ったみたいでくまなく燃えてる。可燃物を被ったか掛けられたかした爺さんが、ヤクザに抱きついて一緒に燃えたってところかな。刺された男のほうは熱い空気を吸ってないから、匕首《あいくち》が心臓を一刺しして、即死って感じかな。まあ、これから三人を連れて帰って、詳しく調べてみるけどさ」

「そういえば、火事になる少し前に、黒塗りの車が停まったと、誰かが話していたような」

「荒神会のヒットマンか」

「ヒットマンでもバットマンでもいいけどさ。ああも焼け焦げちゃ形無しの台無し。背中半分が炭化して、焼きすぎのスペアリブみたいになってるよ」

死神女史は検死後の一服を点《つ》けながら、

「そうだ。帰りにスペアリブを食べてくかい？」

と、東海林のほうを振り向いた。

「木偶《でく》の坊が送ってくれるんだよね」

「え、俺っすか」

「行くよ行くよ」

と、女史に急《せ》かされ、東海林は恨めしそうにガンさんを見ながら、すごすごと現場を離れていった。

「笑っているんですか？」

西沢の顔を見て、比奈子は訊《き》いた。

「いえ……大吉っちゃんらしいなと思ってね。そうですか。自分で火を……」

「もう一つだけ訊かせて下さい。坂田祐馬さんについてです。ダミーだとしても、彼はなぜ、あなた方のターゲットになったんですか？　祐馬さんは稲垣太朗さんの幼なじみでもあるし、受け子をしていた件だって、話せばわかったはずなのに」

西沢はそれには応《こた》えずに、長いため息をついてから、自分のこめかみを強く揉《も》んだ。

「祐馬さんは、あの晩私と一緒にいたお婆ちゃんのお孫さんです。あの時も、詐欺をしようとしていたわけじゃなくて。ホスピスにいるお父さんのために、お婆ちゃんを、生き別れになっていた母親を、ひと目会わせようと探していたんです」

「え？」

「あなたが声をかけてくれたのは、私たちが詐欺に遭うと思ったからですよね？　でも、あれは詐欺じゃなかったんです。後ろめたいことがあって祐馬さんは逃げたけど、でも、彼はめげずにまた絹さんを訪ねてくれて、昨日、母子の対面ができたところだったんです」

「そうだったんですか……」

西沢は、苦しそうに顔を歪《ゆが》めた。

「祐馬君自身は悪い子じゃない。悪いのは彼の母親だ」

「母親？」

西沢は、自分の膝《ひざ》に置いた手を、ギュッと静かに握りしめた。

「祐馬君の母親は山嵜ちづる。首藤の女だったんですよ。石神井公園で殺した女だ。太朗君の口利きでピスリン工業が詐欺被害に遭ったとき、ぼくは彼らに弁護士を紹介したりして、一緒に色々調べたんです。その時偶然、祐馬君の母親のことを知りました。あの女には、保険金殺人の疑いがあって、そこを突っ込んで状況をひっくり返そうという気持ちもあった。でも、彼女が祐馬君の本当のお母さんだったと知って、祐馬君や坂田さんのために、それをするのはやめたんだ。だから訴訟を起こす資料を集めるのに時間がかかってしまって、その間にピスリン工業の社長が自殺してしまった。だからぼくらは、せめて首藤のハッピーホームだけでも叩《たた》こうと、訴訟の段になったとき、太朗君が拉致《らち》された。荒神会の脅しですよ。そうでしょう？　ぼくらは結局、訴訟問題から手を引いたけれど、太朗君は遺体になって発見された。公園のトイレから」

比奈子とガンさんは顔を見合わせた。

「警察は捜査をしてくれませんでした。自殺だと言われて、稲垣社長の奥さんは体調を崩して、ぼくの病院で亡くなりました。スキルス性の胃癌でした」

膝に置いた西沢の手に、比奈子は自分の手を重ねたかった。けれども助手席の比奈子と後部座席の西沢の間にはシートがあって、比奈子の思いは届かない。本当は、稲垣伸吾にそうしてあげるべきだったのだ。もしもその時、稲垣太朗変死事件の捜査に立ち会うことができていて、西沢の声を聞けていたなら。

西沢の隣でガンさんが、眉間《みけん》に縦皺《たてじわ》を刻んでいる。刑事は司法警察であるけれど、犯罪全てに万能なわけじゃない。

「辛《つら》かったですね」ごめんなさい。

後の言葉を、さすがに声には出さなかったけれど、比奈子は心で彼らに詫《わ》びた。

清水がコンビニから戻るのを待って、比奈子らは西沢を本庁へ連行した。正式な取り調べと立件は本庁が執り仕切ることになるとしても、比奈子は、西沢の話を聞けてよかったと思った。

翌日、芙巳子さんらが入院している病院へ花を持って見舞いに行くと、病室には松井宮司の姿があった。

「いろいろと、お世話をおかけして、ごめんなさいね」

女優橋本芙巳子はそう言って、比奈子に艶然《えんぜん》と微笑んだ。その表情は凜《りん》として、どこか潔さを感じさせる。西沢たちがやっていたことを、彼女は知っていたのだと比奈子は思った。けれども彼女は、決してそれを言わないだろう。

ネット検索した若い頃の橋本芙巳子は、大輪の向日葵《ひまわり》のようだった。そのイメージで選んだ黄色い花と、奈津子さんのために選んだピンク色の花を、二人はとても喜んでくれた。

「あの晩ご馳走《ちそう》になったきんぴらゴボウ。元気になったら、作り方を教えて下さいね」

彼女の本当の姿がどれなのか、わからないまま比奈子は言った。一世一代の役を演じた女優なのか、友だちのためにネギを抱えて雪道を行くお婆ちゃんがそれだったのか。歳を重ねた橋本芙巳子の表情には、様々なものが折り重なっている。二度と彼女に会うことがなかったとしても、比奈子はあの晩のお総菜の味を、決して忘れることはない。

病室を出ると、入れ違いに本庁の捜査員らが来るのが見えた。

比奈子はくるりと踵《きびす》を返して、彼らとは反対のほうへ歩き始めた。どこかでもう、梅が香った。一月の終わり、都内はかすかな春の気配がしている。新年はあっという間に過ぎ去って、次の季節が巡ってくる。十八家の人々の年齢まで生き抜くということのイメージが、今の比奈子には想像もつかない。けれども松井宮司と奈津子さんのことを見ていると、年齢を重ねたからといって、人の想いに差はないのだと感じたりもする。芙巳子さんの命がけの演技を、彼女は誰に見て欲しかったのだろうか。

本庁の特別合同捜査本部は、今日、解散する。その代わり、本庁には『荒神会による板橋区老人殺害事件』の帳場が立った。荒神会が十八家へヒットマンを送ったことで、捜査四課はようやく荒神会にメスを入れることができたのだ。

いずれにしても本庁への出向はあとわずか。最後までしっかり勤めあげようと歩き出したとき、比奈子のスマホに三木のプロフィール画像が浮かんだ。

「お暇でしたかな？」

と、三木は訊いた。

「いま、病院を出るところです。火事で火傷《やけど》をしたお婆ちゃんたちに会いに来ていて」

「さすがは藤堂刑事ですな。その心配りが容疑者の心をつかむのですかな」

「お世辞はいらないわ。私、傷ついているんだから」

「ほう。それはまたどうして」

もっと早く、事件の真相に気がついていれば、稲垣さんも、大吉爺《じい》さんも、死なせずに済んだはずなのだ。

「どうしてって……」

「昨日、藤堂刑事から、十八家の表札について教えていただきましたので、現場を捜してみたのですが」

心の声を聞いたかのように、三木は言った。

「出火元が工場のほうでしたので、母屋は一部焼け残っておりまして、絵馬の残骸《ざんがい》を見つけることができました。興味深いことにですな、万葉集の恋唄《こいうた》なんぞも書き込まれておりました。

――夕されば物思ひ増さる見し人の言問ふ姿面影にして――

夕暮れになればあなたの問いかける姿が面影に浮かび、思いがいっそう募ります。

色っぽいですな」

「え？」

「ご興味がおありですかな？」

まわりくどく三木は訊いた。

「ご興味あります」

「では」

突然三木は通話を切って、アプリで画像を送ってきた。比奈子はそれを開けてみた。

十八家の表札になっていた三枚の絵馬は、かろうじて絵馬だった形跡を残して無残に焼けてしまっていたが、三木はそれらの裏側を丁寧に接写して送ってきた。鱗《うろこ》状の炭になった木面に、うっすらと文字が浮かんでいる。

「天誅《てんちゅう》……かしら」

それは稲垣伸吾の文字らしかった。制御の効いた筆致ながら、強い意志を感じさせる。

「それと、これは、打ち上げ花火？」

おそらく大吉爺さんが書いたのだろう。その文字は力強く、あっけらかんと突き抜けていた。

家内安全。殖産興業。

これはおそらく宮司の筆だ。

そして比奈子は、芙巳子さんが書いたと思われる笠女郎《かさのいらつめ》の唄のとなりに、生涯独身だったという奈津子さんの願いを見た。

――独りぼっちで死なないように――

咄嗟《とっさ》に浮かんだのは保のことだ。比奈子はスマホを抱きしめて、静かにぎゅっと目を閉じた。

それから絹さんのことを想い、なぜか死神女史とガンさんを想った。そしてそのさらに奥から、大好きだった原島巡査部長の笑顔が浮かんできた。人は弱いと教えてくれたのは彼だった。弱いからこそ、弱いことを恥じてはならない。弱いからこそ、強くあろうと闘えばいいのだと。

薄青い空に、白々と雲が流れていく。

私、原島巡査部長に、裏切られたとばかり思っていたわ。でも私、原島巡査部長も弱いんだって、思ったこともなかったわ。彼は強くて、罪を犯すはずなかったのにって、根拠もなくそう信じていた。

比奈子は十八家で出会った老人たちの顔を、ひとり、ひとり、思い浮かべた。私、なんにもわかろうとしていなかった。人はこんなに複雑で、こんなにも難解な生き物なのに。

原島は太鼓焼きが好きだった。彼が守った小さな町の、小さなお店が、何十年も焼き続けて来た味だった。比奈子は、佐和が上手に太鼓焼きを焼けるようになったら、たとえ原島が退職しても、故郷へ送ってあげると約束していたことを思い出した。

彼はどうしているだろう。

スケジュール帳を確認し、比奈子は本庁へ戻って行った。

エピローグ

週末。比奈子は原島が収監されている広島の拘置所へ向かった。

拘置所では、残念ながら食べ物の差し入れは禁じられているのだが、それでも比奈子は、佐和が上手に太鼓焼きを焼けるようになったことだけでも、原島に伝えなければと思ったのだ。

面会室に現れた原島は、以前よりも少し痩《や》せていたが、顔色はよかった。彼は比奈子の顔を見ると、泣きそうな顔で微笑んだ。

「ご無沙汰《ぶさた》しています。原島さん」

原島の充血した目を見たとたん、自分も思わず泣きそうになって、比奈子は頭を下げて涙を隠した。原島の右手には、ちゃんと五本の指がそろっている。処置が早かったために、ガンさんが吹き飛ばした二本の指は、不格好ながらも元の位置に納まったようだ。

「お加減は如何《いかが》ですか？」

痛々しげに原島の手を見下ろして、比奈子は訊《き》いた。

「おかげさまで、だいぶ動くようになりました。指先の感覚までは戻りませんでしたがね。私ごときを治療していただいて、申し訳ないことですよ」

久々に訊く原島の声は、あの頃と同じように優しかった。

――夕されば物思ひ増さる見し人の言問ふ姿面影にして――

なぜなのか、芙巳子さんが絵馬に託した唄を思い出す。原島と話をしていると、比奈子は包まれているような感覚を持つ。内面からにじみ出て来る穏やかさ。それは原島の、得難い特質でもあった。

「厚田班のみなさんはお元気ですか？」

「はい。相変わらず元気です」

「相変わらず。はは、そうですか。それはよかった。ところで、厚田警部補にお礼を伝えてくれませんか。妻の墓前に花を贈ってくれたようで、実家が恐縮していましたので」

「伝えます」

「東海林君は相変わらずで？」

比奈子がキッパリそう言うと、原島は可笑《おか》しそうに微笑んだ。

「相変わらずです」

「今日はまた、どうしたのですか。わざわざこんな遠くまで、私に会いに来てくれるとは」

拘置所の面会時間は、たった十五分と決まっている。比奈子は真っ直ぐ原島を見て、

「報告に来たんです」

と、言った。突然なにを切り出されるのかと、原島の表情が引き締まる。

「佐和さんの太鼓焼き。すっごーく、おいしくなったんです」

原島は両方の目を大きく開けた。

「それを言いに、福山《ふくやま》まで？」

「はい。佐和さんが一丁前の腕になったら、私、原島さんに太鼓焼きを送ってあげるって約束していましたよね？　本当は今日も、差し入れに持ってこられたらと思ったんだけど」

「食べ物の差し入れは出来ないですよ」「食べ物の差し入れは禁止なので」

二人同時にそう言って、比奈子と原島はくっくと笑った。

——夕されば物思ひ増さる見し人の——

原島が刑期を終えるとき、佐和はきっと、もっと上手に太鼓焼きを焼けるようになっているだろう。けれどもその頃、絹さんはまだ元気でいてくれるだろうか。比奈子は十八家の人たちの、激しくも切ない生き方を想った。

一分は、一時間は、一日は、誰にも同じように過ぎるのだけど、人生の夕刻を生きる人々にとって、それはどれほど貴重であるものか。なのにどうして原島は、六十を過ぎてこんなところにいるのだろう。こんなところで過ごす日々を、どうして選んでしまったのだろうか。

「はやく外へ出て来て、そうしたら、きっとお手紙を下さいね。私、約束通り太鼓焼きを送りますから」

原島は、充血した目を比奈子から逸《そ》らすことなく、

「絹さんもお元気ですか？」と訊いた。

お元気です。でも、いつまでお元気でいられるか、それはわからないんです。

心の中でそう言って、比奈子は、

「はい。八王子西の人たちは、みんな元気でやっています」

と、答えた。

「それはよかった。なによりです」

いろいろな想いをきちんと話して、伝えなければと比奈子は思った。だから比奈子は胸一杯に、拘置所の空気を吸い込んだ。

「原島さん。白状すると、私、あんなことがあった後、ちょっと原島さんを恨んだんです。原島さんのことが大好きだったから、裏切られたような気持ちがしました」

原島はただ、俯《うつむ》いた。

「でも、私。気がついたんです。やっぱり原島さんが好きだなあって」

俯いたままの原島は、指の背で自分の鼻をこすった。

「もったいない言葉ですねえ。あの時の私に聞かせてやりたいくらいです」

「聞かせてあげてください。原島さんは私の憧《あこが》れの先輩でした。これ、本心ですから」

「私はねえ……ほんとうに傲慢《ごうまん》だったですよ。どうしてあんなバカな真似をしたのかと、今、考えてみても、自分で自分のことが、よくわからなくなりますねえ。私は、正しいことをしていると信じていた。絶対に間違っていないという、変な自信があったんです」

比奈子は、死神女史がよく言う言葉を思い出していた。

「一緒に仕事をしている法医学者の先生が、『大切なのは、正しいかどうかじゃない』

って、言うんです。けれど、私、はじめはその意味がよくわかりませんでした」

「今はわかりますか？」

原島に訊かれると、比奈子は素直に首を傾げた。

「ちゃんとわかっているかはわかりません。でも、何かを決めなきゃならないときは、いつも思い出す言葉なんです」

「今の私にはわかる気がしますねえ。あの時、私の中にあったのは、それは、抗《あらが》いがたい怒りだったです」

「怒り」

「ええ。それも、誰かに対する怒りじゃない。私自身に対する、激しい怒りだったんですなあ。妻や娘を助けられなかった自分への怒り。娘が生きようとしているときに、それを手助けできなかった自分への怒り。娘を失って苦しんでいる妻を、見て見ぬふりした自分への怒り。妻の自殺を止められなかった自分への怒り……こうしてみると、怒りばっかりですねえ。私はね、妻子を助けられなかった分、誰かの命を救おうなんぞと、かっこいいことを考えていましたがね、それは全くの嘘でした。と、今にしてみて思うんですよ。自死者を救おうなんていって、本当に救って欲しかったのは、私自身だったんですねえ。だから、止めても止めても自分を殺そうとする人たちに、激しい怒りを覚えたのです。そういう人たちが突きつけてくるのは、私の無力さと無能さでした。それに耐えることができないから、私は自分の弱さを、怒りに変えていたんですねえ。しかも、卑怯《ひきょう》なことに、それが正義のためなんだと、正義のためにはしなくちゃならないことなんだと、責任転嫁してですね……恥ずかしいことです」

比奈子の脳裏に、初めて立ち会った司法解剖の、首藤の遺体が思い出された。人が人にする凄《すさ》まじい暴力。おぞましい所行の裏側には、やはり怒りがあったのだろうか。息子を救えなかった稲垣の怒り。それを目の当たりにした西沢の怒り。そして大吉爺《じい》さんの中にはもっと根深く、戦後七十年間ため続けて来た、両足を奪われた暴力への怒りがあったのかもしれない。

「原島さん」

原島は憧れの警察官だった。機知に富み、使命感に燃え、優しく、強く、おおらかで逞《たくま》しく。けれども彼は人間でもあった。心に怒りの火種を抱えて生きてきた。こんなにも小さく、こんなにも無力で、弱い。

「私、尊敬する警察官の先輩に、教わったことがあるんです。人はもともと弱いんだから、弱くったっていいんですって。だから、弱いことを認めた上で、助けて下さいって頼むことに手を抜いちゃいけないって教わったんです。だから私、いろんな人に助けてもらっています。それで、私も、誰かの助けになりたいんです。私」

比奈子は小さく息を吸い、

「やっぱり、原島さんがとても好きです」

と、本人に告げた。原島はそれ自体には答えなかったが、顔を上げて目を細め、自分の娘を見るような目で比奈子を見つめた。

「藤堂刑事は……少し見ない間に、ずいぶん女っぷりがあがりましたね。こういうことを言うと、セクハラになるのかもしれませんが」

「え。そうですか？　いや、お世辞でも嬉《うれ》しいです。この仕事って、女子力が上がるとは思えないから」

「ははは」

と、原島は声を出して笑った。比奈子が大好きな、あの笑い声だった。

――言問ふ姿面影にして――

この笑顔を、この声を、自分はきっと忘れない。けれど原島が勤務していた安土駐在所で、それを見る日は二度とない。そう思ったとたん、比奈子の目から涙がこぼれた。そんなつもりはなかったのに。彼女は慌てて自分の涙を指先に受けたが、二粒、三粒とこぼれる涙に、原島は気がついてしまったようだった。

「藤堂刑事」

と、原島は言った。

「私は、身に受けた恨みは晴らしたい人間です。けれどそれ以上に、身に受けた恩義を生涯忘れない人間です。今日、藤堂刑事と会えたことを、自分は決して忘れません」

突然原島にそういわれ、比奈子は返す言葉を失った。原島は立ち上がり、比奈子に深々と頭を下げた。面会時間が終わって部屋を去るとき、原島は、比奈子を振り返ってこう言った。

「信念は岩をも貫くという言葉があります。藤堂刑事ならばきっと、どんな岩にも小さな穴を開けるでしょう」

職員に促されて部屋を出て行く原島の後ろ姿に、比奈子はそっと敬礼した。


国内。某所。

その味気ない封筒に、希代の殺人鬼の署名を見たとき、彼は、背骨の裏側が熱く滾《たぎ》る思いがした。

若い女の皮を剝《は》ぎ、それでトルソーを作った女。美しい容姿を持ち、トップモデルの座にいた女。彼女は、いまこそ彼の神になる。薄っぺらい封筒を破き、ゴチゴチとぎこちない筆跡を見て、彼は、自分が神に召還されたことを知った。

前略

とうとう新年があけました。

わたくしのような者のファンであるなどと、嬉しいお手紙を頂戴《ちょうだい》し、恐縮です。

こうした立場に自分自身が置かれるなど、思いも寄らぬことでしたが、女子刑務所などというものは、わたくしが今まで身を置いていた世界に比べますと、どうにも殺風景で、この身も泡沫《ほうまつ》の幻であるかのような気持ちさえいたします。

ただ、幸運なこともありました。

こう申しますのも、

こちらへ参りましてから、わたくしは多くの時間がもてるようになりました。

ひねもす運動をしております。

おかげで、わたくしの体は往時の輝きを取り戻そうとしています。それもこれも、あなたという理解者が現れたことが、わたくしに力を与えるのです。
わたくしはあれ以来、心に一つの焔《ほのお》を燃やしています。
これこそが、わたくしの生きる望みです。次のお便りを待っています。

――point invisible―― 草々

佐藤　都夜

鈴木ひろしさま

……To be continued.

【参考文献】

『警察官僚　完全版』神一行（角川文庫）
『警視庁捜査一課特殊班』毛利文彦（角川文庫）
『警視庁捜査一課殺人班』毛利文彦（角川文庫）
『ＦＢＩ心理分析官』ロバート・Ｋ・レスラー（ハヤカワ文庫ＮＦ）
『猟奇殺人のカタログ50』ＣＩＤＯプロ／編（ジャパンミックス）
『〈物語〉日本近代殺人史』山崎哲（春秋社）

本書は書き下ろしです。

この作品はフィクションです。実在の人物、団体、事件等とは一切関係ありません。

LEAK《リーク》 猟奇《りょうき》犯罪《はんざい》捜査班《そうさはん》・藤堂《とうどう》比奈子《ひなこ》
内藤《ないとう》 了《りょう》

角川ホラー文庫 19575

平成28年1月25日 初版発行
令和6年4月30日 13版発行

発行者——山下直久
発　行——株式会社KADOKAWA
〒102-8177 東京都千代田区富士見2-13-3
電話 0570-002-301(ナビダイヤル)
印刷所——株式会社KADOKAWA
製本所——株式会社KADOKAWA
装幀者——田島照久

●お問い合わせ
https://www.kadokawa.co.jp/ (「お問い合わせ」へお進みください)
※内容によっては、お答えできない場合があります。
※サポートは日本国内のみとさせていただきます。
※Japanese text only

ISBN978-4-04-102612-0 C0193 ◆◇◇

角川文庫発刊に際して

角　川　源　義

第二次世界大戦の敗北は、軍事力の敗北であった以上に、私たちの若い文化力の敗退であった。私たちの文化が戦争に対して如何に無力であり、単なるあだ花に過ぎなかったかを、私たちは身を以て体験し痛感した。西洋近代文化の摂取にとって、明治以後八十年の歳月は決して短かすぎたとは言えない。にもかかわらず、近代文化の伝統を確立し、自由な批判と柔軟な良識に富む文化層として自らを形成することに私たちは失敗して来た。そしてこれは、各層への文化の普及滲透を任務とする出版人の責任でもあった。

一九四五年以来、私たちは再び振出しに戻り、第一歩から踏み出すことを余儀なくされた。これは大きな不幸ではあるが、反面、これまでの混沌・未熟・歪曲の中にあった我が国の文化に秩序と確たる基礎を齎らすためには絶好の機会でもある。角川書店は、このような祖国の文化的危機にあたり、微力をも顧みず再建の礎石たるべき抱負と決意とをもって出発したが、ここに創立以来の念願を果すべく角川文庫を発刊する。これまで刊行されたあらゆる全集叢書文庫類の長所と短所とを検討し、古今東西の不朽の典籍を、良心的編集のもとに、廉価に、そして書架にふさわしい美本として、多くのひとびとに提供しようとする。しかし私たちは徒らに百科全書的な知識のジレッタントを作ることを目的とせず、あくまで祖国の文化に秩序と再建への道を示し、この文庫を角川書店の栄ある事業として、今後永久に継続発展せしめ、学芸と教養との殿堂として大成せんことを期したい。多くの読書子の愛情ある忠言と支持とによって、この希望と抱負とを完遂せしめられんことを願う。

一九四九年五月三日

ISBN 978-4-04-104004-1

ONE

猟奇犯罪捜査班・藤堂比奈子

内藤 了

傷を負い行方不明の比奈子の運命は!?

比奈子の故郷・長野と東京都内で発見された複数の幼児の部分遺体は、神話等になぞらえて遺棄されていた。被虐待児童のカウンセリングを行う団体を探るなか深手を負った比奈子は、そのまま行方不明に。残された猟奇犯罪捜査班の面々は各地で起きた事件をつなぐ鍵を必死に捜す。そして比奈子への復讐心を燃やしている連続殺人鬼・都夜が自由の身となり向かった先は……。新しいタイプのヒロインが大活躍の警察小説、第6弾！

角川ホラー文庫

ISBN 978-4-04-104016-4

BACK

猟奇犯罪捜査班・藤堂比奈子

内藤 了

病院で起きた大量殺人！ 犯人の目的は？

12月25日未明、都心の病院で大量殺人が発生との報が入った。死傷者多数で院内は停電。現場に急行した比奈子らは、生々しい殺戮現場に息を呑む。その病院には特殊な受刑者を入院させるための特別病棟があり、狙われたのはまさにその階のようだった。相応のセキュリティがあるはずの場所でなぜ事件が？ そして関連が疑われるネット情報に、「スイッチを押す者」の記述が見つかり……。大人気シリーズは新たな局面へ、戦慄の第7弾！

角川ホラー文庫

ISBN 978-4-04-104764-4